Diogenes Taschenbuch 21621

de
te
be

Henry Slesar

Meister-erzählungen

Aus dem Amerikanischen von Thomas Schlück und Günter Eichel

Diogenes

Diese Auswahl erschien erstmals 1984
im Diogenes Verlag
Die Geschichten sind folgenden Bänden
von Henry Slesar entnommen:
Erlesene Verbrechen und makellose Morde
Ein Bündel Geschichten für lüsterne Leser
Schlimme Geschichten für schlaue Leser
Coole Geschichten für clevere Leser
Fiese Geschichten für fixe Leser

Die Erzählungen ›Das tödliche Telephon‹
und ›Der Tag der Hinrichtung‹ wurden
von Peter Naujack übersetzt
Abdruck der Umschlagillustration
mit freundlicher Genehmigung
des Verlages Franz Greno, Nördlingen,
entnommen dem dort erschienenen Buch
Sunshine Special,
Bunte Bilder aus dem Mittelalter
des 20. Jahrhunderts

Veröffentlicht als Diogenes Taschenbuch, 1988

150/88/8/1
ISBN 3 257 21621 1

Inhalt

Job für einen Amateur

Mit der Zeitung unter dem Arm betrat er Lampis Restaurant, blinzelte Kellner Phil zu und schob sich in die Nische, in der er jeden Tag aß. Sein Geschäft, Carl Kellers Krawattenladen, befand sich auf der anderen Straßenseite – Lampi lag also sehr günstig. Heute aber ließ Kellers Gesicht erkennen, daß er nicht nur zum Essen gekommen war.

Er bestellte Kalbsbraten und öffnete seine Zeitung. Er hörte auch nicht zu lesen auf, als das Essen serviert wurde, und murmelte statt dessen: »Großartig!«, womit er nicht das Fleisch meinte. Gemeint war vielmehr der Bericht mit der Schlagzeile: *Gary-Mord: Joe Lampi verdächtig* ...

Es bereitete ihm besondere Freude, die Geschichte hier zu lesen, in dem Restaurant, das Lampis Namen trug. Die Tatsachen lagen simpel und klassisch und hätten geradewegs aus den vergilbten Seiten einer Zeitung von 1930 kommen können. Eine Rückkehr zu altmodischen Bandenmethoden, die Keller ein nostalgisches Lachen entlockte. Ein Mord in der Telefonzelle eines Drugstore, ein feindlicher Bandenführer, von Kugeln zerrissen und in seinem eigenen Blut zu Boden rutschend. Und Joe Lampi, ein schweigsamer kleiner Mann, der gute Kleidung liebte und schlechte Haarpomade benutzte, stand unter Verdacht. Wer kam sonst in Frage? überlegte Keller grinsend. Wer kam außer Lampi in Frage?

Er empfand Stolz, weil er Lampi kannte. Ab und zu nickte ihm der Mann zu. Er aß Lampis Mahlzeiten und brachte bei Lampis Kellnern Wetten unter. Carl Keller, der Schlipse verkaufte für einen Dollar das Stück – Carl Keller war stolz auf diese Bekanntschaft.

Kellner Phil stützte sich mit einer Hand auf den Tisch und fragte: »Wie geht es Ihnen, Mr. Keller? Laufen die Wetten gut?«

»In letzter Zeit nicht so«, antwortete Keller lächelnd. »Wie man hört, steckt Ihr Boss im Bau.«

»Wer, Lampi?« Phil verdrehte wissend die Augen. »Sie müssen nicht alles glauben, was in der Zeitung steht, Mr. Keller. Man hat gegen Joe nichts in der Hand; der ist morgen wieder hier.«

»Sie meinen, die Polizei kann ihn nicht festhalten? Hier steht aber ...«

»Nichts da«, sagte Phil. »Er hat heute früh angerufen und gesagt, er wäre morgen zurück.«

»Ich verstehe.« Vorsichtig zerkleinerte Keller sein Kalbfleisch. »Und was ist mit Gary? In der Zeitung steht, Garys Freunde wären der Meinung, Lampi hätte es getan, und wollten Rache nehmen. Was meinen Sie?«

»Ich bediene hier nur, Mr. Keller. Ich stelle keine Mutmaßungen an.«

»Dieser Frank Rufer – Garys Kumpel. Meinen Sie nicht, daß er Ärger machen will? Ich würde hier ungern mit einem Tablett rumstehen, wenn er zu ballern anfängt.«

Phil zog ein unbehagliches Gesicht und ließ sich vom Blick eines anderen Gastes ablenken. »Entschuldigen Sie mich, Mr. Keller. Sie wollten heute nichts anlegen, oder?«

»Nein«, sagte Carl Keller und faltete die Zeitung zusammen. »Heute nicht. Aber wenn Ihr Boss zurückkommt, vielleicht machen wir dann ein paar große Geschäfte.«

Er verließ das Restaurant, nachdem er ein zu großes Trinkgeld auf dem Tischtuch ausgebreitet hatte. Er kam sich spendierfreudig vor; das Geld, mit dem er plante, befand sich zwar noch nicht in seiner Tasche, aber er fühlte sich reich. Er war ein hagerer, unscheinbarer Mann mit hellen Augen und vorstehendem Adamsapfel, den er mit einem breiten Kragen zu verdecken suchte. In diesem Augenblick jedoch, da er Lampis Restaurant verließ, die Straße überquerte und die Tür zum Krawattenladen öffnete, wirkte er ganz und gar nicht unscheinbar.

Als die Glocke bimmelte, hob Freddy den Kopf, runzelte beim Anblick seines Chefs die Stirn und setzte seine Eintragungen im Bestellbuch fort. Keller trug wieder mal sein hartes Gesicht zur Schau, und Freddy wußte ganz genau, daß es in solchen Momenten keinen Sinn hatte, Konversation zu machen.

Keller blieb am Tresen stehen. »Hören Sie mal«, sagte er aus dem Mundwinkel. »Wegen der Lieferung heute nachmittag. Sie machen das für mich, ja? Ich habe was zu erledigen.«

»Jawohl, Sir«, sagte Freddy.

»Wenn mich jemand sprechen will –, ich bin nicht da.«

Niemand wollte je mit Keller sprechen; er war nichts weiter als ein Krawattenhändler, unverheiratet und ohne Freunde. Trotzdem sagte Freddy: »Aber klar, Mr. Keller.«

»Muß einen Mann besuchen«, gab Keller Auskunft und stellte sich vor den Wandspiegel, um unter dem wulstigen Kragen die Krawatte zurechtzurücken. »Gegen vier Uhr bin ich zurück.«

An der Ecke zur Neunundsechzigsten Straße wartete er auf ein Taxi und nannte dem Fahrer mit energischer Stimme sein Ziel. Dann zündete er sich eine Zigarette an, lehnte sich im Sitz zurück und starrte mit zusammengekniffenen Augen durch den Rauch. Von Minute zu Minute fühlte er sich besser, wie ein schwerer Junge. Ein gutes Gefühl, fand Keller.

Er rechnete damit, daß sich vor dem kleinen Turnklub, der Rufer gehörte, eine Menschenmenge drängte (Reporter? Bullen?), aber die Straße war menschenleer, und der Fahrer bremste vor dem Eingang, als hätte er keine Ahnung, daß er seinen Passagier vor einem notorischen Verbrechernest absetzte. Keller war enttäuscht, warf dem Fahrer aber trotzdem einen Geldschein in den Schoß und knurrte: »Für Sie.«

Er steckte die Hände in die Manteltaschen und marschierte in den Sportklub, ohne auf die Männer in T-Shirts zu achten, die im Ring mit großen Handschuhen aufeinander eindroschen. Ein dicker Mann im Rollkragenpullover musterte ihn von oben bis unten.

»Ja?« fragte er.

»Mr. Rufer. Ich habe eine Verabredung.«

»Er will heute niemand sehen.«

»Klar – aber ich bin mit ihm verabredet. Keller, Carl Keller. Sagen Sie Mr. Rufer, daß ich da bin.«

Der Mann im Pullover zuckte die Achseln. Dann ging er zum anderen Ende der Sporthalle und klopfte an die fleckige Bürotür. Alles in Ordnung. Rufer würde ihn empfangen, der Brief, den Keller geschrieben hatte, versprach viel, ohne etwas Konkretes zu sagen.

Als er eintrat, stocherte Rufer, ein kleiner, ziemlich kahler Mann, mit einer rostigen Gabel an einer Rouleaufeder herum und fluchte laut vor sich hin. Hinter ihm unterbrach ein hohes, kahles Fenster die Backsteinmauer. Rufer wirkte harmlos, fast zahm, doch als er das Rouleau ärgerlich in die Ecke schleuderte, glaubte Keller einen Hauch jener kriminellen Härte auszumachen, die er erwartet hatte.

»Na schön, Mr. Keller«, sagte Rufer mit heller Stimme. »Was für Geschäfte betreiben Sie?«

Keller lächelte. »Ich bin in der Krawattenbranche. Aber darauf bezog sich mein Brief nicht, Mr. Rufer. Ich meine, ich kann Ihnen bei etwas Wichtigerem aushelfen als Krawatten.«

»Und das wäre?« Rufer ließ sich hinter dem Tisch in einen Drehstuhl fallen und legte die Hände flach auf die Schreibunterlage. Er forderte Keller nicht auf, Platz zu nehmen. Keller setzte sich trotzdem.

»Vielleicht kann ich Ihnen bei Joe Lampi aushelfen.«

»Ich kenne keinen Joe Lampi.«

»Ich lese doch die Zeitungen, Mr. Rufer. Ich weiß, daß Sie Lampi nicht gerade mögen, besonders nach dem, was er Ihrem Kumpel Gary angetan hat.«

»Was sollen die Mätzchen?« fragte Rufer.

Die Frage kränkte Keller. »Ich spreche in vollem Ernst, Mr. Rufer. Ich weiß, daß Lampi Ihren Freund umgebracht hat – und Sie wissen das auch. Vielleicht haben Sie ja selbst schon überlegt, wie Sie ihn zur Rechenschaft ziehen wollen. Aber ich hätte einen anderen Vorschlag und dachte, daß Sie ihn sich anhören möchten.«

Rufer schloß die Augen. »Na, tun wir mal so, als kenne ich Lampi. Was ist mit ihm?«

Keller wurde unruhig. Das Gespräch entwickelte sich nicht ganz erwartungsgemäß. Er lockerte seine Krawatte.

»Ich habe einen Vorschlag zu machen«, sagte er. »Ich biete Ihnen eine Möglichkeit, Lampi zu erledigen, ohne daß Sie oder Ihre Freunde darin verwickelt werden. Eine echt gute Idee, Mr. Rufer. Wenn Sie daran interessiert sind – ein Wort genügt, und ich löse mein Versprechen ein.«

»An dieser Idee hängt doch auch ein Preisschild?«

»Klar. Zweitausend Scheinchen.«

»Und was habe ich davon?«

»Sie kriegen Lampi – mausetot. Nur gehen Sie dabei kein Risiko ein, denn der Job wird nicht von einem Profi erledigt. Niemand in Ihrem Haufen hat damit zu tun – eine klare und saubere Sache. Klingt gut, nicht?«

Rufer grinste.

»Ich kenne keinen Lampi. Aber reden Sie ruhig weiter.«

Keller fuhr sich mit der Zunge über die Lippen und ruckte ein Stück vor.

»Was wäre, wenn ein Amateur den Job erledigte, Mr. Rufer? Ein Mann, der mit Ihnen oder Ihren Freunden absolut keine Verbindung hat? Ein Mann, der nicht den geringsten Grund hätte, Joe Lampi umzubringen, der es aber trotzdem tut? Wie fänden Sie das?«

»Und wer soll der Amateur sein? Sie?«

»Aber ja«, sagte Carl Keller und lehnte sich seufzend zurück. »Das versuche ich Ihnen schon die ganze Zeit klarzumachen! Ich bringe Joe Lampi für Sie um.«

Im Krawattenladen angekommen, mißfiel ihm Freddys schiefes Grinsen. Lautstark beschwerte er sich über das Durcheinander an Pappschachteln im Hinterzimmer, über den Staub auf den Ladentischen, über Freddys

Schlampigkeit. Freddy schmollte und antwortete nicht. Am Abend ging er ohne Gruß nach Hause.

Keller schloß den Laden ab und fuhr mit dem Taxi in seine Wohnung in der Siebenten Avenue. Der Zorn über Rufers spöttische Reaktion auf seine Idee war noch nicht verraucht. Rachegedanken schossen ihm durch den Kopf, Phantastereien mit schimmernden Automatikwaffen, und Rufer, der vor dem harten Glanz in Kellers Augen zurückwich und um Gnade flehte ...

»Du Schweinehund!« flüsterte Keller noch im Taxi, während sich seine Hand einem eingebildeten Pistolenhalfter näherte. »Du elender, betrügerischer Schweinehund ...«

In der Wohnung roch es noch immer nach gekochter Milch. Er machte sich neue heiß, belegte ein paar Eierbrote, trug das Essen ins Wohnzimmer und setzte sich vor das Fernsehgerät. Drei Stunden lang verfolgte er Krimifilme und Western. Allerdings vermochten die Sendungen sein großes Bedürfnis heute abend nicht zu befriedigen.

Er wollte schon zu Bett gehen, als das Telefon klingelte. Frank Rufers hohe Stimme war unverkennbar.

»Haben Sie noch Interesse?« fragte Rufer.

»Was?«

»Na, Ihr Vorschlag. Ich habe Sie ein bißchen unter die Lupe genommen, Mr. Keller. Sie wissen ja, wie so etwas ist. Wenn Sie noch interessiert sind, können Sie ja morgen mal im Sportklub vorbeikommen, gegen zehn Uhr. Okay?«

»Aber ja!« sagte Keller eifrig. Als schämte er sich der jungenhaften Reaktion, gab er seiner Stimme sofort einen härteren Klang. »Gegen zehn«, sagte er und knallte den Hörer auf die Gabel.

Er verbrachte eine unruhige Nacht und erwachte am nächsten Morgen so spät, daß er gar nicht erst in den Laden ging. Statt dessen fuhr er geradewegs zu Rufers Sportklub. Diesmal nickte ihm der dicke Mann im Pullover nur kurz zu, und er ging sofort in Rufers Büro. Das Rouleau hing wieder am Fenster, und neben Rufers Tisch saß ein Mann mit dicken Backen, schläfrigen Augen und Wurstfingern, die immer wieder an seinen Knien herumzupften.

»Das ist Mr. Costa«, sagte Frank Rufer und lächelte seinen Besucher an. »Mein Buchprüfer. Sie können offen vor ihm sprechen.«

»Schön«, sagte Keller spöttisch. »Worüber sprechen wir denn?«

Rufer lachte entzückt. »Sehen Sie, was habe ich Ihnen gesagt?« rief er rätselhaft. »Also gut, Mr. Keller, kommen wir zur Sache. Mr. Costa hat sich bei einer Auskunftei nach Ihnen erkundigt, und es liegt nichts gegen Sie vor.« Er nahm ein Blatt Papier zur Hand. »Carl Martin Keller, vierzig Jahre alt, unverheiratet, Besitzer eines Krawattenladens, Neunundsechzigste Straße Ost, keine Vorstrafen ... Sie haben mir nichts vorgemacht. Sie sind wirklich nur ein Amateur.« Er lachte leise.

»Sicher. Aber ich kenne Lampi. Ich brauche nur in sein Privatbüro zu gehen ...«

»Wie denn?«

»Ich hab's Ihnen doch gesagt. Lampi nimmt normalerweise keine Wetten entgegen – aber wenn der Einsatz hoch genug ist, sagen wir fünftausend, macht er bestimmt eine Ausnahme. Wenn ich fünf Riesen auf den Tisch lege, läßt er mich ohne weiteres in sein Büro. Und dann ist es ein Kinderspiel, ihn umzupusten.«

»Sie haben sich wohl alles genau überlegt, was?«

Keller lächelte. »Richtig. Ich gehe um zwölf Uhr in Lampis Restaurant und erzähle Lampi von der Wette, die ich unterbringen will. Ich sage ihm, ich will beim Betreten seines Büros nicht gesehen werden, wegen, na ja, wegen all der schlechten Publicity. Wenn er die Seitentür offenließe, könnte ich nach dem Essen das Lokal verlassen, ums Haus gehen und das Büro unbemerkt betreten. Verstehen Sie? Keine Zeugen!«

»Und wie soll's wieder rausgehen? Auf demselben Weg?«

»Aber ja. Wenn Lampi das Geld zählt, ziehe ich die Kanone und verpasse ihm eins. Die Waffe hat einen Schalldämpfer, klar? Sie können mir doch wohl einen Schalldämpfer besorgen, oder?«

Rufer zuckte die Achseln. »Wir beschaffen Ihnen die Waffe. Aber loswerden müssen Sie sie allein.«

»Machen Sie sich meinetwegen keine Sorgen.«

»Und was ist mit der Zahlung? Sie haben von zweitausend gesprochen.«

»Drei«, sagte Keller hastig. »Ich meinte dreitausend. Immerhin trage ich das volle Risiko. Selbst wenn ich die Sache versaue, haben Sie ja nichts damit zu tun.«

»Da muß ich Mr. Costa fragen. Mr. Costa ist mein Finanzberater.«

»Drei sind okay«, knurrte Costa.

Keller seufzte. »Dann ist also alles abgemacht?«

»Abgemacht.« Rufer griff in eine Schreibtischschublade und nahm eine 45er Automatic heraus, deren Griff mit schwarzem Klebeband umwickelt war. Er reichte Keller die Waffe. Sie war größer und schwerer, als er erwartet hatte.

»Können Sie damit umgehen?«

»Sie können's mir ja zeigen«, antwortete Keller.

Keller kannte die Umgebung des Krawattenladens wie seine eigene Westentasche – heute aber sah er Lampis Restaurant an der Ecke mit völlig anderen Augen. In der Neunundsechzigsten Straße befand sich eine Seitentür, die direkt in Joe Lampis Büro führte; durch das gegenüberliegende Schaufenster des Krawattenladens hatte er den Gangster oft ein und aus gehen sehen. Es war bestimmt kein Problem, nach dem Job zu verschwinden. Er brauchte nur über die Straße zu gehen und sich hinter der Tür des eigenen Ladens in Sicherheit zu bringen. Ein großartiges Versteck – sehr günstig gelegen. Er lächelte und überlegte, wie raffiniert er doch war.

Zur Mittagsstunde suchte er Lampis Restaurant auf, war aber zu aufgeregt, um etwas zu essen. Lampi stand persönlich an der Bar und unterhielt sich leise mit dem Barmixer. Keller gab ihm ein Zeichen, woraufhin der kleine, elegant gekleidete Mann zu ihm kam und seinen Pomadenkopf über den Tisch streckte. »Guten Tag«, sagte er verbindlich.

»Hören Sie, Mr. Lampi, können wir beide heute abend mal ein kleines Geschäft besprechen? In Ihrem Büro?«

»Ein Geschäft, Mr. Keller?«

»Ich möchte eine große Wette plazieren.«

Lampi schien das Interesse zu verlieren. »Ach. Warum sprechen Sie deswegen nicht mit Phil? Der kümmert sich um Sie.«

»Nein, ich möchte das mit Ihnen abmachen. Es geht um eine *wirklich* große Wette. Fünf Riesen.«

Lampi schürzte die Lippen.

»Sie nehmen mich doch nicht etwa auf den Arm, Mr. Keller?«

»Wie käme ich dazu? Ich bringe das Geld heute abend vorbei. Ach, noch etwas ...« Er berührte den Mann am Arm. »Hätten Sie etwas dagegen, wenn ich durch die Seitentür zu Ihnen komme? Sie wissen ja, wie das so ist ...«

»Aber klar, Mr. Keller. Stimmt mit dem Kalbfleisch etwas nicht?«

»Alles in Ordnung, alles in Ordnung. Schmeckt großartig! Ich habe nur keinen Hunger«, sagte Keller.

Auch am Abend war er nicht hungrig. Trotzdem schlenderte er gegen acht Uhr in Lampis Restaurant und bestellte sich das teuerste Gericht auf der Speisekarte. Er aß langsam, ohne den Blick von der geschlossenen Bürotür im hinteren Teil des Lokals zu nehmen. Die beiden ungewohnten Gewichte in seinen Taschen ließen ihm keine Ruhe. Die Automatic war schwer, doch noch mehr mußte er an den dicken Packen Geldscheine in der Brieftasche denken – ein Betrag, den er vorhin erst vom Konto des Krawattenladens abgehoben hatte. Als er die Rechnung bezahlt hatte, stand er auf und verließ das Restaurant, wobei er sich von Kellner Phil betont verabschiedete. Dann marschierte er um die Ecke zur Seitentür, die in Lampis Büro führte. Er klopfte zweimal, und Joe Lampi forderte ihn auf einzutreten.

Die Einrichtung war bombastisch. Keller achtete nicht auf seine Umgebung und erinnerte sich später auch nicht an Einzelheiten, doch spürte er einen weichen Teppich unter den Füßen und registrierte das gedämpfte Licht. Lampi war allein und saß hinter einem lederbespannten Tisch. Verkrampft lächelnd stand er auf.

»Also«, sagte er.

Kellers Hände hatten zu zittern begonnen. Er verschränkte sie und nahm sich zusammen. Dann sagte er: »Ich möchte im Rennen von Donnerstag wetten, auf ein Pferd mit dem Namen April Chance.«

»Hätten Sie etwas dagegen, wenn ich mir erst Ihr Geld anschaue?«

»Oh, ich habe den Betrag mit, Mr. Lampi, wie angekündigt.« Er holte die dicke Brieftasche heraus, die unter seinen Fingern aufsprang und auf den Tisch fiel. Ungeschickt griff er danach und zog die Geldscheine heraus. Lampi nahm sie, setzte sich und begann zu zählen, wobei er die Hunderter und Fünfziger säuberlich trennte und auftürmte. Genauso hatte es Frank Rufer beschrieben. *Warten Sie, bis er zu zählen beginnt*, hatte Rufer gesagt. *Lampi liebt es, Geld zu zählen. Warten Sie, bis er die Augen auf der Sore hat, und dann ...*

Lampis Augen waren auf die Sore gerichtet, und Carl Kellers nervöse rechte Hand bewegte sich langsam am Aufschlag seiner Jacke entlang und verschwand im Ausschnitt. Die Finger schlossen sich um die Waffe im Halfter und zerrten sie heraus. Im letzten Augenblick dachte er noch daran, die Automatic zu entsichern.

Als das Klicken ertönte, hob Lampi den Kopf.

Keller streckte den Arm aus und feuerte. Lampi stieß ein Ächzen aus und fiel über den Tisch, als wäre er aus seinem Drehstuhl katapultiert worden. Sein Körper verdeckte die gezählten und ungezählten Geldscheine.

Keller kicherte schrill und wollte eben zum zweitenmal abdrücken, als ihn ein Geräusch hinter seinem Rücken ablenkte. Er wirbelte herum und sah Phil in der geöffneten Bürotür stehen, einen Teller weiche Spaghetti in der Hand. Keller durchfuhr ein solcher Schreck, daß er Rufers Anweisungen vergaß und die Waffe auf den Teppich fallen ließ. Dann stürzte er zur Seitentür und knallte sie hinter sich zu. Kopflos rannte er über die Neunundsechzigste Straße, sprintete zwischen den Verkehrsströmen hindurch und drückte die Tür des Krawattenladens mit der Schulter auf. Obwohl die Strecke nicht weit war, atmete er schwer.

Er wußte, daß er in der Klemme steckte, und sein einziger Gedanke galt Rufer. Rufer mußte wissen, was zu tun war; er brauchte Rat. Hastig blätterte er einen ungeordneten Stapel Papiere durch und fand schließlich die gesuchte Nummer. Er ließ es achtmal klingeln, ehe ihm aufging, daß Rufer nicht da war.

Keller kämpfte gegen die aufsteigende Panik – ein Kampf, den er schnell verlor. Er konnte nicht im Laden warten, während der Kellner drüben den Bullen die Mordgeschichte auftischte. Er mußte verschwinden!

Er drehte die Lichter aus und starrte durch das Schaufenster auf die Straße. Drüben rührte sich nichts. Er ging das Risiko ein und schob sich aus der Tür. Zum Glück näherte sich gerade ein Taxi von der Ecke. Er stieg ein und war schon fast am Eingang seines Mietshauses, als ihm einfiel, daß er ja kein Geld bei sich hatte. Er lieh sich vom Pförtner einen Dollar, bezahlte den Fahrer und eilte nach oben.

Hier begann er in aller Hast zu packen, wobei er seinen wohlgeordneten Kleiderschrank völlig durcheinanderbrachte. Im Geheimfach des Schmuckkastens befand sich ein Notbetrag von dreihundert Dollar; er nahm die Scheine heraus und stopfte sie in die Hosentasche. Dann setzte er sich auf das Bett und griff nach dem Telefon. Wieder wählte er Rufers Sportklub; als es viermal geklingelt hatte, wollte er den Hörer schon wieder auflegen. Aber dann hörte er Frank Rufers Stimme und hätte vor Erleichterung fast zu weinen begonnen.

»Mr. Rufer? Hier Keller – Carl Keller.«

»Ja? Was ist los, Mr. Keller?«

»Ich hab's getan, Mr. Rufer! Ich habe mein Versprechen eingelöst. Leider ist etwas schiefgegangen ...«

»Und ob!«

»Mr. Rufer, ich muß aus der Stadt verschwinden. Phil, Lampis Kellner, hat mich gesehen. Man wird mich suchen! Mr. Rufer, ich brauche das Geld!«

»Ha!«

»Hören Sie, man kann Sie nicht mit mir in Verbindung bringen. Geben Sie mir die dreitausend, und niemand erfährt etwas, das schwöre ich Ihnen. Meine ganze Sore liegt noch bei Lampi auf dem Tisch. Ich zahle sowieso drauf ...«

»Und wie, Mr. Keller! Lampi ist nämlich gar nicht tot.«

»*Was?*«

»Sie haben danebengeschossen, Jungchen. Eine Meile daneben. Und für Fehlschüsse zahle ich nicht.«

»Aber ich habe doch nicht ...«

»O doch, Sie Blödmann. Wenn Sie mir nicht glauben, rufen Sie mal im Restaurant an. Ich an Ihrer Stelle würde schleunigst verduften. Der Gag, den Sie sich da geleistet haben, dürfte Sie bei Joe Lampi nicht gerade beliebt machen. Leben Sie wohl, Sie Amateur.«

Das Klicken hatte etwas Endgültiges, und Keller starrte ungläubig auf den stummen Hörer. Dann durchschoß ihn

Angst vor Lampi, eine Angst, die größer war als die vor der Polizei. Er packte seinen Koffer und hastete aus dem Zimmer. Der Pförtner sollte seinen Dollar nie zurückbekommen.

In seinem Büro bewegte Frank Rufer die Wählscheibe und wartete, daß Joe Lampi an den Apparat kam. Als er sich meldete, lachte Rufer und sagte: »Hallo, du totes Huhn. Alles in Ordnung?«

»Aber ja«, erwiderte Lampi. »Der Dummkopf hat mir mit seiner Platzpatrone die Jacke versengt. Aber das ist zu ertragen.«

»Allemal – für zweitausendfünfhundert. He, vergiß Phils Fünfziger nicht. Er hat ihn sich verdient. Ich komme auf einen Drink vorbei und hole mir meinen Anteil.«

»Klar«, sagte Lampi. »Nur darf ich nichts trinken, Joe. Du kennst ja meinen Magen. Ich habe ständig Sodbrennen und eine Art Stechen ...«

»Ach, das tut mir aber leid«, erwiderte Rufer und hörte sich mitfühlend Joe Lampis Krankengeschichte an.

Der Tag der Hinrichtung

Als der Obmann der Geschworenen aufstand und den Urteilsspruch verlas, lauschte Staatsanwalt Warren Selvey der Schuldverkündung, als seien die Worte eine Bestätigung seines persönlichen Verdienstes. Er hörte aus der ersten Rede des Obmanns nicht eine Verdammung des Angeklagten heraus, der sich auf seiner Bank krümmte wie ein verbranntes Streichholz, sondern einen Tribut für seine, Selveys, brillante Leistung. *Schuldig im Sinne der Anklage* ... Nein, dachte Warren Selvey triumphierend, schuldig, wie ich es bewiesen habe ...

Einen Moment lang fiel der melancholische Blick des Richters auf Selvey, und der alte Mann war sichtlich betroffen, als er den Siegesjubel in dessen Augen sah. Aber Selvey konnte sein überströmendes Glücksgefühl nicht verbergen, seine Befriedigung über seine Leistung und über seine erste gelungene bedeutende Überführung.

Er raffte rasch seine Unterlagen zusammen und zwang sich, entsprechend dem Anlaß ernst und gefaßt zu erscheinen, obwohl der Mund in seinem mageren, braunen Gesicht fast schmerzhaft danach strebte, sich zu einem breiten Lächeln zu verziehen. Er schob die Aktenmappe unter den Arm und drehte sich um, den murmelnden Zuschauern entgegen. »Entschuldigen Sie«, sagte er nüchtern und drängte sich zum Ausgang durch; seine Gedanken waren jetzt nur noch bei Doreen.

Er versuchte sich ihr Gesicht vorzustellen, ihren roten Mund, dessen Lippen hart oder schmelzend weich sein konnten, je nachdem, welche ihrer vielen Stimmungen gerade vorherrschte. Er versuchte sich vorzustellen, wie sie beim Vernehmen dieser guten Nachricht aussehen, wie ihr warmer Körper sich anfühlen, wie ihre Arme ihn umschlingen würden.

Aber dieser eingebildete Vorgeschmack von Doreens Gunstbezeugungen wurde unterbrochen. Die Augen der Menschen suchten die seinen, und ihre Hände streckten sich ihm entgegen, um ihm zu gratulieren. Garson, der Oberstaatsanwalt, lächelte gewichtig und nickte anerkennend mit seinem Löwenhaupt zu der Aufführung seines jüngsten Zöglings. Vance, Garsons Stellvertreter, grinste etwas säuerlich, nicht gerade sehr erbaut darüber, seinen Junior im Rampenlicht zu sehen. Reporter und Photographen baten um seine Stellungnahme, verlangten verschiedene Aufnahmeposen.

Früher wäre all dies genug für Warren Selvey gewesen: dieser Augenblick und diese bewundernden Menschen. Aber jetzt gab es noch Doreen, und der Gedanke an sie trieb ihn, den Schauplatz seines Sieges gegen eine stillere, süßere Belohnung einzutauschen.

Doch sein Abgang gelang nicht so. Garson erwischte seinen Arm und steuerte ihn in den grauen Wagen, der am Bordstein wartete.

»Na, wie fühlen Sie sich?« fragte Garson grinsend und schlug Selvey aufs Knie, als sie losfuhren.

»Nicht übel«, meinte Selvey zurückhaltend und versuchte, bescheiden auszusehen. »Aber zum Teufel auch, Gar, ich kann nicht den ganzen Ruhm für mich beanspruchen. Ihre Leute haben das Urteil erst ermöglicht.«

»Das wollen Sie doch nicht im Ernst behaupten.« Garson zwinkerte mit den Augen. »Ich habe Sie während der

Verhandlung beobachtet, Warren. Sie schmeckten Blut. Sie waren das rächende Schwert. Sie haben ihn auf die Warteliste für den elektrischen Stuhl gesetzt, nicht ich.«

»Sagen Sie das nicht!« erwiderte Selvey scharf. »Sie wissen genau, daß er schuldig ist wie die Sünde selbst. Die Beweise lagen völlig klar. Die Geschworenen konnten gar nicht anders handeln.«

»Das stimmt. So, wie Sie die Sache angepackt haben, konnten sie nicht anders handeln. Doch wir wollen die Sache richtig sehen, Warren. Bei einem anderen Anklagevertreter hätten sie vielleicht etwas anderes beschlossen. Ehre, wem Ehre gebührt, Warren.«

Selvey konnte das Lächeln nicht länger zurückhalten. Es erleuchtete sein langes, spitzes Gesicht, und er fühlte mit Erleichterung, wie sich seine Züge entspannten. Er lehnte sich gegen die dicken Polster des Wagens zurück.

»Mag sein«, sagte er. »Ich hielt ihn jedenfalls für schuldig und versuchte, auch alle anderen davon zu überzeugen. Nicht Beweise, die man an den Fingern herzählen kann, fallen ins Gewicht, Gar. Das ist Schulweisheit, wie Sie selbst wissen. Manchmal *fühlt* man einfach ...«

»Sicher.« Garson blickte aus dem Fenster. »Wie geht's der jungen Frau, Warren?«

»Oh, Doreen geht's ausgezeichnet.«

»Freut mich zu hören. Prächtige Frau, Doreen.«

Sie lag auf der Couch, als er die Wohnung betrat. Diese Einzelheit seiner triumphierenden Heimkehr hatte er sich nicht ausgemalt.

Er ging zu ihr und setzte sich auf den Couchrand, damit sie ihn umarmen konnte.

»Hast du's gehört, Doreen?« fragte er. »Hast du gehört, was geschehen ist?«

»Ich hab's übers Radio gehört.«

»Und? Verstehst du, was das heißt? Ich habe meinen ersten Schuldspruch erreicht. Meinen ersten Schuldspruch, und zwar einen bedeutenden. Ich bin kein Junior mehr, Doreen.«

»Was werden sie mit dem Mann machen?«

Er sah sie mit zusammengekniffenen Augen an und versuchte, ihre Stimmung zu sondieren. »Ich habe die Todesstrafe gefordert«, antwortete er. »Er hat seine Frau kaltblütig ermordet. Warum sollte man mit ihm anders verfahren?«

»Ich habe nur gefragt, Warren.« Sie lehnte ihre Wange an seine Schulter.

»Der Tod gehört zu meinem Job«, sagte er. »Du weißt das genausogut wie ich, Doreen. Du machst mir doch daraus keinen Vorwurf?«

Sie schob ihn einen Augenblick von sich und schien mit der Entscheidung zu kämpfen, ob sie zornig sein sollte oder nicht. Doch dann zog sie ihn heftig an sich, und er fühlte ihren Atem heiß und rasch in seinem Ohr.

Sie feierten eine ganze Woche lang. Still und ruhig, in intimen Nachtklubrestaurants und nur mit sehr nahestehenden Bekannten. Es hätte Selvey nicht angestanden, unter diesen Umständen in der Öffentlichkeit fröhlich aufzutreten.

Am Abend des Tages, an dem der schuldig gesprochene Murray Rodman zum Tode verurteilt wurde, blieben sie zu Hause und tranken handgewärmten Cognac aus großen Schwenkern. Doreen betrank sich und wurde leidenschaftlich verspielt, und Selvey glaubte, nie glücklicher sein zu können. Aus einer mittelmäßigen Hochschulleistung und einer drittklassigen Anstellung in der Bezirksanwaltschaft hatte er sich zu einer wichtigen und geachteten Position hochgearbeitet, und das einzig durch seinen Scharfsinn und seine Redegewandtheit. Er hatte eine bildschöne, verwöhnte Frau geheiratet, die er in seinen Armen zum Schmelzen bringen konnte. Er war stolz auf sich. Er war Murray Rodman dankbar für die Gelegenheit, die er ihm gegeben hatte.

Es war der Tag, an dem Rodman hingerichtet werden sollte, als der gebeugte, grauhaarige Mann mit dem fettfleckigen Hut sich an Selvey heranmachte.

Er trat aus dem Eingang eines Drugstores, die Hände in die Taschen seines schmutzigen Tweedmantels geschoben und den Hut tief über die Augen gezogen. Weiße Bartstoppeln standen auf seinem Gesicht.

»Bitte«, sagte er, »kann ich Sie einen Moment sprechen?«

Selvey musterte ihn und steckte die Hand suchend in die Tasche.

»Nein«, sagte der Mann rasch. »Ich will kein Zehrgeld. Ich möchte nur mit Ihnen sprechen, Mr. Selvey.«

»Sie wissen, wer ich bin?«

»Yeah, sicher, Mr. Selvey. Ich habe genug über Sie gelesen.«

Selveys harter Blick wurde weicher. »Schön, aber ich bin grad jetzt ziemlich in Eile. Hab' eine Verabredung.«

»Es ist sehr wichtig, Mr. Selvey. Ich schwör's bei Gott. Können wir nicht irgendwo hingehen? Vielleicht einen Kaffee trinken? Nur fünf Minuten.«

»Warum schreiben Sie mir nicht oder kommen zu mir ins Büro? Es ist in der Chambers Street –«

»Es ist wegen des Mannes, Mr. Selvey, der heute nacht hingerichtet werden soll.«

Der Staatsanwalt blickte dem Mann prüfend in die Augen. Er sah, wie gespannt und durchdringend sie auf ihn gerichtet waren.

»Also gut«, sagte er. »Etwas weiter die Straße hinunter ist ein Café. Aber denken Sie dran, nur fünf Minuten.«

Die Uhr wies fast auf halb drei; der Mittagsandrang im Café war vorüber. Sie fanden eine Nische im Hintergrund und saßen schweigend, während der Kellner die Reste eines hastigen Mahls forträumte.

Schließlich beugte der alte Mann sich über den Tisch und sagte: »Ich heiße Arlington, Phil Arlington. Ich war außerhalb, in Florida, sonst hätte ich es nicht so weit kommen lassen. Ich hab' keine Zeitung gelesen, kein Radio gehört, nichts dergleichen.«

»Ich verstehe Sie nicht ganz, Mr. Arlington. Sprechen Sie von der Verhandlung gegen Rodman?«

»Yeah, die Rodman-Sache. Als ich zurückkam und hörte, was geschehen war, wußte ich nicht, was ich tun sollte. Sie können das sicher verstehen, nicht wahr? Es tat mir weh, tat mir schrecklich weh, zu lesen, was mit dem armen Mann angestellt wurde. Aber ich hatte Angst. Sie werden das verstehen. Ich hatte Angst.«

»Angst wovor?«

Der Mann redete zu seinem Kaffee. »Ich habe eine schlimme Zeit durchgemacht, war unentschlossen, was ich tun sollte. Doch schließlich sagte ich mir – Teufel nochmal, dieser Rodman ist ein junger Kerl. Wie alt ist er, achtunddreißig? Ich bin vierundsechzig, Mr. Selvey. Was ist besser?«

»Besser für was?« Selvey wurde ungeduldig; er warf

einen Blick auf seine Uhr. »Reden Sie verständlich, Mr. Arlington. Ich bin ein vielbeschäftigter Mann.«

»Ich beschloß, um Ihren Rat zu bitten.« Der grauhaarige Mann fuhr sich mit der Zunge über die Lippen. »Ich hatte Angst, glattweg zur Polizei damit zu gehen; ich meinte, ich sollte Sie erst fragen. Soll ich der Polizei melden, was ich getan habe, Mr. Selvey? Soll ich ihr sagen, daß ich die Frau getötet habe? Sagen Sie's mir. Soll ich?«

Die Welt drehte sich plötzlich vor Warren Selveys Augen. Seine Hände, die er um die Kaffeetasse gelegt hatte, wurden kalt. Er starrte den Mann gegenüber an.

»Wovon reden Sie überhaupt?« fragte er. »Rodman hat seine Frau ermordet. Wir haben es bewiesen.«

»Nein, nein, das ist es ja eben. Ich trampte nach Osten. Jemand nahm mich mit dem Wagen nach Wilford mit. Ich streifte durch die Stadt und überlegte krampfhaft, wo ich etwas zu essen, einen Job, irgendwas bekommen könnte. Ich klopfte an eine Tür, und jene nette junge Frau öffnete. Sie hatte keinen Job für mich, aber sie gab mir ein Sandwich. Es war ein Schinkensandwich.«

»Welches Haus? Woher wissen Sie, daß es Mrs. Rodmans Haus war?«

»Ich weiß es. Ich habe ihr Bild in den Zeitungen gesehen. Sie war eine so nette Dame. Wäre sie nachher nicht aus der Küche gegangen, wäre überhaupt nichts passiert.«

»Was, was?« fuhr Selvey ihn an.

»Ich hätte es nicht tun sollen. Ich meine, nachdem sie wirklich so nett zu mir war. Aber ich war so pleite. Ich sah in den Töpfen im Kuchenschrank nach. Sie wissen, wie Frauen sind; sie verstecken immer Zaster in Tassen und Töpfen, ihr Taschengeld nennen sie es. Sie erwischte mich dabei und wurde wütend. Sie schrie nicht und machte keinen Lärm, aber ich konnte sehen, daß sie mich in Schwierigkeiten bringen wollte. Und da hab ich's getan, Mr. Selvey. Ich verlor den Kopf.«

»Ich glaube Ihnen nicht«, sagte Selvey. »Keiner – kein Unbekannter wurde in der Nachbarschaft gesehen. Rodman und seine Frau lebten dauernd im Streit –«

Der grauhaarige Mann zuckte mit den Schultern. »Davon weiß ich nichts, Mr. Selvey. Ich weiß überhaupt nichts über diese Leute. Aber so ist's geschehen, und darum brauche ich Ihren Rat.« Er rieb sich die Stirn. »Ich meine, wenn ich jetzt gestehe, was würde man mit mir machen?«

»Sie auf den elektrischen Stuhl setzen«, sagte Selvey kalt. »Sie an Stelle von Rodman verbrennen. Wollen Sie das?«

Arlington wurde weiß. »Nein. Gefängnis, in Ordnung. Aber das nicht.«

»Dann vergessen Sie es. Haben Sie mich verstanden, Mr. Arlington? Ich glaube, Sie haben die ganze Geschichte nur geträumt, nicht wahr? Betrachten Sie's von der Seite. Ein böser Traum. Und jetzt gehen Sie wieder auf die Straße und vergessen es.«

»Aber dieser Mann. Heute nacht werden sie ihn töten –«

»Weil er schuldig ist!« Selveys Faust fiel auf den Tisch. »Ich habe seine Schuld *bewiesen*! Verstanden?«

Die Lippen des Mannes zitterten.

»Ja, Sir«, sagte er.

Selvey stand auf und warf fünf Dollar auf den Tisch.

»Zahlen Sie die Rechnung«, sagte er scharf. »Behalten Sie den Rest.«

An jenem Abend fragte Doreen ihn bereits zum viertenmal nach der Uhrzeit.

»Elf«, antwortete er mürrisch.

»Noch eine Stunde.« Sie drückte sich tief in die Sofakissen. »Ich möchte wissen, was er in diesem Augenblick empfindet ...«

»Hör auf damit!«

»Du meine Güte, wie nervös wir heute abend sind.«

»Ich habe nichts mehr damit zu tun, Doreen. Das habe ich dir wieder und wieder erzählt. Jetzt tut der Staat seine Pflicht.«

Nachdenklich schob sie ihre rosa Zungenspitze zwischen die Zähne. »Aber du hast ihn dorthin gebracht, Warren. Das kannst du nicht leugnen.«

»Die Geschworenen haben ihn dorthin gebracht!«

»Du brauchst *mich* nicht anzuschreien, Staatsanwalt.«

»Oh, Doreen ...« Er beugte sich zu ihr hinüber, um eine entschuldigende Geste zu machen, als das Telephon klingelte.

Ärgerlich nahm er den Hörer ab.

»Mr. Selvey? Hier ist Arlington.«

Selvey fühlte, wie sein Herzschlag sich über seinen ganzen Körper ausbreitete.

»Was wollen Sie?«

»Ich habe darüber nachgedacht, Mr. Selvey. Was Sie mir heute gesagt haben. Ich meine allerdings, daß es nicht recht wäre, einfach alles zu vergessen. Ich meine –«

»Arlington, hören Sie zu. Ich möchte Sie gern in meiner Wohnung sprechen. Ich möchte Sie gern sofort sprechen.«

Vom Sofa her rief Doreen: »He!«

»Haben Sie mich verstanden, Arlington? Bevor Sie

überstürzt handeln, möchte ich mit Ihnen reden, Ihnen Ihre rechtliche Lage klarmachen. Ich glaube, daß Sie sich das selbst schuldig sind.«

Am anderen Ende der Leitung entstand eine Pause.

»Wahrscheinlich haben Sie recht, Mr. Selvey. Nur befinde ich mich jetzt in der Innenstadt, und bis ich bei Ihnen bin –«

»Sie können es noch rechtzeitig schaffen. Nehmen Sie die IRT-Untergrundbahn, damit geht's am schnellsten. Bei der 86th Straße steigen Sie aus.«

Als er auflegte, war Doreen aufgestanden.

»Doreen, warte. Es tut mir leid, aber dieser Mann ist – ein wichtiger Zeuge in einem Fall, den ich bearbeite. Der einzige Zeitpunkt, zu dem ich ihn sprechen kann, ist jetzt.«

»Viel Spaß«, sagte sie schnippisch und ging ins Schlafzimmer.

»Doreen –«

Die Tür schloß sich hinter ihr. Einen Augenblick lang war alles ruhig. Dann hörte er, wie sich der Schlüssel im Schloß drehte.

Selvey verfluchte im stillen die Launen seiner Frau und ging zur Hausbar hinüber.

Als Arlington an der Tür läutete, war der Spiegel in Selveys Whiskyflasche um fünfzehn Zentimeter gesunken.

Arlingtons fettiger Hut und schmutziger Mantel nahmen sich in Selveys luxuriöser Wohnung schäbiger denn je aus. Er legte sie ab und blickte schüchtern um sich.

»Wir haben nur noch eine Dreiviertelstunde«, sagte er. »Ich muß einfach etwas unternehmen, Mr. Selvey.«

»Ich weiß, was Sie als erstes tun müssen«, lächelte der

Staatsanwalt. »Sie müssen einen Schluck trinken und die Sache mit mir durchsprechen.«

»Ich glaube, ich sollte lieber nicht –« Doch die Augen des Mannes ruhten bereits begehrlich auf der Flasche in Selveys Hand. Das Lächeln des Anwalts wurde breiter.

Gegen elf Uhr dreißig war Arlingtons Stimme schwerfällig und verschwommen, seine Augen nicht mehr so fordernd, seine Sorge um Rodman nicht mehr so drängend.

Selvey hielt das Glas seines Besuchers stets gefüllt.

Der alte Mann begann vor sich hin zu murmeln: von seiner Kindheit, von lang vergangenem Ansehen, und er endete schließlich mit Schmähungen über eine Reihe unbekannter Leute, die ihm übel mitgespielt hätten. Nach einer Weile begann sein Kopf auf den Schultern hin- und herzurollen, und die schweren Lider sanken ihm über die Augen.

Der helle Glockenton der Uhr auf dem Kaminsims riß ihn aus seinem Dahindösen.

»Was war das?«

»Nur die Uhr.« Selvey grinste.

»Uhr? Wie spät? Wie spät?«

»Zwölf, Mr. Arlington. Ihre Sorgen sind vorbei. Mr. Rodman hat bereits für sein Verbrechen bezahlt.«

»Nein!« Der alte Mann war aufgesprungen und lief wie wild im Kreis herum. »Nein! Das ist nicht wahr. Ich habe die Frau getötet. Nicht er! Man darf ihn nicht für etwas umbringen, das er –«

»Beruhigen Sie sich, Mr. Arlington. Sie können jetzt nichts mehr daran ändern.«

»Doch, doch! Ich muß es melden – der Polizei –«

»Aber warum? Rodman ist hingerichtet. Als diese Uhr

hier ausgeschlagen hatte, war er tot. Was können Sie jetzt noch für ihn tun?«

»Ich muß!« schluchzte der alte Mann. »Verstehn Sie denn nicht? Ich könnte so nicht weiterleben, Mr. Selvey. Bitte –«

Er stolperte zum Telephon hinüber. Rasch legte der Staatsanwalt seine Hand auf den Hörer.

»Lassen Sie das«, sagte er.

Ihre Hände kämpften um den Apparat, und der jüngere Mann gewann leicht die Oberhand.

»Sie können mich nicht aufhalten, Mr. Selvey. Ich gehe selbst hin. Ich werde ihnen alles erzählen. Und über Sie werde ich ihnen erzählen –«

Er stolperte auf die Tür zu. Selveys Arm schoß vor und riß ihn herum.

»Sie verrückter alter Tramp! Wollen Sie sich unbedingt ins Unglück stürzen? Rodman ist tot –«

»Das ist mir egal!«

Selvey holte aus, und seine Hand knallte über das eingefallene, weißstoppelige Gesicht. Der alte Mann schluchzte auf bei dem Schlag, versuchte aber weiter, die Tür zu erreichen. Selveys Wut wuchs, und er schlug nochmals zu, und wie von selbst rutschten seine Hände nach dem Schlag um den hageren Hals des alten Mannes. Der nächste Einfall kam ganz natürlich. Unter der verwitterten Haut pulste nicht mehr viel Leben. Etwas mehr Druck, und Selvey konnte den keuchenden Atem stoppen, die rauhe, knarrende Stimme, die ihn verdammenden Worte ... Selvey drückte fest und fester.

Dann ließen seine Hände ihn los. Der alte Mann schwankte und glitt an Selveys Körper herunter zu Boden. In der Tür aufrecht, mit eiskalten Augen: Doreen.

»Doreen, hör zu –«

»Du hast ihn erwürgt«, sagte sie.

»Notwehr!« schrie Selvey. »Er brach ein und versuchte, die Wohnung auszurauben!«

Sie schlug die Tür hinter sich zu, drehte den Schlüssel im Schloß. Selvey rannte über den Teppich und schlug verzweifelt gegen die Tür. Er rüttelte am Türknopf und rief ihren Namen, aber es kam keine Antwort. Dann hörte er, wie sich die Wählscheibe des Telephons drehte.

Auch ohne Vance unter den Leuten, die sich in seiner Wohnung drängten, wäre es schlimm genug gewesen. Vance, der stellvertretende Oberstaatsanwalt, der ihn sowieso nicht ausstehen konnte. Vance, der gerissen genug war, ohne jede Mühe seine Einbrechergeschichte zu widerlegen, der erfahren hatte, daß Selveys Besucher erwartet wurde. Vance, der über seine fatale Lage frohlocken würde.

Aber Vance schien nicht zu frohlocken. Er sah völlig verblüfft aus. Er starrte auf den Toten am Boden in Selveys Wohnung und sagte nur: »Ich versteh' das nicht, Warren. Ich versteh's einfach nicht. Warum mußten Sie einen harmlosen, alten Burschen wie den da töten?«

»Harmlos? *Harmlos?*«

»Gewiß. Harmlos. Das ist doch der alte Arlington. Bin ihm schon überall begegnet.«

»Sie kennen ihn?« Selvey war wie betäubt.

»Gewiß. Ich traf ihn zum erstenmal, als ich draußen in Bellaire County arbeitete, verrückter alter Knabe, der überall herumlief und Morde eingestand, die er nicht begangen hatte. Aber warum ihn töten, Warren? Warum?«

Tschüs, Charlie!

Eigentlich glaubte Charlie ja ein Recht zu haben auf das Geld, das er klaute. Als Vertreter für die Firma Broadman & Söhne, Miederwaren, hatte er sich bisher ganz gut gemacht, als Turtin mit seinem Vorschlag von »einem eigenen kleinen Laden« kam. Im Verkaufen war Turtin Spitze, und so lauschte Charlie verzückt den Prophezeiungen des anderen. Ein großer Verkaufsraum an der Hauptstraße. Dicke Bestellungen aus Dallas, Chicago, St. Louis. Haufenweise Geld auf der Bank. Willige Mannequins, die dem Boss gefallen wollten. »Du bist unser Außenmann«, hatte Turtin mit leiser, einschmeichelnder Stimme gesagt, »während ich hinter den Kulissen arbeite. Was kann da schiefgehen?«

Genau genommen ging auch nichts schief. Im ersten Jahr machte die Firma zumindest keinen Verlust, womit Turtin ganz zufrieden war. Im zweiten Jahr blieben sie auf einer Ladung Samt sitzen und hatten einen Umsatzgewinn von nur drei Prozent. Im dritten Jahr begann Charlie Geld auf die Seite zu schaffen.

Er glaubte durchaus Anspruch darauf zu haben. Immerhin handelte es sich um einen Vorgriff auf Turtins Versprechungen. Turtin, diesem melancholischen kleinen Bluthund, ging es doch nur um die Qualität der Ware und die Begründung seines guten Rufes in der Branche. Charlie dagegen hatte gewisse Ausgaben, die ihm unter den Nägeln brannten. Zum Beispiel Danielle Sweetfoot. Ein Mädchen wie Danielle, ein echtes Showgirl aus Las Vegas, ließ sich mit Provisionen allein nicht halten. Dann der ausländische Sportwagen. So eine Karre läuft schließlich nicht mit Feuerzeugbenzin, oder? Die Wohnung südlich von Central Park war auch keine Kleinigkeit. Allein die Trinkgelder für das Hauspersonal kosteten Charlie fünfhundert im Jahr. Ein Vertreter mußte eben ein gewisses Format an den Tag legen.

Turtin war ein solcher Idiot, daß er fast sechs Monate lang nichts von den Fehlbeträgen merkte. Bis dahin hatte Charlie das Geld längst zurückzahlen wollen, aber leider investierte er in die Aktien einer Elektronikfirma, die der Freund eines Freundes von Nick Davas – ach, wozu in die Einzelheiten gehen? Der Kurs fiel von neunundvierzig auf siebeneinhalb – so war die Börse nun mal.

Turtin war zwar ein sanfter, zurückhaltender Typ, als er aber auf die Wahrheit stieß, fiel seine Reaktion überraschend heftig aus. Er stürmte in Charlies Wohnung – wobei er wie eine lustige Figur aus dem Second Avenue Theater aussah – und brüllte so laut los, daß Danielle geradewegs von Charlies Schoß rutschte. Im nächsten Augenblick ging er Charlie an die Gurgel. Es war ein unmenschlicher Auftritt. Danielle kreischte aus vollem Halse und alarmierte damit das Hausmädchen, den Fahrstuhlführer und den Streifenpolizisten von der Straße. Sie alle mußten sich energisch bemühen, Turtins Finger von Charlies Hals zu trennen.

»Wollen Sie Anzeige erstatten?« fragte der Polizist.

»Nein«, antwortete Charlie, rieb sich die Halsschlagader und betrachtete seinen Partner. »War nur eine kleine Auseinandersetzung, nicht wahr, Max?«

»Ja«, sagte Turtin verbittert. »Wir reden morgen im Büro darüber.«

»Aber klar – sehr vernünftig von dir«, stellte Charlie fest.

Am nächsten Tag hatte sich Turtin wieder beruhigt. »Ich lasse nächste Woche eine Buchprüfung durchführen«, verkündete er leise. »Anschließend kann sich der Staatsanwalt mit dir beschäftigen.«

»Das kannst du mir doch nicht antun!« sagte Charlie.

»Sieht so aus, als fehlten gute fünfundsiebzigtausend. Ist davon noch etwas übrig?«

»Nein«, log Charlie. In Wahrheit hatte er in seiner Wohnung noch fünfunddreißigtausend Dollar in kleinen Noten versteckt.

»Hast du sonst etwas zu sagen, Charlie?«

Charlie überlegte angestrengt. »Nun ja, meine Mutter ist vierundachtzig. An dem Schock würde sie wohl sterben.«

»Tschüs, Charlie«, sagte Turtin. »Wir sehen uns vor Gericht wieder.«

An diesem Abend ging ein besorgter Charlie nach Hause. Er erklärte Danielle die Lage und fragte, was sie an seiner Stelle tun würde. Danielle kaute einen Augenblick lang auf ihren rotbemalten Lippen herum.

»Ich glaube, ich würde mich umbringen«, sagte sie schließlich.

»Danke für den tollen Rat«, meinte Charlie.

Zwanzig Minuten später stürmte er aus dem Badezimmer. »Du hast ja recht!« rief er begeistert. »Du hast ja recht! Das ist die Lösung, Schätzchen!«

»Lösung?«

»Ich bringe mich um!«

Danielle schnappte sich ihren Nerz und warf ihn

über die Schultern. »Leb wohl«, sagte sie. »Ich kann kein Blut sehen.«

»Warte noch! Ich will doch nicht wirklich sterben! Ich täusche den Selbstmord nur vor, damit Turtin niemanden mehr belangen kann. Ich habe ein paar Scheine auf die hohe Kante gelegt. Ich könnte Ferien machen, in Mexiko oder Tanganjika oder so.«

»Schön für dich. Aber was wird aus mir?«

»Mach dir keine Sorgen. Wenn sich die Sache abgekühlt hat, komme ich zurück und mache einen drauf ... so richtig einen drauf.«

»Eher *kriegst* du einen drauf – auf die Finger und ab in den Knast. Die Polizei wird wegen Unterschlagung nach dir fahnden.«

»Das habe ich alles bedacht. Komm, hilf mir.«

»Kommt nicht in Frage! Wenn du dir einbildest, ich halte das Rasiermesser, während du dir die Gurgel durchschneidest ...«

»Das doch nicht! Ich arbeite mit Psychologie, Baby! Ich bin Verkäufer, vergiß das nicht. Ich werde diesen Selbstmord verkaufen.«

»Was soll ich dabei tun?«

»Pack mir ein Paket.«

»Ein was?«

»Ein Paket! Etwa so groß. Tu ein paar schwere Sachen rein – Bügeleisen, Schuhe, was hier so in der Wohnung rumliegt.«

»Na schön«, seufzte Danielle. »Ich pack dir ein Paket. Soll ich auch einen Empfänger draufschreiben?«

»Spar dir die Mühe«, antwortete Charlie grinsend. »Das Ding wandert geradewegs ins Büro für unzustellbare Sendungen.«

Während Danielle loslegte, zog sich Charlie ins Schlafzimmer zurück, schloß die Tür und wählte Max Turtins Nummer. Danielle sollte das Gespräch nicht mithören, damit sie nicht etwa von einem Teil seines Planes erfuhr, den er noch gar nicht erwähnt hatte. Charlie ging es nämlich um mehr als nur Selbstmord. Er wälzte Mordgedanken.

Der Einfall hatte ihn geradewegs aus dem Badezimmerspiegel angesprungen. Er putzte sich gerade die Zähne, wobei er die Bürste wie ein Stilett hielt und Turtin in Gedanken umbrachte. Im nächsten Augenblick begegnete er dem Blick der eigenen Augen und erkannte, daß sein Problem auf lange Sicht nur durch einen Mord gelöst werden konnte.

Aber wie? Nach der Auseinandersetzung in seiner Wohnung war es kein Geheimnis, daß Charlie Max nicht ausstehen konnte. Wenn Turtin eines geheimnisvollen Todes starb, stünde er sofort ganz oben auf der Liste der Verdächtigen. Charlie ächzte hinter seinem Zahnpastaschaum. Dieser Weg war ihm verbaut. Er konnte genausogut tot sein.

Aber natürlich!

Es gab eine garantiert sichere Methode, Turtin aus dem Weg zu räumen und zugleich dem Netz der Polizei zu entwischen. *Er brauchte nur nicht mehr dazusein.* Nicht in Mexiko. Nicht in Tanganjika. Wirklich nicht mehr da. Futsch. Morte. Kaputt. Leb wohl, Charlie. Tot.

Das war der Clou: er mußte den Toten spielen. Später konnte er wieder aufwachen, Turtin ein für allemal erledigen und die Polizei nach *lebendigen* Verdächtigen fahnden lassen.

Er lauschte auf das Rufzeichen am anderen Ende. Dann hörte er die verhaßte sanfte Stimme.

»Hallo, Max«, sagte er. »Hier Charlie.«

»Laß mich in Ruhe, Charlie«, seufzte Turtin.

»Ich will nichts von dir. Ich wollte nur Lebwohl sagen.«

»Wohin willst du denn verschwinden?«

Charlie lachte bitter. »Mach dir keine Sorgen. Ich laufe dir nicht davon, Max, das brächte ja doch nichts. Ich gehe an einen Ort, wo mir niemand etwas tun kann. Wo das Leben nichts weiter ist als ein leerer Traum.«

»Bist du betrunken?«

»Mach's gut, Max«, sagte Charlie traurig. »Ich bedaure meine Tat und hoffe nur, du kannst mir verzeihen – danach.«

»Wieso – danach?«

»Hör zu, Max. Wenn man meine Leiche findet, tu mir bitte einen Gefallen. Sag niemandem, daß ich ein Dieb war. Es wäre Mamas Tod. Versprichst du mir das, Max?«

»Charlie!« brüllte der andere.

Aber Charlie hatte bereits aufgelegt.

Als er das Wohnzimmer verließ, schnürte Danielle gerade das Paket zu. Sie schmollte. Er wog das Gebilde in der Hand, das ihm schwer genug zu sein schien.

»Jetzt verschwinde lieber«, sagte er. »Du hörst von mir.«

»Wer garantiert mir das?«

»Verdufte endlich!«

Als er allein war, nahm Charlie einen leeren Koffer aus dem Schrank und tat Dinge hinein. Dinge wie Geld. Er legte ein Extrapaar Schuhe dazu und einen zweiten Mantel.

Es war fast zweiundzwanzig Uhr, als der Pförtner

seinen Wagen vorfahren ließ. Die Fahrt zur Great-Point-Brücke dauerte eine halbe Stunde, und Charlie sang die ganze Zeit – so freudig sah er den kommenden Ereignissen entgegen.

Er stellte den Wagen auf einem leeren Parkplatz unter der Brücke ab. Dann stopfte er die Schuhe in die Taschen des zweiten Mantels und nahm das schwere Paket unter den Arm. Zuletzt betrat er den Fußweg und marschierte los.

Es waren nur wenige Fußgänger in Sicht, meistens Stadtstreicher auf der Suche nach einem Plätzchen zum Übernachten, und niemand kümmerte sich um Charlie und seine Last. Damit war er durchaus einverstanden. Noch durfte man ihm keine Beachtung schenken.

Auf der Mitte der Brücke wartete er, bis ein Liebespärchen vorbeigeschlendert war; dann baute er die Bühne auf. Er zog den Mantel aus und drapierte ihn über dem Geländer. Die Extraschuhe stellte er auf dem Beton ab. Dann balancierte er das schwere Paket auf dem Geländer und wartete geduldig, bis er in der Dunkelheit einige Gestalten näherkommen sah.

Im nächsten Augenblick stürzte das Bündel in die Tiefe.

»Hilfe! Hilfe!« brüllte er. »Er ist gesprungen! Er ist gesprungen!«

Daraufhin erhielt er von beiden Seiten der Brücke Zulauf. Das junge Paar rannte zurück, um sich den Spaß anzusehen, und drei weitere Zeugen trabten herbei, um nur ja nichts zu verpassen. Viel sehen konnten sie nicht, doch hörten sie wenigstens das Aufklatschen. Sie beugten sich über das Geländer, starrten rufend in die Tiefe und begannen Halluzinationen zu haben, ganz wie Charles es vorausgesehen hatte.

»Ich sehe ihn! Ich sehe ihn!« rief jemand.

»Er versucht zu schwimmen!« schrillte eine Frau. Ein whiskystinkender alter Stadtstreicher linste ihr über die Schulter und schnalzte mitleidsvoll mit der Zunge. »Er schafft es nicht, der arme Bursche. Er säuft ab!«

»Da ist er! Er geht unter!«

»Er verschwindet jetzt schon zum drittenmal ...«

»Holt doch Hilfe!« brüllte Charlie. »Jemand muß die Polizei holen!« Der junge Liebhaber starrte ihn eine Sekunde lang mit aufgerissenen Augen an und setzte sich in Trab. Charlie marschierte in die andere Richtung, während die übrigen auseinanderliefen, als stünde ein Luftangriff bevor – sie wollten wohl alle Hilfe holen. Niemand dachte daran, die Brückentelefone zu benutzen, was Charlie aber gleichgültig war. In wenigen Minuten würden die Behörden dennoch Bescheid wissen, und die Bullen würden am Ort des Geschehens erscheinen, um Mantel, Schuhe und Informationen einzusammeln.

Er kehrte zum Wagen zurück, nahm den Koffer an sich und hielt ein Taxi an. In einem schäbigen Hotel im Zentrum mietete er sich ein und rauchte drei Zigarren, ehe er endlich einschlief.

Der Selbstmörder wurde in der Morgenzeitung noch nicht erwähnt, dafür erschien in der Nachmittagsausgabe ein anrührender Bericht. Man nannte ihn einen bekannten Geschäftsmann. Es hieß, er habe »geschäftliche Sorgen« gehabt. Der Artikel enthielt sogar ein Foto Danielles, die als seine »erschütterte Verlobte« bezeichnet wurde. Und das Beste: kein Wort von der Unterschlagung. Der arme Max Turtin! Offenbar hatte er die Geschichte von der vierundachtzigjährigen Mutter geschluckt. Dabei hatte Charlie seine Mutter seit fünfzehn Jahren nicht mehr gesehen. Sie war achtundfünfzig und Kellnerin in Houston.

Wie üblich spielte man mit dem Gedanken, den Fluß abzusuchen, wogegen aber die starke Strömung am Great Point sprach. Nach Ansicht der Polizei würde die Leiche ohnehin wieder an Land geschwemmt. Und ob! Charlie lachte leise vor sich hin – diese Leiche würde sich an Land noch bemerkbar machen, aber ziemlich handgreiflich!

Drei Tage später waren seine Bartstoppeln lang genug, um ihn auf den ersten Blick unkenntlich zu machen. Er wollte endlich zur Tat schreiten. Gegen dreiundzwanzig Uhr suchte er die Telefonzelle in einem Drugstore auf und rief bei Turtin an. Turtin wohnte allein in einem kleinen Mietshaus in der Neunundzwanzigsten Straße.

»Hallo?« fragte er mit piepsiger Stimme. »Ist Herbie zu Hause?«

»Sie haben sich verwählt«, sagte Turtin und legte auf.

Charlie brauchte eine Viertelstunde mit der U-Bahn. Er betrat das Gebäude, fuhr mit dem Fahrstuhl in die fünfte Etage und klopfte an Turtins Tür. Als Turtin aufmachte, konnte Charlie jeden Zahn in seinem Mund sehen.

»Charlie!« Mehr brachte er nicht heraus.

Er schob sich an dem anderen vorbei in die Wohnung und machte die Tür hinter sich zu.

»Du bist nicht tot!« stotterte Turtin. »Danielle hatte also recht ...«

Jetzt war Charlie mit dem Staunen an der Reihe.

»Danielle? Soll das heißen, sie hat dir alles erzählt?«

»T-t-t«, machte Turtin. »Du armer Dummkopf! So etwas Verrücktes hättest du gar nicht anzustellen brauchen. Ich hatte ohnehin nie die Absicht, dich anzuzeigen. Wie hätte ich einem alten Freund so etwas antun können?«

»Du nimmst mich nicht auf den Arm?« fragte Charlie. »Du wolltest mich nicht anzeigen?«

»Natürlich nicht!« Turtin umfaßte seinen Arm und führte ihn mit gewohnter Sanftheit in das Wohnzimmer. »Komm rein, Charlie, komm rein. Trink einen mit mir. Du siehst aus, als könntest du einen Schluck vertragen.«

Charlie war wie vor den Kopf geschlagen. Er nahm Platz und ließ sich von Turtin einen Drink mixen. Als ihm wieder einfiel, was er eigentlich im Schilde führte, wurde ihm heiß vor Schuldbewußtsein. Turtin umbringen! Diesen großartigen Freund!

»Ich komme mir wie ein Schweinehund vor«, sagte Charlie und mußte schlucken vor Rührung. »Ich hätte es besser wissen müssen, Max.« Er kostete seinen Drink. »Ich hätte wissen müssen, daß du mir so etwas nicht antust.«

»Natürlich nicht – auf keinen Fall. Soll ich denn meinen eigenen Partner ins Gefängnis bringen? Und die hübsche Firma ganz allein besitzen?«

Charlie lachte schwach, leerte sein Glas und entschlummerte.

Als er wieder zu sich kam, starrte er in Danielles Gesicht. Sie blickte ihn direkt an, redete aber über ihn, als wäre er gar nicht im Zimmer.

»Er ist wach, Max, er ist wach«, sagte sie. »Die Wirkung läßt nach.«

»Wir haben noch viel Zeit«, hörte er Max sagen.

Charlie versuchte die Hände zu bewegen, die aber an den Stuhl gefesselt waren. Er versuchte zu sprechen, spürte aber einen weißen Klumpen im Mund.

»Was jetzt?« fragte Danielle. »Rufen wir die Polizei?«

»Hmm«, erwiderte Turtin. »Die würde ihn eine Zeitlang einsperren. Aber vielleicht gibt's da noch eine bessere Möglichkeit.«

»Was könnte besser sein?«

»Soll das heißen, du bist noch gar nicht darauf gekommen?«

»Worauf denn?«

»Er hat doch bereits Selbstmord begangen«, sagte Turtin.

Zehn Tage später wurde Charlies Leiche angespült, womit die Polizei wieder einmal bestätigt war. Zum Ende des Jahres machte die Kleiderfabrik einen Gewinn von vier Prozent des Umsatzes. Das war nicht sensationell viel, aber es brauchte ja nicht mehr geteilt zu werden.

Schabernack mit einer alten Dame

In Flame Castles Briefkasten lag ein Umschlag; auf der Rückseite stand in Gravurschrift die Adresse von Mrs. Diane Wetherby Castle aus der Vierundsechzigsten Straße Ost. Flame kaute die letzten Überreste ihres grellrosa Lippenstifts ab, während sie erschöpft die drei Treppen zu ihrer Wohnung emporstieg. Ehe sie den Schlüssel ins Schloß steckte, riß sie den Brief auf. Das Blatt enthielt keine Anrede. Die alte Dame konnte sich noch immer nicht dazu überwinden, Flame als »Mrs. Castle« anzusprechen.

Würden Sie mich bitte heute abend um 18 Uhr zu Hause aufsuchen? Bitte bringen Sie Alice mit.

(Mrs.) Diane W. Castle

Flame brummte vor sich hin. Warum wollte die alte Dame sie sprechen? Dann dachte sie daran, daß ihr Anwalt versprochen hatte, Leonards Mutter einige drohende Briefe zu schicken, in der Hoffnung, sie dazu zu bringen, der Witwe ihres Sohnes eine Art Apanage auszusetzen. Das mußte es sein. Die alte Dame war sauer. Sie suchte Streit. Na, das war Flame nur recht.

Sie drehte den Schlüssel im Schloß und ließ die Tür aufschwingen.

Alice schlief auf dem Sofa. Mit dem schmutzigblonden Haar und dem winzigen Gesicht sah das Kind wie eine verlassene Stoffpuppe aus. Wie so oft atmete sie durch den Mund; Flame schüttelte sie zornig.

»Alice! Meine Güte, wach auf!«

Das Kind erwachte und begann zu weinen. Flame war nicht in der Stimmung, das Mädchen zu trösten.

»Wenn du endlich still bist, habe ich eine Überraschung für dich«, sagte sie. »Wir gehen heute abend aus, ganz toll aus!«

»W-wohin?« fragte Alice schluchzend.

»Wir besuchen jemanden, eine reiche Dame in der Nähe der Park Avenue. Weißt du, wo die Park Avenue liegt?«

»Nein.«

»Da wohnen die reichen Leute. Vielleicht kriegst du was Hübsches zu essen. Also wasch dich und zieh dein gutes Kleid an. Und nimm die hübsche blaue Tasche mit. Zack-zack!«

»Na gut«, sagte Alice.

Im Schlafzimmer dachte Flame über den Brief und die alte Frau nach und hätte in ihrer Erregung fast das Kleid zerrissen, das sie sich über den Kopf streifte. Diese alte Schlange! Seit dem Augenblick, da Leonard mit Flame zu Hause erschienen war, hatte seine Mutter sie gehaßt. Flame hatte nicht angenommen, daß sie ihren Sohn enterben würde, nur weil er ein Mädchen vom Ballett geheiratet hatte – doch sie hatte es getan, total und unversöhnlich. Nicht einmal Alices Geburt hatte ihre Entschlossenheit ins Wanken bringen können; die alte Dame war wirklich ein harter Brocken. Flame bewunderte ihre Härte, haßte sie aber trotzdem. Die Frau war stur, selbstgefällig, juwelenbehängt. Warum hatte *sie* nicht bei dem Eisenbahnunglück ums Leben kommen können, anstelle von Leonard?

Als Flame ihren Schmuck anlegte, kam ihr die große Idee. Sie besaß natürlich nur Modeschmuck, ganz im Gegensatz zu den Stücken von Mrs. Castle, die antike

Broschen, dicke Ringe und juwelenbesetzte Armbänder ihr eigen nannte. Ein einziges Stück aus der Sammlung der Schwiegermutter konnte sie und Alice ein Jahr lang über Wasser halten ...

Flame dachte an die Wohnung abseits der Park Avenue. Sie schloß die Augen und stellte sich den Ankleideraum der alten Dame neben dem Wohnzimmer vor; sie sah den Tisch mit dem geschnitzten Schmuckkasten, hier und dort achtlos hingeworfene Schmuckstücke ...

Ein Stück, dachte Flame. *Ein einziges Stück von dem Zeug.*

»Alice!« rief sie. »Alice, komm doch mal her!«

Das Kind trat scheu ins Zimmer, es hatte einen Daumen in den Mund gesteckt. Flame schlug ihr die Hand zur Seite, doch als sich das kleine Gesicht weinerlich verzog, lachte sie. »Ich will dir doch nur ein Spiel erklären.«

»Spiel?«

»Weißt du was, Alice? Wir spielen der alten Dame einen kleinen Streich. Würde dir das Spaß machen?«

Alice schien es nicht genau zu wissen, und Flame drückte sie an sich und flüsterte: »Das wird ein Spaß! Ein toller Spaß! Wenn wir bei der alten Dame sind, werde ich mit ihr sprechen, verstehst du? Du findest es ja immer langweilig, den Erwachsenen zuzuhören. Also machst du einen kleinen Spaziergang, klar? Du wanderst ein bißchen durch den Flur, verstanden?«

Das kleine Mädchen nickte.

»Am Ende des Flurs siehst du einen kleinen Raum. Darin steht ein großer Tisch mit einem Spiegel, so wie Mamis Tisch hier, und mit vielen hübschen Dingen darauf. Und weißt du, was du dann tust?« Sie lachte leise. »Ich sag's dir. Du nimmst dir irgendein Stück, etwas

Hübsches, Glitzerndes. Ich meine, ein Armband, einen Ring oder Ohrringe, irgend etwas, das hübsch aussieht. Verstanden?«

Alice stimmte ein leises, vergnügtes Lachen an.

»Das ist das Spiel, mein Schatz«, sagte Flame und drückte sie an sich. »Du tust das gute Stück in deine hübsche blaue Tasche und kommst zu Mami und der alten Dame zurück, klar? *Du darfst aber kein Wort sagen.* Das ist das Wichtigste, Alice. Verstehst du deine Mami? Kein Wort!«

»Ja, ja«, machte Alice.

»Ach, was bist du doch schon für ein großes Mädchen«, summte sie in Alices Ohr. »Ein *kluges* großes Mädchen ...«

Gefühlvoll umarmte Alice ihre Mutter.

Als Flame die Wohnung an der Vierundsechzigsten Straße betrat, erkannte sie, daß sich seit ihrem letzten Besuch nichts verändert hatte. Doch als Mrs. Castle in einem langen, nachschleppenden Rock eintrat, bemerkte sie ein neues Beben in den Händen der alten Frau, die sich mit unsicheren Bewegungen auf das Sofa setzte.

»Bitte nehmen Sie Platz«, sagte die alte Dame. »Ich habe von Ihrem Anwalt mehrere Briefe erhalten. Ein sinnloses Unterfangen, Sie sollten den Auftrag zurückziehen. Mein Anwalt hat mich wissen lassen, daß Sie keinen irgendwie gearteten rechtlichen Anspruch haben.«

»Hören Sie!« warf Flame ein. »Wenn Sie glauben ...«

»Bitte. Deshalb habe ich Sie nicht hergebeten.« Sie blickte auf das Kind, das sich an Flames Schulter kauerte. »Das ist also Alice. Ist sie immer so schüchtern?«

»Kann sie ein bißchen herumwandern?« fragte Flame.

»Sie ist nervös, und solches Gerede ist sowieso nichts für ihre Ohren.«

Die alte Frau runzelte die Stirn und nickte. »Du kannst tun, was dir gefällt, Alice. Es gibt nichts, was du zerbrechen könntest – jedenfalls nichts, was mir noch wichtig wäre. Geh ruhig, Kind.«

Alice warf ihrer Mutter einen kurzen Blick zu und ging dann zur Tür, die blaue Tasche unter den Arm geklemmt.

Als sie allein waren, sagte Mrs. Castle: »Das Kind sieht Leonard sehr ähnlich.«

»Was hatten Sie erwartet?«

Die alte Frau seufzte. »Ich hatte gehofft, daß wir uns in aller Ruhe unterhalten können. Ich habe Sie nicht hergebeten, um die alte Diskussion fortzusetzen. Das ist alles vorbei und ausgestanden. Die Lage ist nun völlig anders.«

»Was soll das heißen?«

»Wenn Sie es genau wissen wollen, ich habe meine Einstellung geändert.« Sie lächelte matt. »Das ist alles in allem recht komisch. Kurz nach Leonards Tod hatte ich einen Herzanfall. Einen milden, hieß es.« Sie schnaubte verächtlich durch die Nase. »Aber ich weiß das besser.«

»Es tut mir leid«, sagte Flame.

»Wirklich? Na, egal. Jedenfalls hatte ich plötzlich Zeit zum Nachdenken. Für Leonard konnte ich nichts mehr tun, außer ihm vielleicht zu verzeihen – aber das hatte ich schon vor langer Zeit getan. Als einziges blieb mir, etwas für seine Frau und sein Kind zu tun.«

»Ich verstehe nicht ...«

»Sie wissen doch bestimmt über mein Testament Bescheid. Ehe Sie in Leonards Leben traten, war er mein Alleinerbe. Danach stand er ohne einen Cent da. Doch nun möchte ich keine Verbitterung zurücklassen. Leonards Kind soll versorgt sein. Aus diesem Grund empfange ich nachher noch meinen Anwalt und diktiere ihm eine Änderung des Testaments.«

Flames Finger schlossen sich um die Armlehnen des Stuhls. Die alte Frau sah die Knöchel weiß werden, und lächelte geheimnisvoll.

»Der Hauptteil meines Nachlasses fällt danach an Sie und Alice. Wenn ich sterbe, werden Sie eine reiche Frau sein. Vielleicht stehen Sie dann eines Tages ebenfalls vor einem interessanten Problem. Vielleicht tritt ein Mann in Alices Leben, ein bezaubernder Taugenichts, gutaussehend, offensichtlich ein Glücksjäger, den Sie verabscheuen, der Ihre Tochter aber trotzdem heiratet. Dann denken Sie bitte an mich, ja?«

Sie stand auf. »Jetzt muß ich mich ausruhen. Bitte rufen Sie Ihre Tochter ...«

»Alice! Alice!« rief Flame und ging in den Flur hinaus. »Alice, wo bist du?«

Das Kind erschien, einen leicht erschrockenen Ausdruck in den Augen, die blaue Tasche an die Brust gedrückt.

»Da bist du ja!« sagte Flame zärtlich. »Komm, mein Kleines, es wird Zeit, daß wir gehen. Verabschiede dich von Mrs. Castle.«

Alice murmelte etwas, und die alte Frau nickte. Dann nahm ihre Mutter sie an der Hand und führte sie zum Ausgang.

Sie fuhren mit dem Taxi zurück; die Fahrt kostete zwei Dollar, was Flame aber egal war. Den ganzen Weg hielt sie das Kind im Arm, und Alice, erstaunt und verwirrt wegen der plötzlich zur Schau gestellten Zuneigung, trällerte und kicherte mit einer Fröhlichkeit, die sie selbst nicht ganz begriff. In der Wohnung zog Flame das schwarze Seidenkleid aus, stellte in einer Aufwallung guter Laune das Radio an und tanzte einen ironischen Striptease vor ihrer Tochter, die die ungewöhnlich lustige Mutter begeistert belachte.

Eine halbe Stunde später klingelte das Telefon.

»Spreche ich mit Mrs. Leonard Castle?«

»Ja. Wer ist denn da?«

»Mein Name ist Pierce, Dr. Pierce, Mrs. Castle. Sie kennen mich nicht, doch ich habe Ihre Schwiegermutter behandelt. Meines Wissens waren Sie die einzige lebende Verwandte, da hielt ich es für richtig, Sie anzurufen.«

»Stimmt etwas nicht? Ist ihr etwas passiert?«

»Leider ja. Ich wurde kurz nach Ihrem Besuch vom Hausmädchen angerufen. Sie waren offenbar erst zwei Minuten fort, als Mrs. Castle einen Anfall bekam; als ich ankam, war es schon zu spät.«

»Soll das heißen – sie ist tot? Mrs. Castle ist tot?«

»Ich hatte ihr Nitroglycerinpillen dagelassen, doch sie nahm keine davon. Ich weiß nicht, warum, vielleicht geschah alles zu plötzlich. Es tut mir sehr leid, Mrs. Castle ...«

Flame knallte den Hörer auf die Gabel.

»Alice!« kreischte sie. »Alice!«

Als dieser Schrei durch die Wohnung gellte, verlor das Kindergesicht den neuen strahlenden Ausdruck.

»Die Tasche!« kreischte Flame. »Die Tasche!«

»Was?«

»Wo ist deine Tasche?«

Dann erblickte sie den hellblauen Beutel auf dem Sofa. Sie packte ihn, zerrte wild an dem kleinen Schloß. Zuletzt stellte sie die Tasche auf den Kopf, und ein hellschimmernder Gegenstand fiel auf die Kissen. Ein grellroter Edelstein funkelte auf dem Deckel; eindeutig ein sehr teures Pillendöschen.

Mein kleiner Betrüger

Mr. Sanborn war bisher einem Gespräch mit Fred Moffits Frau entgangen – aber nur, weil er der vielbeschäftigte Firmenchef war. Freitagmittag jedoch, drei Tage, nachdem ihr Mann gegen Kaution freigelassen worden war, ließ sich Mrs. Moffit einen hinterlistigen Trick einfallen: sie wartete vor der Tür der Sanborn Company, bis Delores, Mr. Sanborns Sekretärin, zum Essen ging. Dann trottete sie den Flur entlang zu seinem Eckbüro, starrte durch den Türspalt und sah ihn in ein riesiges Sandwich beißen, während er die Augen in einem Taschenbuchkrimi hatte. Da konnte er sich nicht mehr damit herausreden, »zuviel zu tun« zu haben; er war ertappt, mit Eispuren im Gesicht.

»Mr. Sanborn?« fragte sie ehrfürchtig. »Ich bin Stella Moffit, Freds Frau. Ich muß Sie sprechen, Mr. Sanborn ...«

Er nahm die Füße vom Tisch und versuchte eine Entschuldigung herauszubringen. Es wurde aber nur ein Stammeln daraus. Inzwischen hatte die Frau mit vier gewaltigen Schritten die sechs Meter Teppich zwischen Tür und Schreibtisch überwunden und zog sich einen Stuhl heran. Mr. Sanborn sah Fred Moffits Frau zum erstenmal, ein Anblick, der ihm einen gelinden Schock versetzte. Nicht daß er besondere Erwartungen gehegt hätte – Moffit war ein kleiner, dürrer Mann mit doppelt soviel Stirn als Kinn –, diese Frau aber war ein Vogelwesen. Ihr schwarzes Haar bildete ein wirres Nest für allerlei Nadeln. Sie hatte die Augen, die Nase und nach Mr. Sanborns Einschätzung wohl auch das Wesen eines Adlers.

Jetzt legte sie die Krallen auf den Tisch und schrillte: »So etwas können Sie mit meinem Fred nicht machen, Mr. Sanborn! Auf keinen Fall!«

Er schob den Drehstuhl zurück so weit es ging, ohne aus dem Fenster zu fallen. »Ich verstehe nicht, was Sie wollen, Mrs. Moffit«, sagte er. »*Ich* tue doch gar nichts; Fred hat das alles selbst angestellt.«

»Glauben Sie etwa, das wüßte ich nicht?« fragte sie jammervoll, schloß die Augen und bewegte ihren großen, formlosen Körper vor und zurück. »Glauben Sie etwa, ich hätte ihm das nicht hundertmal gesagt? Fred, habe ich gesagt, Fred, warum hast du das getan? Warst du nicht mit dem zufrieden, was dir die Sanborn Company jede Woche zahlte? Warst du nicht zufrieden damit, daß die Leute dich gehirnlosen Idioten von der Straße geholt und sogar zum ersten Buchhalter befördert haben? Zeigst du so deine Dankbarkeit? Indem du Unterschlagungen begehst?«

»Äh ... ja«, sagte Mr. Sanborn unbehaglich. »Sie waren bestimmt ebenso überrascht wie wir, als wir den Fehlbetrag feststellten. Aber da Sie das offenbar begreifen, wüßte ich nicht, warum Sie meinen, ich hätte ...«

Sie schlug so heftig auf den Tisch, daß der letzte Rest des belegten Brotes in die Höhe hüpfte. »Weil *Sie* derjenige sind, der die Anzeige gemacht hat, Mr. Sanborn. Trifft das nicht zu? Haben Sie Fred bei der Polizei angezeigt?«

»Nun ja. Das ist richtig. Sie müssen verstehen. Als Präsident dieser Firma ...«

»Na schön. Wenn Sie also die Sache in Gang gebracht haben, können Sie sie auch wieder abblasen, habe ich nicht recht? Ich meine, Sie haben das Geld ja schließlich zurückbekommen, nicht wahr, die ganzen dreitausend Dollar?«

»Nun, es bleibt ein Rest von etwa vierhundertundzwanzig ...«

»Das können Sie ihm doch vom Gehalt abziehen, oder?« Ihre blitzenden Augen fixierten ihn. »Wäre das nicht der einfachste Weg?«

»Mrs. Moffit, wenn Sie meinen, wir würden Ihren Mann weiter bei uns beschäftigen ...«

»Warum nicht?« fragte sie lautstark. »Nur weil er mal einen Fehler gemacht hat? Wie viele Fehler haben Sie schon in Ihrem Leben gemacht?«

»Sicher viele – aber doch nicht die Art Fehler, die sich Ihr Mann geleistet hat. Unterschlagung ist ein Verbrechen, Mrs. Moffit. Es handelt sich dabei um eine Art Diebstahl.«

»Ha! Fred Moffit hat nicht den Mumm, auch nur fünfundzwanzig Cents zu klauen! Was er getan hat, war kein Diebstahl, nicht für ihn. Er hat sich ohne Erlaubnis etwas ausgeliehen, das ist alles. Hören Sie, über Fred können Sie mir nichts Neues erzählen. Ich studiere diesen Mann nun schon seit fünfundzwanzig Jahren wie ein Insekt. Gut, er hat also Geld unterschlagen. Aber ist er deshalb gleich ein Verbrecher?« Sie lachte.

Mr. Sanborn rang sich ein Lächeln ab. »Oh, ich weiß, daß Fred im Grunde seines Herzens kein Dieb ist. Er kam eben in Versuchung und konnte nicht widerstehen. Niemand war überraschter als ich. Aber noch mehr hat mich eigentlich überrascht, *wie* er die Tat beging.«

»Was soll denn das heißen?«

»Nun«, sagte der Geschäftsmann zögernd. »Ich schätze, wir alle haben in uns einen Zug, der uns einen raffinierten Verbrecher bewundern läßt. Fred aber hat sich ganz und gar nicht raffiniert angestellt. Offen gestanden dürfte sein primitives Vorgehen eher ein Hinweis darauf sein, daß er gar kein besonders guter Buchhalter war.«

»Ha!« sagte die Frau nickend. »Über die Intelligenz meines Mannes brauchen wir kein Wort zu verlieren. Schlau ist er nicht gerade.«

Ihr Gesicht zeigte eine besorgniserregende Veränderung. Der Mund klaffte weit und offenbarte ein umfangreiches Goldlager in den Backenzähnen. Mr. Sanborn befürchtete schon, nun werde ein lauter Gefühlssturm losbrechen. Statt dessen war ein Tuten wie von einem Nebelhorn zu hören, und ihre dunklen, tiefliegenden Augen füllten sich mit den dicksten, nassesten Tränen, die er je gesehen hatte.

»*Ooo-ou-aah!*« dröhnte sie wie eine kaputte Posaune. »Mein armer Fred! Mein armer Kleiner kommt ins Gefängnis!«

»Mrs. Moffit, bitte ...«

»Man wird ihn ins Gefängnis stecken! Ich werde ihn nie wiedersehen! Mein Kleiner kommt in den großen Bau ...«

»Mrs. Moffit, bitte beherrschen Sie sich doch! Dies ist schließlich ein Büro ...«

»Sie können so etwas nicht tun! Sie können ihn nicht einsperren! Er hat das alles nicht so gemeint, Mr. Sanborn, das schwöre ich bei Gott!« Sie sprang auf und krallte nach ihm, wobei ihre rotbemalten Fingernägel seine Jackettaufschläge um Haaresbreite verfehlten. »Ich zahle Ihnen jeden Cent zurück! Ich gehe als Putzfrau! Ich verkaufe die Möbel! Ich – ich tue alles!«

»Ich bitte Sie!« sagte Mr. Sanborn, der in Schweiß ausbrach und zu zittern begann.

»Er bedeutet mir doch alles! Er ist mein ganzes Leben. Verstehen Sie das nicht? Und dann die Kinder ...«

»Kinder? Ich dachte, Sie haben keine Kinder?«

»Er hat einen Neffen«, schluchzte die Frau. »Der Junge hält so große Stücke auf Fred. Was soll ich ihm nur erzählen, wenn Sie Fred ins Gefängnis stecken lassen, ha? Was sage ich dem Jungen?«

Sie setzte sich wieder und stützte den Kopf in die Hände. Ihre kräftigen Schultern wurden von lautem Schluchzen geschüttelt. Mr. Sanborn wartete darauf, daß sie sich beruhigte, doch das Weinen hörte nicht auf. Es nahm vielmehr wieder an Intensität zu, bis sie den Tisch mit den Fäusten zu bearbeiten begann und dabei ächzte und jaulte wie eine defekte Sirene.

»Mrs. Moffit, Mrs. Moffit«, flehte er hilflos, doch sie weinte nur noch um so mehr. »Mrs. Moffit, hören Sie zu! Ich will Fred nicht ungerecht behandeln; das Gericht wird bestimmt Gnade walten lassen ...«

Sie hörte auf zu schluchzen und ließ ein gerötetes Auge sehen. »Wieso – Gnade?«

»Na, vielleicht ein Jahr, höchstens zwei ...«

»Ooo-ouaah!« jaulte die Frau auf, trat mit den Füßen gegen den Schreibtisch und ließ die Fäuste auf die Schreibunterlage dröhnen. »Mein armer Fred! Mein hilfloser Kleiner!«

»Na schön, na schön!« brullte Mr. Sanborn. »Dann nicht mal das, Mrs. Moffit, nicht mal das. Ich lasse den Richter nicht an ihn heran. Ich ziehe die Anzeige zurück ...«

Sie blickte auf, und wieder hatte sich ihr Gesicht völlig verändert. »Wirklich? Versprechen Sie mir das?«

»Ja«, sagte Mr. Sanborn seufzend. »Der Schaden war ja wohl wirklich nicht groß. Der größte Teil des Geldes ist wieder da, und die Differenz zahle ich aus eigener Tasche.«

»Oh, Mr. Sanborn! Sie sind ein großartiger Mann!«

Er wich zurück, ehe sie ihm ihre Dankbarkeit beweisen konnte. »Natürlich geht es nicht, daß er seine Arbeit bei uns wieder aufnimmt, Mrs. Moffit. Und es dürfte ihm nicht leicht fallen, eine ähnliche Stellung zu finden. Seine Tat ist schließlich nicht geheimgehalten worden ...«

»Ach, das geht schon in Ordnung«, gab die Frau zurück. »Er hätte nie Buchhalter werden dürfen; seit Jahren rede ich auf ihn ein, er soll bei meinem Bruder in die Bäckerei eintreten.«

»Äh ... ja«, sagte Mr. Sanborn. »Sie können ja jetzt nach Hause gehen und Fred die gute Nachricht überbringen, Mrs. Moffit. Ich rufe im Büro des Staatsanwalts an und gebe dort meine Entscheidung bekannt.«

»Wie könnte ich Ihnen je danken?« rief Mrs. Moffit.

Um halb sechs war Mr. Sanborn immer sehr erschöpft. Das hatte nichts mit der Energie zu tun, die er den Tag über aufgewendet hatte; es war vielmehr seine Angewohnheit, um 17.30 Uhr müde zu sein. Da es ein Freitag war, hatten sich die anderen Angestellten schon vor einer halben Stunde verabschiedet. Er war allein. Die Stille war beruhigend; sie sollte aber nicht lange anhalten.

»Mr. Sanborn?«

Er hob den Kopf und sah Fred Moffit an der Tür stehen. Im ersten Augenblick war ihm, als habe sich in der letzten Woche nichts geändert: da stand der treue, arbeitsame

Fred, der jeden Tag dafür sorgte, daß die Bücher stimmten. Aber dann wurde Mr. Sanborn bewußt, daß er sich in der Gegenwart des Betrügers Moffit befand, eines Mannes, von dessen Existenz er keine Ahnung gehabt hatte.

»Nun, Fred«, sagte er hilflos. »Was für ein überraschender Besuch!«

»Kann man wohl sagen«, erwiderte Moffit und betrat das Büro.

»Sie haben – Sie haben wohl heute nachmittag schon mit Ihrer Frau gesprochen.«

»Ich komme eben von ihr. Sie sagt, Sie ziehen die Anzeige zurück.«

»Richtig«, entgegnete Sanborn lächelnd. »Sie brauchen dazu nichts zu sagen, Fred. Ich weiß genau, was Sie jetzt fühlen. Ich hoffe, Sie können die Vergangenheit vergessen und versuchen ein besseres Leben zu führen.«

»Ein besseres Leben?« Moffit lachte schrill, und Mr. Sanborn hob hastig den Kopf. »Meinen Sie das wirklich? Nachdem Sie mir die klügste Tour vermasselt haben, auf die ich je gekommen bin?«

»Ich bitte Sie!« sagte der Firmenchef eisig. »Wenn Sie eine Unterschlagung klug nennen wollen ...«

»Warum mußten Sie mir alles verderben?« rief Moffit. »Warum mußten Sie die Anzeige zurückziehen? Warum haben Sie nicht alles so laufen lassen?«

»Alles so laufen lassen?« fragte Mr. Sanborn entsetzt. »Um Himmels willen. *Wollten* Sie denn etwa ins Gefängnis?«

Fred Moffit zog einen kleinen Revolver aus der Tasche. »Das ist der einzige Ort, wo *sie* nicht an mich rankommt«, sagte er matt. »Jetzt muß ich mir etwas anderes einfallen lassen.«

»Fred! Sie wollen mich doch nicht etwa umbringen?«

»Keine Sorge«, sagte der Mann traurig. »Dafür wird man hingerichtet. Ich werde Sie nur anschießen, Mr. Sanborn. In welches Bein hätten Sie's denn gern?«

Die Prüfung

Die Jordans sprachen erst über die Prüfung, als ihr Sohn Dickie zwölf Jahre alt geworden war. An seinem Geburtstag schnitt Mrs. Jordan das Thema zum erstenmal in seiner Gegenwart an, und der besorgte Tonfall veranlaßte ihren Mann zu einer scharfen Antwort.

»Laß das!« sagte er. »Er schafft es schon.«

Sie saßen am Frühstückstisch, und der Junge blickte neugierig von seinem Teller auf. Er war ein aufgewecktes Kind mit glattem blondem Haar und einer hektischen, nervösen Art. Er begriff nicht, was es mit der plötzlichen Gereiztheit auf sich hatte; dagegen war ihm bekannt, daß er heute Geburtstag hatte, und die familiäre Harmonie ging ihm über alles. Irgendwo in der kleinen Wohnung warteten mit Schleifen versehene Pakete darauf, geöffnet zu werden, und im automatischen Herd der winzigen Wandküche wurde etwas Warmes und Süßes zubereitet. Es sollte ein fröhlicher Tag werden, und die Tränen in den Augen seiner Mutter und das Stirnrunzeln seines Vaters störten die erregte Erwartung, mit der er den Morgen begrüßt hatte.

»Was für eine Prüfung?« fragte er.

Seine Mutter starrte auf das Tischtuch. »Eine Art Intelligenztest der Regierung, den alle Zwölfjährigen durchmachen müssen. Dein Termin ist nächste Woche. Brauchst dir deswegen keine Sorgen zu machen.«

»Eine Prüfung wie in der Schule?«

»So ungefähr«, sagte sein Vater und stand auf. »Geh und lies deine Comic-Hefte, Dickie.«

Der Junge gehorchte und zog sich in den Teil des Wohnzimmers zurück, der seit seiner Kindheit ihm gehört hatte. Er nahm das oberste Comic-Heft vom Stapel, schien sich aber für die farbenfrohen und aktionsreichen Bildchen nicht zu interessieren. Vielmehr schlenderte er zum Fenster und starrte düster auf die Nebelschleier, die das Glas verhüllten.

»Warum muß es ausgerechnet *heute* regnen?« fragte er.

Sein Vater, der sich mit der Regierungszeitung in seinen Sessel zurückgezogen hatte, raschelte gereizt mit den Blättern. »Weil es eben regnet! Vom Regen wächst das Gras.«

»Warum, Paps?«

»Weil es wächst, das ist nun mal so.«

Dickie zog die Brauen zusammen. »Aber wieso ist es grün? Das Gras?«

»Das weiß niemand!« gab der Vater heftig zurück, bedauerte den scharfen Tonfall aber sofort.

Später kam wieder Feierstimmung auf. Dickies Mutter reichte ihm strahlend die bunt verpackten Pakete, und der Vater brachte sogar ein Lächeln zustande und fuhr seinem Kind durch das Haar. Dickie küßte seine Mutter und gab dem Vater ernst die Hand. Dann wurde der Geburtstagskuchen aufgetragen, und der große Tag war vorbei.

Eine Stunde später saß er am Fenster und sah zu, wie sich die Sonne durch die Wolken kämpfte.

»Paps«, sagte er, »wie weit weg ist die Sonne?«

»Achttausend Kilometer«, antwortete der Vater.

Dick saß am Frühstückstisch und bemerkte wieder einmal Tränen in den Augen seiner Mutter. Er brachte diese

Beobachtung erst mit der Prüfung in Verbindung, als sein Vater plötzlich die Sprache wieder auf dieses Thema brachte.

»Also, Dickie«, sagte er mit mannhaftem Stirnrunzeln, »du hast heute früh einen Termin.«

»Ich weiß, Paps. Ich hoffe nur ...«

»Du brauchst dir keine Sorgen zu machen. Viele tausend Kinder machen täglich diese Prüfung durch. Die Regierung will wissen, wie klug du bist, Dickie. Das ist alles.«

»Meine Noten in der Schule sind gut«, sagte er zögernd.

»Hier liegen die Dinge anders. Es handelt sich um eine – ganz spezielle Prüfung. Man gibt dir etwas zu trinken, und dann betrittst du einen Raum, in dem sich eine Art Maschine befindet ...«

»Was ist das für ein Getränk?« fragte Dickie.

»Nichts Besonderes. Es schmeckt nach Pfefferminze. Das Getränk soll dafür sorgen, daß du alle Fragen wahrheitsgemäß beantwortest. Nicht, daß die Regierung glaubt, du würdest ihr nicht die Wahrheit sagen, aber das Zeug schließt jeden Zweifel aus.«

Auf Dickies Gesicht malte sich Verwirrung und ein Hauch von Angst. Er blickte seine Mutter an, und sie setzte ein vages Lächeln auf.

»Es wird alles gutgehen«, sagte sie.

»Natürlich!« stimmte sein Vater zu. »Du bist ein braver Junge, Dickie, du schaffst es bestimmt. Dann fahren wir nach Hause und feiern. Einverstanden?«

»Jawohl«, sagte Dickie.

Eine Viertelstunde vor der festgesetzten Zeit betraten sie das Bildungsgebäude der Regierung. Sie überquerten den Marmorboden der säulenbewehrten Vorhalle, passierten einen großen Torbogen und betraten einen automatischen Fahrstuhl, der sie in die vierte Etage brachte.

An einem blitzenden Tisch vor Zimmer 404 saß ein junger Mann in einer insignienlosen Tunika. Er hielt ein Klemmbrett in der Hand, fuhr mit dem Stift an der Reihe der Namen entlang und ließ die Jordans schließlich eintreten.

Der Raum war so kühl und nüchtern wie ein Gerichtssaal; lange Bänke zogen sich an Metalltischen entlang. Mehrere Väter und Söhne waren bereits anwesend, und eine Frau mit dünnen Lippen und kurzgeschnittenem Haar verteilte Papiere.

Mr. Jordan füllte das Formular aus und gab es dem Angestellten zurück. Dann sagte er zu Dickie: »Es dauert nicht mehr lange. Wenn dein Name aufgerufen wird, gehst du durch die Tür am Ende des Zimmers.« Er deutete auf das Portal.

Ein verborgener Lautsprecher knisterte und rief den ersten Namen auf. Dickie sah, wie sich ein Junge zögernd von seinem Vater entfernte und langsam zur Tür ging.

Fünf Minuten vor elf wurde Jordan aufgerufen.

»Viel Glück, mein Sohn«, sagte sein Vater, ohne ihn anzusehen. »Ich hole dich nach der Prüfung ab.«

Dickie ging zur Tür und drehte den Knopf. Der dahinterliegende Raum war kaum beleuchtet, und er hatte Mühe, das Gesicht des graugekleideten Mannes zu erkennen, der ihn begrüßte.

»Setz dich«, sagte der Mann leise und deutete auf einen hohen Stuhl neben seinem Tisch. »Du heißt Richard Jordan?«

»Jawohl, Sir.«

»Deine Klassifikationsnummer ist 600-115. Trink dies, Richard.«

Er nahm einen Plastikbecher vom Tisch und reichte ihn dem Jungen. Die Flüssigkeit sah aus wie Buttermilch und schmeckte nur ganz leicht nach der versprochenen Pfefferminze. Dickie leerte das Gefäß und reichte es dem Mann zurück.

Schweigend saß er da. Plötzlich war ihm schläfrig zumute, und er schwieg, während der Mann sich auf einem Stück Papier Notizen machte. Dann warf der Weißgekleidete einen Blick auf die Uhr und stand auf. Er befand sich nur wenige Zentimeter vor Dickies Gesicht. Er löste einen bleistiftähnlichen Gegenstand aus der Kitteltasche und leuchtete dem Jungen in die Augen.

»Gut«, sagte er. »Jetzt komm mit, Richard.«

Er führte Dickie an das Ende des Zimmers, wo ein Holzstuhl vor einer mit zahlreichen Instrumenten versehenen Maschine stand. An der linken Armlehne war ein Mikrofon befestigt, und als sich der Junge setzte, stellte er fest, daß es genau auf seinen Mund gerichtet war.

»Jetzt entspann dich, Richard. Man wird dir ein paar Fragen stellen. Überlege sorgfältig, ehe du ins Mikrofon antwortest. Den Rest besorgt die Maschine.«

»Jawohl, Sir.«

»Ich lasse dich jetzt allein. Wenn du soweit bist, brauchst du nur: ›Fertig‹ zu sagen.«

»Jawohl, Sir.«

Der Mann drückte ihm die Schultern und ging.

Dickie sagte: »Fertig.«

An der Maschine begannen Lichter zu flackern, ein Apparat surrte. Eine Stimme sagte:

»Vollende die Reihe. Eins, vier, sieben, zehn ...«

Mr. und Mrs. Jordan saßen im Wohnzimmer, wortlos. Sie hatten es aufgegeben, über den möglichen Ausgang der Prüfung zu spekulieren.

Es war schon beinahe vier Uhr, als das Telefon klingelte. Die Frau versuchte als erste abzuheben, doch ihr Mann reagierte schneller.

»Mr. Jordan?«

Die Stimme klang barsch: eine energische, amtliche Stimme.

»Ja, am Apparat.«

»Hier spricht der Bildungsdienst der Regierung. Ihr Sohn Richard M. Jordan, Klassifikationsnummer 600-115, hat die Prüfung der Regierung beendet. Wir müssen Ihnen leider mitteilen, daß sein Intelligenzquotient über dem von der Regierung gemäß Vorschrift 84, Abschnitt 5 des Neuen Kodex zugelassenen Höchstwert liegt.«

Die Frau, die den Gesichtsausdruck ihres Mannes zu lesen verstand, stieß einen spitzen Schrei aus.

»Sie können sich telefonisch entscheiden«, leierte die Stimme, »ob die Leiche durch die Regierung bestattet werden soll oder ob Sie eine private Beerdigung wünschen. Die Gebühr für das Regierungsbegräbnis beträgt zehn Dollar.«

Bulle im Schaukelstuhl

Detective Lieutenant Herb Finlay saß auf der Veranda seines Ferienhäuschens und mißbrauchte den Schaukelstuhl zum Stillsitzen. Damit übertrat er die ärztlichen Anordnungen zwar nur geringfügig, fand es aber sehr befriedigend, reglos dazusitzen und mürrisch auf die Baumwipfel und die Küstenlinie Maines zu blicken, hinüber zu dem Wild, das er nicht jagte, und zu den Fischen, die er nicht an Land holen durfte.

Der Polizeiarzt hatte sich ziemlich drastisch geäußert. »Für einen Bullen wie dich, Finny«, knurrte er, »ist Jagen und Fischen keine Entspannung, sondern nur ein Ersatz für die Verbrecherjagd. Ich will, daß du dich *ausruhst* – und damit meine ich einen Urlaub im Schaukelstuhl, du alter Dummkopf.«

Natürlich war Finny noch gar nicht alt, erst neunundfünfzig – nur seine Arterien waren zu schnell gealtert. Eines schönen Morgens hatte er auf dem Weg zur sechshundertvierundzwanzigsten Verhaftung seiner Karriere einen Herzanfall erlitten und war ins Bett verbannt worden. Wegen guter Führung wurde er schließlich in die Obhut von frischer Luft, Sonnenschein und totaler Ruhe entlassen. »Du rührst keinen Finger«, forderte man ihn auf. »Vergiß, daß du Bulle bist, tu mal so, als wärst du eine Pflanze.« Nach zweiunddreißig Jahren war das der schlimmste Befehl, den er je bekommen hatte.

Finny griff nach dem Feldstecher und suchte mit Adleraugen die Bäume ab. An der Küste entdeckte er eine

Gruppe sauberer kleiner Häuser mit weißen Dächern, die wie Kekse in der heißen Mittagssonne buken. Gute zehn Minuten lang beobachtete er die Gebäude. Dann neigte er den Stuhl zurück und versuchte zu schlafen. Fünf Minuten später richtete er das Fernglas wieder auf die Häuser. Schließlich stand er auf, ging in das kühle Innere der Hütte und griff nach dem Telefon. Er probierte aus, wie lang die Schnur war, und stellte fest, daß er den Apparat mit zum Schaukelstuhl nehmen konnte. Er setzte sich den Apparat in den Schoß und wählte die Hotelvermittlung.

»Würden Sie mich bitte mit Mr. Bryer verbinden?« fragte er. Die Telefonistin kam der Aufforderung nach, und Bryer meldete sich mit der für einen Hotelwirt typischen Frage. »Ja, alles in Ordnung, in bester Ordnung«, knurrte Finny. »Ein Paradies auf Erden. Ich wollte Sie nur was fragen. Wissen Sie Näheres über die Häusergruppe drüben am Wasser? Etwa drei bis vier Meilen von hier, im Südosten.«

Bryer antwortete im entschuldigenden Tonfall. »Sie meinen sicher die Rose-Valley-Siedlung. Kleine Häuser mit weißen Dächern? Die ganze Landschaft ist verschandelt, aber was kann man gegen den Fortschritt machen?«

»Wie viele Häuser gibt's da insgesamt?«

»Ein Dutzend. Bis auf drei sind alle verkauft. Aber hören Sie, wenn Sie sich hier niederlassen wollen ...«

»Wollte es nur mal wissen«, sagte Finny tonlos. »Sie kennen nicht zufällig die Familien, die da wohnen?«

»Ich? Nein, Sir, das geht mich nichts an. Bill Jessup kann Ihnen da sicher mehr sagen; er ist der Grundstückskönig in unserer Gegend. Wollen Sie sich wirklich danach erkundigen?«

»Das geht Sie auch nichts an.«

Finny legte auf und meldete sich wieder bei der Dame in der Vermittlung. Über die Auskunft ließ er sich Jessups Nummer besorgen und sprach zwei Minuten später mit dem Grundstückskönig.

»Aber natürlich kenne ich die Familien. Ich habe doch jedes Haus persönlich verkauft. Wer spricht da bitte?«

»Ich bin Detective Lieutenant Herbert Finlay«, sagte Finny langsam und betonte seinen Rang.

Jessup spulte eine Liste mit Namen herunter. Finny interessierte sich nicht für die Buchanans, die gerade auf Reisen waren, um Mrs. Buchanans Mutter zu besuchen; auch nicht für die Sandhursts, die sich im Ausland aufhielten; oder für die Parkers, die in den Ferien waren (Finny fragte sich, wo man Urlaub macht, wenn man schon in Maine wohnt). Ebensowenig interessierten ihn die anderen vier Familien, die noch nicht eingezogen waren. Die verbleibenden fünf waren die Cotters, die Wilsons, die Twynams, die Pilchaks und die Smileys.

»Gibt's irgend etwas über diese Familien zu berichten?« fragte Finny. »Interessanten Klatsch, solche Sachen?«

»Jetzt hören Sie mal«, sagte Jessup mit einem Anflug von Schärfe. »Ich bin Grundstücksmakler und kein Klatschmaul. Wenn Sie Klatsch hören wollen, müssen Sie mit Hal Crump reden, nicht mit mir. Ich habe zuviel zu tun.«

»Wer ist Hal Crump?« fragte Finny.

Crump war der Starkolumnist der Ortszeitung, eines Sechsseiten-Blattes mit dem Titel *The Yankee Trader*. Schon am Telefon war er recht zugänglich und versorgte Finny gern mit den gewünschten Informationen.

»Die Cotters«, sagte Crump kichernd, »sind frisch verheiratet und lassen sich dementsprechend wenig blikken. Die Wilsons sind Mitte Fünfzig und sehen bloß fern.

Die Twynams stammen aus einer alten Neuenglandfamilie, ruhige Leute. Die Pilchaks sind launenhaft. Die Smileys sind die Schlimmsten; er trinkt und verprügelt sie. Die Polizei ist schon fünf- oder sechsmal dort gewesen ...«

»Ah«, sagte Finny, den das hübsche runde Wort »Polizei« sehr befriedigte.

Als nächstes rief er das Revier an und landete bei einer ordentlich barschen Sergeantenstimme.

»Ich heiße Finlay«, sagte er. »Detective Lieutenant bei der Mordkommission. Achtes Revier.« Dann stellte er seine Fragen.

»Smiley?« gab der Sergeant zurück. »Himmel ja, in der letzten Woche sind wir dreimal draußen gewesen, das letztemal gestern. Der Mann verprügelt seine Frau. Walkt sie tüchtig durch, dabei ist sie sehr zerbrechlich, eine richtige Puppe.«

»Wo ist er jetzt? Hinter Gittern?«

»Nein, wir konnten ihn nicht hierbehalten; er ist auf Kaution frei. Wenn ich's recht bedenke, ist er erst vor ein paar Stunden nach Hause marschiert. Sah ziemlich wütend aus. Würde mich nicht überraschen, wenn wir heute abend wieder gerufen werden.«

»Eine letzte Frage«, sagte Finny. »Wohnen die Smileys im dritten Haus auf der Ostseite der Siedlung? In der Nähe der Birkenbäume?«

»Aber ja, das ist das Haus!«

»Dann würde ich an Ihrer Stelle nicht auf den Anruf warten, Sergeant«, sagte Finny. »Ich würde sofort hinfahren.«

»Was ist denn los?«

»Fahren Sie schon!« sagte der Kriminalbeamte barsch. »Spannen Sie an und fahren Sie los, ehe es zu spät ist.«

»Was geht denn vor? Schlägt er sie schon wieder?«

»Ich glaube, diesmal ist es Mord«, sagte Finny grimmig.

Eine Stunde später klingelte das Telefon. Finny war in der heißen Sonne eingeschlafen, den Apparat im Schoß, und hätte den alten Schaukelstuhl vor Schreck fast umgekippt.

»Lieutenant?« Die Stimme des Sergeants klang schrill. »Um Himmels willen, woher haben Sie das gewußt? Ich meine, Ihre Hütte ist doch vier Meilen entfernt!«

»Was liegt an?« fragte Finny. »Was ist bei den Smileys los?«

»Wir kamen zu spät, aber die Frau hat keinen Ärger gemacht. Saß mit der blutigen Axt im Keller und wartete darauf, daß die Leiche des alten Knaben im Heizofen verbrannte. Wer weiß – vielleicht wäre sie sogar damit durchgekommen, wenn Sie nicht angerufen hätten. Woher *wußten* Sie das, Lieutenant?«

»Ach, es ist mir so zugeflogen«, antwortete Finny, und eine angenehme Wärme breitete sich in ihm aus. »Als ich mir die hübschen kleinen Häuser anschaute und den Schornstein rauchen sah, als wäre er ein Fabrikschlot, da mußte ich mich doch fragen, was man wohl am heißesten Tag des Jahres verbrennen könnte.«

Als er aufgelegt hatte, begann er zufrieden zu schaukeln.

Schmerzlose Behandlung

Montag früh traf Marvin Geller in seiner Praxis ein, überwältigt von dem Gefühl, daß er ein langweiliges, durchschnittliches Leben führe. Am Abend zuvor hatte er auf einer Party einen Forscher, einen Schauspieler und einen Sergeant der Marine kennengelernt, deren Abenteuergeschichten ihm noch in den Ohren nachklangen. Als er vor der Mahagonitür innehielt, vermißte er den üblichen Anflug von Stolz über die Goldbuchstaben, die seine Funktion in der Welt kundtaten.

Seufzend steckte er den Schlüssel ins Schloß und trat ein.

Nicht einmal das schimmernde Instrumentarium konnte seine Stimmung bessern, der neue Amalgamator, der in knapp acht Sekunden eine einwandfreie Mischung aus Füllmetall und Quecksilber lieferte, die sauber geführten Unterlagen, die allesdurchdringende Atmosphäre der Ordnung und Zweckmäßigkeit. Trotzdem rang er sich ein Lächeln ab, als Miss Forbes eintraf.

»Heute früh kommt Mrs. Holland«, sagte die Sprechstundenhilfe aufgekratzt. »Sie müssen ihre vorderen Schneidezähne röntgen. Außerdem soll ich Sie an Mr. Feuers entzündeten Backenzahn erinnern.«

»Ja, vielen Dank«, sagte er vage.

»Ein schöner Tag, nicht wahr? Ich bin heute früh sogar zu Fuß gegangen. War die Party nett gestern abend?«

»Ja. Hat Mr. Smith noch einmal angerufen, nachdem ich gestern gegangen war?«

»O ja.« Miss Forbes begann im Terminkalender zu blättern. »Ich sagte ihm, Sie hätten heute nichts mehr frei, aber er blieb stur und sagte, er würde trotzdem vorbeikommen.«

»Komischer Mann«, sagte Marvin und griff nach seinem strahlend weißen Kittel. »Na ja, fangen wir an.«

Marvins Stimmung besserte sich im Laufe des Tages, besserte sich angesichts des Problems von Mrs. Hollands Schneidezahn, Mr. Feuers Backenzahn, Miss Beechs Zahnfleischentzündung, Mr. Conroys verwachsenem Weisheitszahn. Am Nachmittag war er vom Wert seines Berufes fast wieder so überzeugt wie vor der Party. Eins war allerdings klar: abenteuerlich war sein Leben nicht.

Um ein Uhr meldete sich Miss Forbes. »Dieser Mann ist wieder da«, sagte sie. »Mr. Smith. Das Komische ist, vor wenigen Minuten hat Mrs. Fletcher ihren Termin abgesagt. Wenn Sie wollen, hätten Sie wirklich Zeit für ihn.«

»Schicken Sie ihn rein«, sagte Marvin.

Mr. Smith war ein untersetzter Mann mit hochgezogenen knochigen Schultern und schlechtem Teint. Sein Händedruck war kräftig, sein verkrampftes Lächeln enthüllte schlecht gepflegte Zähne. Unsicher betrachtete er den Behandlungsstuhl, doch als er seine kleinen schwarzen Augen wieder auf den Arzt richtete, schien ein allwissender, furchtloser Ausdruck in ihnen zu stehen.

»Machen Sie es sich bequem«, sagte Marvin. »Haben Sie eine spezielle Beschwerde, oder soll ich nur mal nachsehen?«

»Nun, das will ich Ihnen sagen, Doc.« Smiths Stimme klang heiser. »Ich habe so eine Art dumpfen Schmerz – da hinten.« Er schob einen dicken Finger in den Mund.

Marvin begann seine Untersuchung. Fast sofort entdeckte er das große Loch im zweiten Backenzahn. Außerdem gab es noch etliche andere Probleme, die Marvin interessiert registrierte.

»Nun, Doc? Wie lautet das Urteil?«

»Sie haben mehrere Löcher. Das schlimmste befindet sich im zweiten Backenzahn – daher rührt auch der Schmerz.«

»Müssen Sie bohren?«

»Ein bißchen. Aber es tut bestimmt nicht weh.«

»Machen Sie mir nichts vor! Das ›Schmerzlos‹-Gerede kenne ich!« Er preßte den Mund zu, dann krümmten sich seine Lippen zu einem Lächeln. »Außerdem bin ich nicht zum Bohren gekommen. Ich dachte mir nur, daß man am besten als Patient an Sie rankäme. Tut mir leid, daß ich Ihnen den Spaß verderbe.«

Marvin starrte den Mann an und wußte, daß er die Wahrheit sagte. Der Mann sah nicht aus wie ein Patient. Wie er da im Stuhl saß, eine Hand am Hebel des Bohrers, den er hin und her pendeln ließ, wirkte er einfach zu keck.

»Ich verstehe nicht, was Sie meinen; was wollen Sie, Mr. Smith?«

»Ich möchte ein kleines Geschäft mit Ihnen besprechen, Doc.«

Er deutete auf die Krankenakten.

»Ein Freund von mir denkt daran, eine kleine Zahnarztpraxis aufzumachen. Ich möchte Ihnen die Akten abkaufen.«

Marvin starrte ihn verblüfft an. »Aber das sind meine persönlichen Krankenunterlagen. Sie stehen nicht zum Verkauf.«

»Normalerweise wohl nicht.« Mr. Smith grinste und zeigte seine schlechten Zähne. »In diesem Fall machen Sie aber vielleicht eine Ausnahme. Sagen wir – für tausend Scheinchen?«

»Sind Sie verrückt?«

Mr. Smith griff in die Jackentasche und zog einen dicken Umschlag heraus. Lächelnd ließ er ihn auf die Armlehne klatschen.

Marvin schüttelte energisch den Kopf. »Ihr Freund fängt das völlig falsch an. Die Akten helfen niemandem – es handelt sich um Aufzeichnungen über die Gebisse meiner jetzigen und früheren Patienten. Und die stehen auf keinen Fall zum Verkauf.«

Smiths Grinsen wurde noch breiter.

»Kapiert, Doc. Na schön, ich bin nicht unvernünftig. Sagen wir zweitausend, dann nehme ich die Dinger gleich mit.«

»Miss Forbes!« rief Marvin.

Smiths Grinsen verschwand.

»Schon gut, regen Sie sich nicht gleich auf! Wenn Sie Zeit zum Überlegen brauchen, bitte schön! Ich komme morgen wieder. Ich an Ihrer Stelle würde das Angebot aber ernst nehmen, Doc. Mein Freund kann ziemlich unangenehm werden.«

Miss Forbes betrat den Raum. »Ja, Dr. Geller?«

»Alles in Ordnung«, sagte der Mann. »Ich wollte gerade gehen. Vielen Dank für die Untersuchung. Vielleicht lasse ich das nächstemal den Zahn von Ihnen füllen. Das Steakessen macht mir schon gar keinen Spaß mehr.«

Als er gegangen war, blickte Miss Forbes auf die zitternden Hände des Arztes.

»Stimmt etwas nicht, Dr. Geller?«

»Nein, es ist nichts. Nur ein Verrückter.« Er glättete seinen weißen Kittel. »Führen Sie Mr. Feuer herein und bereiten Sie eine Röntgenaufnahme vor.«

Am nächsten Morgen um zehn Uhr kam Miss Forbes in das Behandlungszimmer, während er gerade eine vorläufige Füllung einlegte.

»Ich habe ihm gesagt, Sie hätten zu tun, Doktor ...«

»Wem?«

»Mr. Smith. Er ist am Telefon.«

Marvin seufzte und entschuldigte sich bei seinem Patienten. Im Vorzimmer ergriff er den Hörer, der auf der Schreibunterlage lag.

»Hallo, Doc«, sagte Smiths heisere Stimme. »Haben Sie sich mein Angebot überlegt?«

»Ich habe keinen Gedanken daran verschwendet. Die Unterlagen sind unverkäuflich.«

»Dann hören Sie mir gut zu. Dies ist mein letztes Angebot. Dreitausend Dollar. Ich komme um halb sechs mit dem Bargeld vorbei.«

»Nein!« sagte Marvin zornig. »Es ist sinnlos, daß Sie überhaupt kommen, Mr. Smith, es sei denn, Sie lassen mich Ihren kranken Zahn behandeln. Abgesehen davon verschwenden Sie Ihre Zeit.«

»Na schön, Doc, Sie können mir den Zahn zumachen. Tut heute wieder verdammt weh. Bis halb sechs also.«

Marvin verbrachte den Rest des Tages in Erwartung des Abends. Er dachte daran, während er drei Zähne plombierte und einen zog und während einer langwierigen Wurzelbehandlung. Um Viertel nach fünf verabschiedete er sich schließlich von Miss Forbes.

Der untersetzte Mann erschien pünktlich und schob sich athletisch auf den Stuhl.

»Haben Sie sich's überlegt, Doc?«

»Ja. Wir sollten aber erst den Zahn versorgen, ehe Sie noch wirklich Probleme damit bekommen.«

»Klar, Doc. Wie Sie wollen.«

Marvin stellte den Spiegel ein und sagte: »Dauert nicht lange. Ich muß ein paar Minuten bohren, dann gebe ich Ihnen eine vorläufige Füllung. Sie kommen übermorgen wieder, dann mache ich den Zahn zu.«

»Okay.«

Marvin machte sich an die Arbeit. Er steckte den Bohrer auf und konzentrierte sich. Jeder Gedanke an die Motive des Mannes im Stuhl war vergessen. Für Marvin waren alle Patienten gleich – offene Münder mit Problemen. Er arbeitete schnell und überlegt und bereitete den Zahn behutsam auf die vorläufige Füllung vor.

»Na bitte«, sagte er schließlich. »Hatte ich mit den Schmerzen nicht recht, Mr. Smith?«

»Nicht übel, Doc. Gar nicht übel.« Der kleine Mann rieb sich das Kinn. »Und um Ihnen meine Dankbarkeit zu beweisen, werde ich den nächsten Teil auch schmerzlos gestalten.«

Er griff in die Tasche und zog einen noch dickeren Umschlag heraus.

»Da sind dreitausend Dollar drin, Doc. Sie gehören Ihnen.«

Marvin schüttelte den Kopf. »Es tut mir leid, daß Sie mich mißverstehen. Der Verkauf ist keine Geldfrage.«

Mr. Smith hörte zu lächeln auf.

»Mit so einer Antwort hatte ich fast gerechnet, Doc.

Ich hatte gehofft, daß wir die Sache schmerzlos abwickeln können, aber anscheinend ist das nicht möglich.«

Seine Hand verschwand wieder in der Tasche und zog etwas heraus, das weitaus beunruhigender war als ein Umschlag – eine kleine, gefährlich aussehende Pistole, die sich in seine Hand schmiegte.

»Also«, sagte er. »Begreifen Sie, was Sie sich mit Ihrer Sturheit eingehandelt haben? Wären Sie auf mein Angebot eingegangen, hätten Sie dreitausend im Beutel. Jetzt bekommen Sie gar nichts.« Er bewegte die Finger seiner freien Hand. »Geben Sie mir die Unterlagen, Doc. Alle!«

»Das können Sie doch nicht tun!« protestierte Marvin und starrte in die runde Mündung. »Das ist ja ein Raubüberfall!«

»Na und? Geben Sie mir die Akten, Doc, von A bis Z – und keine Tricks!«

Marvin drehte sich mit klopfendem Herzen um. Er zog die beiden langen Schubladen heraus, an denen AKTEN stand, und brachte sie zum Behandlungstisch. Smith klemmte sich die Karteien unter den Arm und grinste.

»Vielen Dank, Doc. Mein Freund wird sehr zufrieden sein.«

Er hielt Marvin mit der Pistole in Schach und ging zur Tür.

»Vielen Dank für die gute Arbeit«, sagte er. »Ich freue mich heute abend richtig auf mein Steak.«

Als er fort war, starrte Marvin ausdruckslos auf die geschlossene Tür, dann eilte er zum Telefon im Vorzimmer.

»Hallo, Vermittlung. Verbinden Sie mich mit der Polizei!«

Als sich die nüchterne Stimme des Sergeants nach seinem Anliegen erkundigte, sagte Marvin: »Ich möchte mit einem Angehörigen der Mordkommission sprechen.«

Ein Klicken ertönte, dann meldete sich eine zweite Stimme. »Hier Lieutenant Gregg. Was kann ich für Sie tun?«

»Hören Sie, ich heiße Marvin Geller und bin Zahnarzt im Brooks-Gebäude an der Fünften Avenue, achter Stock. Eben hat mich ein Patient überfallen und meine sämtlichen Patientenunterlagen gestohlen ...«

»Dann sind Sie in der falschen Abteilung, Mister.«

»Nein, warten Sie! Hat es kürzlich einen Mord gegeben? Eine Leiche, die Sie nicht identifizieren konnten?«

»Was wollen Sie?«

»Sie verstehen nicht, was ich meine. Der Mann versuchte meine Aufzeichnungen zu kaufen, und als ich sie ihm nicht geben wollte, hat er sie mir mit Gewalt abgenommen. Wenn Sie in letzter Zeit eine Leiche gefunden haben, läßt das vielleicht darauf schließen, daß er eine Identifizierung verhindern will ...«

»Bleiben Sie, wo Sie sind«, sagte Gregg energisch. »Wir kommen sofort!«

Der Lieutenant war ein stämmiger Mann mit breitem Gesicht. Er machte einen energischen Eindruck, schien sich aber beim Anblick von Marvins Instrumenten etwas unwohl zu fühlen. Vorsichtig setzte er sich in den Behandlungsstuhl.

»Also, weshalb sind Sie so fest davon überzeugt, daß die Sache mit einem Mord zu tun hat?« fragte er.

»Nun, das passiert doch laufend, oder? Leichen werden zerschmettert oder sind bis zur Unkenntlichkeit verbrannt – doch oft kann man sie anhand der Zähne identifizieren. Jeder Zahnarzt führt Aufzeichnungen – und Zähne sind individueller als Fingerabdrücke. Habe ich nicht recht?«

»Durchaus. Aber nur weil so ein Kerl Ihre Akten klaut ...«

»Aus welchem anderen Grunde sollte er mir soviel Geld bieten? Einer meiner Patienten muß ihm zum Opfer gefallen sein; vielleicht fand er bei der Leiche meine Visitenkarte. Solange der Tote nicht zu identifizieren ist, gibt es vielleicht gar keinen Mordfall für Sie. Begreifen Sie, was ich sagen will?« Marvin fuhr sich nervös mit der Zunge über die Lippen. »*Haben* Sie denn kürzlich einen nicht identifizierten Toten gefunden?«

»Ja«, sagte Gregg und rieb sich das Kinn. »Das haben wir allerdings – vor drei Tagen. Draußen an der Landstraße 21, im Unterholz. Einen Mann, zu Asche verbrannt, vielleicht mit Benzin.«

»Dann muß es sich um einen meiner Patienten handeln. Jetzt brauchen Sie nur noch meine sämtlichen Patienten zu überprüfen und festzustellen, wer nicht da ist. Dann haben Sie das Opfer – und müssen nur noch den Mörder verhaften.«

»Mr. Smith?«

»Natürlich!«

Der Polizeibeamte schüttelte den Kopf. »Das wird nicht so leicht sein. Nachdem er nun die Akten hat, taucht er wahrscheinlich unter. Können Sie den Burschen beschreiben?«

»Und ob – bis zu den Zähnen!« Marvin lächelte triumphierend. »Aber vielleicht kann ich noch mehr für Sie tun. Vielleicht kann ich Ihnen sagen, wo er zu finden ist.«

»Wo denn?«

Das Gesicht des Zahnarztes glühte. »Ich glaube nicht, daß Sie große Mühe mit ihm haben werden. Sie brauchen nur dafür zu sorgen, daß jeder Zahnarzt in der Gegend seine Beschreibung erhält. Dann läuft er Ihnen direkt in die Arme. Und zwar aus folgendem Grund.« Marvin holte Atem. »Als mir erst einmal klar war, daß er nichts Gutes im Schilde führte, bohrte ich seinen kranken Zahn bis auf die Wurzel an. Dann gab ich ihm eine Füllung, von der ich weiß, daß sie nicht länger als zehn oder fünfzehn Minuten halten kann.«

»Autsch«, sagte der Lieutenant zusammenzuckend.

»Ganz recht – autsch«, meinte Marvin lächelnd. »Der Kerl braucht ziemlich schnell Hilfe. Der Zahn wird ihm die schlimmsten Schmerzen bescheren, die er je im Leben gehabt hat. Sie brauchen nur alles vorzubereiten. Okay?«

»Okay«, sagte der Kriminalbeamte grinsend. Als er Marvin die Hand gab, bemerkte dieser die von Karies befallene Stelle an einem Schneidezahn. »Bis bald, Doc«, sagte Gregg.

»Das würde mich nicht wundern«, antwortete Marvin aufgekratzt.

Am Morgen danach

Fünfmal drückte Mrs. Trotter auf den Klingelknopf, ehe ihre Tochter auf das Surren reagierte und die Tür öffnete. Sharon steckte in einem Negligé, das mit kleinen Sternen besetzt war. Ihr Haar war blonder als je zuvor und reizvoll zerzaust, so daß sie wie ein ausgelassenes verführerisches Filmsternchen aussah. Zum erstenmal in ihrem Leben bedauerte Mrs. Trotter die Schönheit ihrer Tochter.

»Ma!« sagte Sharon. »Ma – um Himmels willen! Weißt du eigentlich, wie spät es ist?«

»Acht oder halb neun. Meine Uhr ist stehengeblieben.«

»Siehst du denn nicht, daß ich noch gar nicht richtig im Bett war? Was ist denn bloß los?«

Zögernd trat Mrs. Trotter einen Schritt zurück. »Bist du allein?«

»Natürlich bin ich allein. Aber ich bin erst um vier nach Hause gekommen. Und wenn ich nicht endlich schlafen kann, fange ich an zu schreien!« Dann aber fing sie wohl an, sich zu schämen, denn sie trat zur Seite und sagte: »Na schön, meinetwegen kannst du auch hereinkommen.«

»Danke.« Die Stimme ihrer Mutter klang stolz. Sie ging hinter ihrer Tochter her, blieb dann jedoch kurz vor der Wohnzimmertür stehen und wartete, zum Eintreten aufgefordert zu werden.

»Komm doch«, sagte Sharon müde. »Jetzt bin ich sowieso schon wach.«

Das Wohnzimmer war in einem modernen skandinavischen Stil eingerichtet. Mrs. Trotter bemerkte, daß die sanft geschwungenen Holzmöbel und die zarten Gardinen aus den Schaufenstern der eleganten Geschäfte in der Madison Avenue stammten. Auf dem Boden lag ein dicker weißer Flauschteppich, während an der Wand ein weiblicher Akt hing.

»Setz dich. Ich mache uns schnell Kaffee. Hast du überhaupt schon gefrühstückt?«

»Gefrühstückt habe ich vor einer Stunde.« Vorsichtig setzte sie sich auf das Sofa. Auf dem Tisch, in einem gläsernen Aschenbecher mit kleinen eingefangenen Luftblasen, lag der Stummel einer braunen Zigarre. Sie blickte schnell weg und öffnete ihre Handtasche. »Irgendwelche Post ist für dich gekommen. Wahrscheinlich habe ich vergessen, Dr. Schuyler deine – deine neue Adresse zu geben. Es wird wohl bloß eine Rechnung sein.«

»Leg sie einfach auf den Tisch, Ma.« Das Gesicht des Mädchens besänftigte sich, als es zusah, wie seine Mutter einen Umschlag herausholte und auf den Tisch legte. Sharon ging zu ihr und sagte: »Du siehst abgespannt aus. Nimmst du auch deine Tabletten?«

»Mir geht es gut. Ich bin nur mit dem Bus gekommen, und der war ziemlich voll.«

»Warum hast du dir denn kein Taxi genommen?«

Ihre Mutter antwortete nicht. Sharon zuckte mit den Schultern und ging in die winzige Küche. Dort verursachte sie klappernde Geräusche, und dann erschien sie mit einem Tablett, auf dem sich Pulverkaffee, heißes Wasser und zwei zerbrechliche Tassen befanden. Sie wartete, bis der Kaffee fertig war, ehe sie sagte: »Na schön, Ma, fang an. Was ist los?«

»Ich habe mit keinem Wort behauptet, daß etwas los ist.

Ich mußte heute sowieso in die Stadt, zum Einkaufen. Ich wollte mir eigentlich orthopädische Schuhe für täglich besorgen. Und deshalb dachte ich mir, ich könnte bei dieser Gelegenheit schnell bei dir vorbeischauen. Du weißt wohl, daß wir uns seit mehr als einem Monat nicht gesehen haben.«

»Ich hatte zu tun.« Sharon runzelte die Stirn und benützte ihre Finger, um ihr zerzaustes Haar annähernd in Ordnung zu bringen. »Hast du meinen Scheck bekommen?«

»Ja«, sagte Mrs. Trotter, »deinen Scheck habe ich bekommen. Und auch darüber wollte ich mit dir reden.« Sie öffnete wieder ihre Handtasche und holte ein zusammengefaltetes gelbes Papier heraus. »Ich möchte dich bitten, Sharon, mir in Zukunft keine Schecks mehr zu schicken. Deswegen habe ich dir auch diesen wieder mitgebracht.«

Das Mädchen starrte seine Mutter an, und seine Stimme klang kühl. »Warum?« sagte es. »Was paßt dir daran nicht?«

»Nichts, gar nichts. Ich habe nicht gesagt, daß es mir nicht paßt. Ich habe nur gesagt, daß ich keine Schecks mehr annehmen werde, Sharon. Ich komme auch allein sehr gut zurecht. Papas Versicherung kümmert sich um mich – und irgendwelche Luxussachen brauche ich nicht.«

Sie legte den Scheck auf den Tisch, neben die Rechnung von Sharons Zahnarzt.

»Ist es wegen Ben?«

Ihre Mutter schluckte. »Wer hat denn etwas von Ben gesagt? Ben geht nur dich etwas an.«

»Hör mal zu, Ma. Du brauchst mir wirklich nichts

vorzumachen. Ich kann in deinem Gesicht wie in einem Wörterbuch lesen. Du willst das Geld nicht annehmen, weil Ben es mir gegeben hat. Ist es das?«

»Ich will es nicht haben – und damit basta!«

Sharon setzte sich und schlug das Negligé über den Knien zusammen. In ihrer Tasche suchte sie nach einem Päckchen Zigaretten, fand eine völlig zerdrückte und zündete sie mit fahriger Hand an.

»Du verstehst die Geschichte mit Ben einfach nicht, Ma. Wahrscheinlich willst du sie auch gar nicht verstehen. Für dich ist das alles nur widerwärtig. Für dich ist Ben ein schlechter Mensch, ein Schwindler, und ich bin nichts anderes als eine ...«

Mrs. Trotters Gesicht machte merkwürdige, angestrengte Grimassen. Sharon sah die heraufkommenden Tränen und streckte ihre Hand aus, um sie zu beruhigen. Die ältere Frau stieß die Hand weg und versuchte aufzustehen.

»Ma, bitte! Du läßt uns nie richtig darüber reden. Immer gehst du einfach über dieses Thema hinweg, als existierte es für dich gar nicht. Ich möchte, daß du dir auch einmal anhörst, wie sich das alles von mir aus ansieht – damit du auch die andere Seite kennenlernst.«

»Ich muß jetzt gehen ...«

»Das Geschäft ist noch gar nicht auf. Hör mich doch mal eine einzige Minute an!«

Mrs. Trotter lehnte sich zurück, die Augen abgewandt. »Also gut – ich werde dir zuhören.«

Für Sharon war es schwer, noch einmal von vorn anzufangen. Dann sagte sie: »Ich liebe Ben, Ma. Und er liebt mich. Das ist das Wichtigste. Schon vor sechs Monaten hätten wir heiraten können. Leider ging es nicht – nur ihretwegen!« Die letzten beiden Wörter klangen wie ein Fluch. »Ich weiß, daß das, was wir jetzt tun, gegen alles verstößt, was man dir beigebracht hat. Ihr aber habt auch ein ganz anderes Leben geführt, Ma. Du hattest Pa, und zwar von Anfang an. Du brauchtest nichts hinter dem Rücken einer anderen Frau zu tun ...«

»Allerdings!« sagte Mrs. Trotter heftig. »Das habe ich nie getan! Ich habe deinen Vater kennengelernt, habe mich in ihn verliebt und ihn geheiratet. Das war alles. Und bevor wir heirateten, habe ich meine Miete immer selbst bezahlt. Verstehst du? Ich habe schwer gearbeitet und habe mein Essen und meine Kleidung immer selbst bezahlt. Papa hatte später noch genügend Gelegenheit, meine Rechnungen zu bezahlen.«

»Ach, das hat doch alles keinen Sinn!« Sharon drückte ihre Zigarette in dem Glasaschenbecher aus und entdeckte die Zigarre. Hastig nahm sie den Stummel und trug ihn zu dem messingnen Papierkorb im anderen Teil des Zimmers. Als sie ihn fallen ließ, sagte sie: »Du hast eine ganze Menge altmodischer Vorstellungen, Ma. Das macht alles mit dir so schwierig.«

Als sie zum Sofa zurückkehrte, war sie in versöhnlicher Laune.

»Ach, Ma, du solltest auf mich hören. Alles wäre ganz anders, wenn ich irgendein Flittchen wäre, das Ben in einer Bar oder sonstwo aufgeschnappt hätte. Aber Ben liebt mich! Verstehst du das denn nicht? Wenn er sich scheiden lassen könnte, würde er mich in der nächsten Minute heiraten. Das macht doch die ganze Sache völlig anders.«

»Und weshalb kann er sich nicht scheiden lassen?«

»Aber das habe ich dir doch schon tausendmal gesagt,

Ma. Die ganze Webereifabrik läuft doch auf den Namen seiner Frau – aus steuerlichen Gründen. Und auch das würde ihm nicht allzuviel ausmachen. Aber bevor sie ihn laufen ließe, würde sie ihn noch bis aufs Blut aussaugen. Eine richtige Wanze ist das, mit der er jetzt verheiratet ist.«

Ihre Mutter nickte betrübt. »Eine Wanze«, wiederholte sie, und aus ihrem Mund klang dieses Wort völlig fremd. Sie besaß ein gewisses Maß an Würde, und damit hing das zusammen, was sie von ihrer bezaubernden Tochter unterschied. »Hast du diese Frau jemals kennengelernt?«

»Nein«, sagte Sharon unbehaglich. »Und offen gesagt, möchte ich es auch nicht. Aber Ben hat mir genügend erzählt.«

»Ja, davon bin ich überzeugt.«

Sharon seufzte und streichelte die Hand ihrer Mutter. »Sieh mal, Mom. In allernächster Zeit wirst du mit mir noch eine große Überraschung erleben – wenn ich dich anrufe und dich zu einer Hochzeit einlade. Du wirst es sehen!«

Mrs. Trotter wollte aufstehen.

»Nein – geh noch nicht, Ma. Was meinst du dazu, wenn ich dich zu dem Schuhgeschäft begleite? Sonst wirst du doch bloß wieder übers Ohr gehauen. Wie wäre es, wenn ich mich schnell anzöge und mitkäme?«

»Warum? Ich komme auch allein zurecht.«

»Aber ich möchte es gern. Du weißt doch selbst, wie es dir mit Schuhen jedesmal ergeht. Zum Anziehen brauche ich nur ein paar Minuten. Einverstanden?«

Mrs. Trotter zuckte die Schultern. »Wenn du meinst.«

»Ich dusche nur noch schnell. Ruhe dich inzwischen ein bißchen aus.«

Sie verließ den Raum, ging in das Schlafzimmer und machte die Tür hinter sich zu.

Zwei oder drei Minuten lang saß Mrs. Trotter ganz still. Dann erhob sie sich und holte sich von einem Nebentisch ein dickes Magazin. Es war ganz der Pariser Mode gewidmet und mit Aufnahmen schlanker Frauen in einer Umgebung gefüllt, die keine Beziehung zu jener Wirklichkeit hatten, die Mrs. Trotter kannte. Angewidert klappte sie das Magazin wieder zu.

Sie ging zu der Tür des Schlafzimmers und öffnete sie einen winzigen Spalt. Aus dem angrenzenden Badezimmer hörte sie das laute Plätschern des Wassers. Sie schloß die Tür wieder und ging zum Sofa zurück.

Eine Minute darauf läutete das Telefon.

Sie sah es an und hätte den Hörer fast abgenommen. Dann läutete es zum zweitenmal; Mrs. Trotter ging zur Schlafzimmertür, öffnete sie und rief: »Sharon!«

Immer noch plätscherte Wasser, und Sharon antwortete nicht. Mrs. Trotter wandte sich um und hörte, wie das Telefon zum drittenmal läutete. Es war ärgerlich. Sie ging also hin und nahm den Hörer ab.

»Sharon?«

»Wer ist da?«

»Ben – wer denn sonst!« Die tiefe Stimme klang aufgeregt. »Hör zu und rede nicht dazwischen. Ich habe nur einen Augenblick Zeit. Ich muß dir etwas erzählen, und zwar schnell. Sie ist tot. Letzte Nacht ist sie gestorben. Aber wichtig ist folgendes, Sharon. Die Polizei weiß über uns Bescheid. Sie müssen jeden Augenblick bei dir sein. Und ich mußte sagen, daß ich die letzte Nacht bei dir war. Verstanden?« Die Frau, die den Hörer in der Hand hielt, stieß einen merkwürdigen Laut aus.

»Verlier jetzt bloß nicht den Kopf! Es ist wichtig, verstehst du? Verdammt wichtig! Wenn du jetzt nicht zu mir hältst, hängen sie mich dafür auf, Sharon. Hörst du? Wenn die Polizei kommt, mußt du unbedingt sagen, daß ich die ganze Nacht bei dir gewesen sei!«

Mrs. Trotters Kehle war wie zugeschnürt. Nicht ein einziges Wort hätte sie herausbringen können – selbst wenn sie es gewollt hätte. Sie hielt den Hörer weit von sich und starrte ihn an, als wäre er irgendein schwarzes, widerliches Tier.

»Sharon – hast du gehört, was ich gesagt habe?«

»Ja, ja«, flüsterte Mrs. Trotter wie von weither.

»Also gut. Vergiß nicht, was ich gesagt habe. Und ich komme bei dir vorbei, sobald ich kann. Wiedersehen, Schatz.«

Mrs. Trotter legte den Hörer auf, und dabei fielen ihr die Tabletten ein. Sie suchte auf dem Sofa nach ihrer Handtasche und schüttelte alles heraus, bis die drei kleinen Plastikröhrchen herausfielen. Sie nahm das mit den rotgesprenkelten Tabletten, holte zwei heraus und ließ sie im Mund zergehen.

Dann ging sie wieder zum Schlafzimmer und machte die Tür weit auf. Sharon kam gerade aus dem Bad.

»Möchtest du irgend etwas, Ma?«

»Nein.« Mrs. Trotters Stimme war ungewöhnlich ruhig. »Nun beeile dich aber und zieh dich an.«

»Willst du nicht hereinkommen? Drüben ist es für dich bestimmt schrecklich langweilig. Der Fernsehapparat steht auf der Kommode.«

Mrs. Trotter nahm die Aufforderung an. Sie ging zu dem breiten Doppelbett, setzte sich und fand es sündvoll weich. Das Schlafzimmer war ein Raum, der ausschließlich in Rosa und Hellblau gehalten war und einen zottigen beigen Teppich hatte. Sharon setzte sich an ihren Toilettentisch und begann mit geübten Griffen, das Make-up aufzutragen.

»Sharon ...«

Das Mädchen sah plötzlich im Spiegel das kalkweiße Gesicht ihrer Mutter und fuhr herum.

»Ma! Ist dir nicht gut?«

»Sharon – es ist etwas passiert. Etwas ganz Fürchterliches ...«

»Was denn? Was ist denn los?«

»Als du duschtest, ging das Telefon. Ich – ich habe versucht, dich zu rufen, aber du hast mich nicht hören können. Da habe ich den Hörer abgenommen ... Ich dachte, ich könnte dir etwas ausrichten. Aber er ließ mich gar nicht zu Worte kommen. Er redete gleich los, und dazu noch so schnell ...«

»Wer denn? Ben?«

»Ja, Ben. Er sagte – er sagte, seine Frau wäre in der vergangenen Nacht gestorben ...«

»Was?« Sharon stand auf, und eine Schachtel Puder schien auf dem Boden des Schlafzimmers zu explodieren.

»Er sagte, seine Frau sei tot. Er sagte, die Polizei wüßte wegen dir und ihm Bescheid. Und er möchte, daß du der Polizei sagst ...« Sie konnte sich nicht mehr beherrschen; Tränen erstickten ihre Stimme.

»Ma – bitte!«

»Mein armes Kind!« schluchzte Mrs. Trotter. »Deine Schuld ist es nicht. Ganz allein seine ist es. Er wird dich bestimmt auch hineinreißen. Bestimmt tut er das!«

»Aber was hat er denn nun eigentlich gesagt?«

»Er hat sie umgebracht, Sharon! Merkst du das nicht?

Er hat seine Frau umgebracht! Und jetzt zieht er dich auch noch in die Sache hinein ...«

»Ma, nimm dich bitte zusammen!« Die Krise hatte Sharons Gesicht verhärtet. »Was hat Ben gesagt? Was soll ich der Polizei sagen?«

Mrs. Trotter wischte sich die Tränen von den runden Wangen. Sie griff nach der Hand ihrer Tochter, und ihr Gesicht machte dabei eine kaum auffallende Verwandlung durch. Ihre andere Hand bewegte sich langsam nach oben und strich liebevoll das blonde Haar aus der Stirn des Mädchens, so daß die großen Augen sichtbar wurden. In diese Augen schaute Mrs. Trotter, als suchte sie jenes Kind, das früher einmal hinter ihnen gesteckt hatte. Dann hob sie wieder den Kopf, und ihre Stimme wurde trocken und klar.

»Wie er vorhin am Telefon erklärte«, sagte Mrs. Trotter, »sollst du der Polizei erzählen, daß er letzte Nacht nicht bei dir gewesen sei. Hast du verstanden? Er ist also nicht hier gewesen.«

Mit schmalen Lippen nickte Sharon.

Auf der anderen Seite der Wohnungstür drückte ein kräftiger Finger nachdrücklich auf den Klingelknopf.

Die Leiden eines Rauchers

Die Zellophanhülle knisterte verlockend, als Lew Buckberg seine Panatella-Zigarre auspackte. Er öffnete die oberste Schublade seines Schreibtisches, bis sie die graue Weste berührte, die sich über den runden Bauch spannte, und ertastete den silbernen Zigarrenschneider, den Suella ihm zu einem längst vergessenen Geburtstag geschenkt hatte. Nie benutzte er den Anschneider, ohne sich Suella vorzustellen, wie sie damals gewesen war – mit rosigen Wangen und langem Haar, jeder Blick Anbetung, jedes Wort Zustimmung. Damals hatte sie nichts gegen seine Zigarren gehabt; sie hatte sie sogar für männlich gehalten.

Er schnitt die Spitze der Panatella ab und dachte an Suella, wie sie heute war: mit bleichen Wangen und spitzer Zunge, die Verbitterung und Enttäuschung ihres Lebens auf eine einzige triviale Klage konzentrierend. Heute waren seine Zigarren nicht mehr männlich, sondern ordinär, schmutzig, pervertiert, unflätig, eine Beleidigung für die Welt und vor allem natürlich für sie. Sie witterte Zigarrenrauch in den Gardinen, in den Teppichen, in ihrer Kleidung, in ihrem Haar. Um die Auswirkung der Zigarren noch mehr zu dramatisieren, begann sie sogar manchmal zu schwanken und verlangte nach einem Herzspezialisten. Zuweilen drohte sie ihn zu verlassen, sobald er die nächste Zigarre ansteckte, doch sie machte es nie wahr. In letzter Zeit hatte sie eine neue Waffe gefunden: die Ratschläge Axelrods, des Familienarztes. Nun versuchte sie es auf die selbstlose Tour: »Diese Dinger bringen dich noch ins Grab, Lew; du weißt doch, was der Arzt gesagt hat.«

Grollend zündete sich Lew die Zigarre an und machte einen langen Zug. Die buschigen Brauen gerunzelt, blinzelte er an der Zigarre entlang. Das schlimme war, daß Suella womöglich recht hatte. Vielleicht war Axelrod mit der Raucherei doch auf dem richtigen Dampfer: seit siebenunddreißig Jahren füllte er sich Mund, Kehle und Lungen mit dem dicken blauen Rauch seiner Zigarren – angefangen von den schwarzen klumpigen Zwei-Cent-Stangen aus der frühen Jugend, bis hin zu den 75-Cent-Panatellas, die er sich jetzt in seinen nicht ganz unvermögenden mittleren Jahren leisten konnte. Zigarrensüchtig war er aber nicht. Er konnte jederzeit aufhören. Bisher hatte ihm das nur nicht *gepaßt*, das war alles. Doch für alles kommt einmal der richtige Zeitpunkt, und als Lew das gerahmte Gruppenbild aus dem Jahr 1931 betrachtete und sich klarmachte, wer vom Anfangspersonal der Frachtfirma noch am Leben war, fragte er sich unwillkürlich, ob der Augenblick nicht gekommen war. Der Kragen wurde ihm eng, und er starrte angewidert auf die glühende Asche. Doch er drückte die Zigarre nicht aus.

Am Nachmittag kehrten die morbiden Gedanken zurück, als Fred Handle, sein Versicherungsagent, wegen einer ausstehenden Prämienzahlung anrief. Seine Scherze waren wirklich geschmacklos. »Weiß man's«, sagte er kichernd, »ob Sie nicht selbst bald den Löffel abgeben, Lew?« Lew regte sich darüber so sehr auf, daß er seine Zigarre ausdrückte. Fünf Minuten später rauchte er eine neue.

Am Abend erzählte er Suella davon, fand aber kein Mitleid. »Fred hat völlig recht!« sagte sie energisch. »Das mindeste ist ein wenig Rücksicht auf *mich*. So wie du es treibst, möchte ich bezweifeln, ob du mich überlebst.«

»Was sind das für Sprüche?« fragte er mürrisch.

»Vernünftige. Du willst das bloß nicht kapieren.«

Zornig beschnitt er eine Zigarre. »Ich habe manchmal das Gefühl, du *wünschst* meinen Tod. Vielleicht möchtest du die achtzig Riesen ganz allein kassieren.«

»Red nicht so kindisch. Um Himmels willen, du bist fast sechzig, du solltest es besser wissen!«

»Ich bin erst sechsundfünfzig. Bedräng mich nicht so.«

»Ich bedränge dich nicht. Das da –« Suella deutete mit bebendem Finger auf die Zigarre in seinem Mund – »*das* bedrängt dich. Gib nicht mir die Schuld.«

»Was würde es dir schon ausmachen?« knurrte Lew und öffnete ruckhaft die Abendzeitung, als schlüge er eine Tür zu.

Der Gedanke, daß Suella ihm einigermaßen gleichgültig gegenüberstand, war weder neu noch besonders beunruhigend; er hielt diesen Umstand für die logische Folge einer kinderlosen und langweiligen Ehe. Doch eine Woche später mußte Lew Buckberg sich fragen, ob Suellas Einstellung nicht doch komplexer war, als er vermutete.

Er hielt sich im Wohnzimmer auf und fummelte an den Knöpfen seines Fernsehapparats herum, der das Bild immer wieder in die Länge zog. Suella war in der Küche und bereitete den Kaffee, den sie jeden Abend um neun Uhr tranken. Seufzend steckte er das elektronische Unterfangen auf und schaltete den Apparat ab. Er richtete sich auf und marschierte auf Strümpfen in die Küche. Dabei bewegte er sich so lautlos, daß Suella seine Anwesenheit nicht bemerkte. Sie stand mit dem Rükken zur Tür und war über die beiden Kaffeetassen gebeugt, die auf dem Spülbrett standen.

Vornübergebeugt und mit etwas beschäftigt.

Irgend etwas, vermutlich eine Art Schutzinstinkt, veranlaßte ihn, stehenzubleiben und seine Frau zu beobachten. Ihre Bewegung war schnell gewesen, der ganze Vorgang hatte weniger als fünf Sekunden gedauert; es mochte deshalb ins Unterbewußte hineinspielen, daß er dennoch mitbekam, was sie getan hatte.

Sie hatte etwas in eine Kaffeetasse geworfen. Nicht Sahne oder Zucker; beide tranken ihren Kaffee schwarz.

Rückwärtsgehend verließ er die Küche und hastete zu seinem Fernsehsessel zurück. Er schaltete das Gerät ein; erstaunlicherweise war das Bild jetzt normal und klar. Doch das Programm interessierte ihn nicht mehr.

»Hier ist dein Kaffee«, sagte Suella mit derselben tonlosen Stimme, mit der sie jeden Abend die Tasse brachte. »Gibt's was Gutes?«

»Den üblichen Quatsch«, sagte er leise. »Drei Westernfilme und eine Musikshow.« Er sah zu, wie sie die bis zum Rand gefüllte Tasse auf den kleinen Klapptisch neben seinem Sessel stellte. »Weißt du, ich glaube, ich habe heute abend keine Lust auf Kaffee.«

»Ach?«

Sie musterte ihn mit scharfem Blick. »Warum denn nicht? Du trinkst doch jeden Abend welchen.«

»Na, heute abend ist mir nicht danach.«

»Hast du wieder Magenschmerzen?«

»Warum fragst du? Ich habe doch kaum Ärger mit dem Magen.«

»Nach all den Zigarren sieht dein Inneres bestimmt

höllisch aus. Trink deinen Kaffee. Dann hast du etwas Warmes im Bauch, tut dir bestimmt gut.«

»Ich will nichts«, sagte Lew Buckberg. »Verstehst du kein Englisch mehr? Ich will keinen Kaffee!«

Achselzuckend nahm sie die Tasse auf und trug sie in die Küche zurück. Dort geschah etwas ganz Außergewöhnliches: Suella, die sparsame Hausfrau, die jeden Teebeutel auslaugte, bis er ausbleichte, schüttete den Kaffee in den Ausguß.

Lew hatte nun Stoff zum Nachdenken, und da er als Stellvertretender Direktor der Frachtgesellschaft eher einen sentimentalen Posten bekleidete, als effektiv die Geschäfte leitete, hatte er viel Zeit zum Grübeln. Sicher war er sich seiner Sache nicht; er mochte völlig falsch liegen. Vielleicht hatte Suella überhaupt nichts getan.

Doch am gleichen Abend schlich er wieder in die Küche.

Suella goß gerade den Kaffee ein und war völlig auf die Arbeit konzentriert.

Dann griff sie in die Schürzentasche und holte eine kleine weiße Pille heraus.

Sie ließ sie in eine Tasse fallen. Das weiße Ding zischte leise, stieg zur Oberfläche empor und verschwand dann in der Schwärze.

Jetzt kam das Wichtige. Lew paßte genau auf. Ihre rechte Hand ergriff das Gefäß, das die Pille enthielt.

Er eilte ins Wohnzimmer zurück.

»Hier ist dein Kaffee«, sagte Suella tonlos. »Du hast vorhin gesagt, du wolltest eine Tasse, jetzt mußt du sie aber auch trinken.«

»Selbstverständlich«, antwortete er. »Ich will eine Tasse.«

»Hier«, sagte Suella und stellte die Tasse in ihrer rechten Hand vorsichtig auf seinen kleinen Tisch.

Zum Glück sah sie den Schweißfilm nicht, der sich plötzlich auf dem Gesicht und der hohen Stirn ihres Mannes bildete. Er schluckte krampfhaft, murmelte etwas von einer Zigarre und holte sich eine aus dem Kistchen auf der Anrichte. Auf dem Rückweg zum Sessel stieß er mit dem rechten Fuß ungeschickt gegen den Klapptisch. Tasse und Untertasse rutschten zum Rand. Er unternahm den verzweifelten Versuch, das Unglück zu verhindern, kam aber zu spät. Die Tasse zerbrach nicht (sie bestand aus Plastik), doch der Kaffee wurde sofort vom Teppich aufgesaugt.

Suella verwünschte seine Ungeschicklichkeit, doch Lew hörte ihr gar nicht zu. Als sie ihm eine neue Tasse anbot, sagte er: »Nein, lieber nicht. Vielleicht bin ich in letzter Zeit zu nervös; vielleicht sollte ich weniger trinken.«

»Ha!« sagte Suella.

In dieser Nacht lag er im Bett und lauschte auf das leise Atmen seiner Frau. Die Empfindung, die ihn wachhielt, war Angst, doch als er so über die Situation nachdachte, ging die Angst schnell in Entrüstung über. Welches Recht hatte Suella, an Mord zu denken? Na schön, er hatte ihr das versprochene Leben voller Reichtum und Abwechslung nicht bieten können. Er war in letzter Zeit mürrisch und grob und vulgar geworden. Vielleicht war seine ständige Zigarrenraucherei wirklich ein Zeichen für die feindseligen Gefühle, die er ihr entgegenbrachte. Aber gab das ihr das Recht, ihm weiße Giftpillen in den

Kaffee zu tun? Je länger er darüber nachdachte, um so zorniger wurde er. Und um so mehr wuchs seine Entschlossenheit.

Den ganzen nächsten Tag hindurch beschäftigte ihn die Szene, die er am Abend spielen wollte.

Zu Hause angekommen, baute er sorgfältig die Bühne auf. Fernsehapparat. Hausschuhe. Zigarre. Unschuldiger Gesichtsausdruck.

Als sich Suella um Viertel vor neun Uhr nicht aus ihrem Sessel erhob, um das Kaffeewasser aufzustellen, wandte er sich zur Seite und sagte: »Wie steht's mit Kaffee? Heute abend könnte ich eine Tasse vertragen.«

»Ich dachte, du wolltest dich zurückhalten?«

»Vielleicht tu ich das. Aber heute noch nicht.«

»Na schön«, sagte Suella und erhob keine weiteren Einwände.

Um fünf vor neun hörte der Topf auf zu zischen, und Suella kehrte in die Küche zurück. Zehn Sekunden später folgte ihr Lew auf Zehenspitzen.

Sie nahm den Topf vom Herd und trug ihn zu den Tassen und Untertassen auf dem Ablaufbrett der Spüle. Sie füllte eine Tasse, dann die andere, stellte den Topf wieder auf den Herd und griff schließlich in die Schürzentasche.

Lew Buckberg stürzte vor.

»Aha!« rief er.

Suella schrie auf, die Hand auf das Herz gepreßt. »Um Himmels willen – Lew! Du hättest mich beinahe zu Tode erschreckt!«

»Ach, wirklich?« fragte er sarkastisch und trat auf sie zu. »Vielleicht wäre das nur fair, nicht wahr, Suella?«

»Was soll das? Was ist mit dir los?«

Seine Augen funkelten. »Ich sage dir, was mit mir los ist. *Das* ist los – das da in deiner Tasche!«

Ehe sie es verhindern konnte, verschwand seine Hand in ihrer schmalen Schürzentasche. Sie wehrte sich, doch sein Zorn war stärker als ihr Protest, und als seine dicke Hand wieder zum Vorschein kam, hielt sie zwischen Daumen und Zeigefinger eine kleine weiße Tablette.

»*Das* ist los«, wiederholte er mit zitternder Stimme. »Ich habe dich beobachtet, Suella! Ich weiß, was du im Schilde führst! Aber du kommst damit nicht durch. Hörst du?«

»Aber Lew ...«

»Halt mich bitte nicht für so dumm. Ich weiß, daß dir meine Versicherungspolice näher steht als ich. Aber dies war deine letzte Chance, mich umzubringen ...«

»Dich umzubringen?« Sie starrte ihn mit wirrem Blick an, schaute in sein Gesicht, dann auf die Tablette in seiner Hand. »Dich umbringen? Bei Gott, ich wollte dir doch nur *helfen*!«

Das Wort brachte ihn zur Besinnung. »Mir helfen?«

»Ja, helfen«, sagte Suella heiser. »Du weißt doch, was Dr. Axelrod wegen des Rauchens gesagt hat. Du kennst den Zustand deines Herzens. Aber ich wußte auch, daß du ohne Hilfe nicht mit dem Rauchen aufhören kannst ...«

»Wovon redest du eigentlich?«

»Von den Tabletten. Dr. Axelrod hat sie mir gegeben. Sie enthalten eine Chemikalie, die den Tabak scheußlich schmecken läßt. Sie sollen dich vom Rauchen abbringen!«

Verständnislos starrte er auf die Pille.

»Dr. Axelrod hat mich gebeten, dir die Pillen in den

Kaffee zu tun«, sagte Suella und tupfte sich die Tränen aus den Augen. »Du würdest überhaupt nichts merken und sehr schnell das Interesse an Zigarren verlieren.«

Lew zog einen Küchenstuhl heran und setzte sich.

»Das war es also«, flüsterte er. »Und ich dachte ...«

»Oh, Lew!« sagte Suella weinerlich. »Ich wollte dir doch nur helfen! Ich wollte etwas für deine Gesundheit tun.«

Er tätschelte ihr die Hand.

»Tut mir leid, Suella. Was für ein blöder Einfall! Ich weiß, daß du nur mein Bestes im Sinn hattest.« Entschlossen hob er den Kopf. »Und du hast recht. Bei Gott, du hast recht. Ich will nicht mehr Sklave dieser verdammten Zigarren sein.«

»O Lew«, sagte sie leise. »Du weißt doch, daß du damit nicht aufhören kannst.«

»Und ob! Gib mir die Kaffeetasse. Ich will dir beweisen, daß ich damit aufhören kann!«

Sie blinzelte und reichte ihm den Kaffee. Er ließ die Tablette in die schwarze Flüssigkeit fallen, sah zu, wie sie zischte und verschwand. Dann trank er triumphierend einen großen Schluck. Sie lächelte und tätschelte ihm das dünne Haupthaar.

»Siehst du?« fragte er. »Siehst du, Suella?«

»Ja«, sagte sie leise.

Die Wirkung des Kaffees schien ihn zu verblüffen. Seine Augen weiteten sich, seine Finger wurden so steif, daß die Tasse zu Boden fiel und auf dem Linoleumboden herumtanzte. Suella sagte nichts zu seiner Ungeschicklichkeit; sie verfolgte aufmerksam, wie er aufzustehen versuchte. Er schaffte es nicht, sondern fiel gegen die Spüle, hielt sich stöhnend den Unterleib und glitt zu Boden.

Suella wartete einige Sekunden lang, ehe sie sich über ihn beugte. Zufrieden richtete sie sich dann auf und ging ins Wohnzimmer. Dort wählte sie Dr. Axelrods Privatnummer.

»Hallo, Harold? Es ist ausgestanden. Ja, die letzte Tablette, die du mir gegeben hast, hat hingehauen ... Am besten kommst du sofort und stellst den Totenschein aus.« Er sagte etwas und sie kicherte. »Natürlich tu ich das, Schätzchen.«

Als sie den Hörer aufgelegt hatte, lächelte sie leicht und ging zur Anrichte. Dort ergriff sie den Zigarrenkasten und trug ihn zum Müllschlucker im Flur. Als sie zurückkehrte, war der Kasten leer.

Wer leistet mir Gesellschaft?

Für Julia Roman war die Liebe bis zu ihrem dreißigsten Lebensjahr ein Sport geblieben, bei dem sie lediglich Zuschauerin war. Dann lernte sie Marco Roman kennen und stürzte sich kopfüber und mit einem wilden Schrei der Ekstase in dieses Spiel. Sie waren zwar ein Liebespaar, aber nicht im Sinne einer Frauenzeitschrift. In ihrer Ehe gab es zuviel Leidenschaft und zuviel Doppelsinn. Wenn sie sich beispielsweise liebten, geschah dies ärgerlich und heftig, während ihre Streitereien voller Mitgefühl und Zärtlichkeit waren. Als Marco sich dann jedoch zu einem geschäftlichen Unternehmen mit seinen Brüdern Sam und Kenny zusammenschloß, so daß er auch nachts kaum mehr zu Hause war, erhielten ihre Streitigkeiten eine neue Note – das Jammern.

»Ach, Marco! Nicht schon wieder«, sagte Julia eines Morgens beim Frühstück. Sie zog die Zeitung, die er sich wie einen Schild vor das dunkle scharfe Gesicht hielt, herunter. »Das ist in dieser Woche schon der vierte Abend. Glaubst du eigentlich, ich sei völlig gefühllos?«

Er war verlegen, zog die Stirn kraus, rührte in der Tasse, suchte nach einer Zigarette und tat alles mögliche – nur antworten tat er nicht.

»Mein Gott, wenn du nur eine Ahnung hättest, wie einsam es in dieser Wohnung sein kann, wenn du erst spät nach Hause kommst. Ich meine, ich kenne hier doch fast niemanden.« (Das war ein alter Streitpunkt: Julia war erst vor kurzem aus Cincinnati, Ohio, gekommen.)

»Ich kann es nicht ändern, Schatz«, sagte Marco einfältig. »Du weißt, daß ich es nicht ändern kann. Sam und Kenny gegenüber wäre es nicht anständig, wenn ich ihnen die ganze Arbeit überlassen würde. Also, nörgle nicht ständig, ja?«

»Ich nörgle gar nicht. Ich sage es dir bloß. Wenn du mir nur erlauben würdest, einen Hund oder irgendwas anzuschaffen. Damit ich jemanden zur Gesellschaft habe – mehr will ich doch gar nicht.«

»Du weißt genau, daß ich Hunde nicht ausstehen kann, Julia. Dann muß ich ständig niesen. Warum siehst du dir nicht das Fernsehprogramm an?«

»Ach, zum Teufel mit dem Fernsehen. Mit einem Holzkasten kann man nicht reden.«

Er tätschelte ihre Hüfte und stand auf. »Weißt du, du brichst mir richtig das Herz. Deswegen will ich dir was sagen: Heute abend bin ich gegen halb neun zurück.«

Sie hielt den Atem an. »Ist das dein Ernst?«

»Ich schwöre es. Halb neun, das wäre doch nicht übel. Und wie ist es mit einem Kuß? Nennst du das einen Kuß? Ich meine so einen!«

»O Marco!« quietschte sie.

Den ganzen Tag verbrachte sie damit, darüber nachzudenken, wie sehr sie ihn liebte. Um ihm das zu zeigen, verschönerte sie die Wohnung und sich selbst, wobei sie die meiste Zeit für das letztgenannte brauchte. Um halb neun zog sie ihr schönstes Negligé an und ging ins Wohnzimmer.

Um neun gab sie sich den strikten Befehl, nicht an den Worten ihres Mannes zu zweifeln. Sie stellte Kaffee auf das Feuer. Um halb zehn, als sie immer noch die Wohnungstür anstarrte, kochte er über. Der Kaffee war bitter – genauso wie schließlich auch Julia.

Um Viertel nach zehn nahm sie den pastellfarbenen Telefonhörer ab und hielt ihn unschlüssig in der Luft. Wen sollte sie anrufen? Sie hatte keine Ahnung, wo Marco zu erreichen war, und ihre Familie und ihre Freundinnen lebten in Cincinnati. Ärgerlich wählte sie eine Nummer.

»Mit dem letzten Ton des Zeitzeichens ist es zweiundzwanzig Uhr fünfzehn Minuten und vierzig Sekunden ...«

Wütend warf sie den Hörer auf die Gabel und beglückte die vier Wände mit einem lauten und unmißverständlichen Fluch.

Dann lächelte sie; es war ein schmallippiges, rachsüchtiges Lächeln.

»Das geschieht dir recht, du Schuft«, sagte sie laut und nahm wieder den Hörer ab.

»Hier ist das Fernamt.«

»Ich möchte ein Ferngespräch mit Voranmeldung für Mrs. Cecilia Roman in Cincinnati, Ohio, Edgewood 2890 anmelden.«

Sie kicherte vor sich hin, während sie wartete. Das geschah ihm recht!

»Es tut mir leid, aber der Teilnehmer meldet sich nicht. Soll ich es später noch einmal versuchen?«

»Nein!« kreischte Julia. »Nein!« Dann legte sie den Hörer wütend auf. Es war elf.

»Ich hasse dich«, sagte sie zu dem Haus. »Ich hasse dich, du gemeiner Kerl, du Lügner!«

Lustlos ging sie zum Fernsehapparat und drehte an einem Knopf. Irgend etwas machte ›Piep‹, und mitten auf dem Bildschirm erschien ein heller Punkt, der sich dann jedoch in nichts auflöste. Sie lachte laut auf. Großartig! Ausgerechnet auch das noch! Nichts plus nichts plus nichts.

›Mein Gott!‹ dachte sie. ›Es ist hier so einsam ...‹

Gegen Mitternacht betrat sie mit lauten Schritten das Schlafzimmer, zog ihr ›bestes‹ Negligé aus und statt dessen ihren praktischen Bademantel an. Als sie gerade mit dem linken Arm in den Ärmel fahren wollte, hörte sie vor dem Schlafzimmerfenster, vor dem die Feuerleiter hinunterführte, ein Geräusch. Deutlich definieren konnte sie es nicht: es war die Mischung aus Kratzen und Scharren. Vorsichtig blickte sie hinaus, aber das Licht, das sich in der Scheibe spiegelte, verhinderte, daß sie etwas erkannte. Sie knipste die Deckenlampe des Schlafzimmers aus und blickte noch einmal hinaus. Bis auf einen leeren Blumentopf, der auf der Feuerleiter stand, war nichts zu sehen.

Aber sie hatte ein Geräusch gehört. Eine Katze? Ein Schritt? Vielleicht ein Einbrecher? Diesen letzten Gedanken wurde sie nicht mehr los.

Sie kehrte in das Wohnzimmer zurück, eine Hand auf das hämmernde Herz gelegt. Dann setzte sie sich auf das Sofa und überlegte alle Möglichkeiten.

»Ach, verdammt«, sagte sie. »Ein Einbrecher kann es nicht gewesen sein.«

Dann kicherte sie.

»Immerhin hätte er mir wenigstens Gesellschaft geleistet.«

Auf Zehenspitzen schlich sie zur Schlafzimmertür und hatte den Bademantel mit den Fingerspitzen so weit hochgerafft, daß er nicht über den Boden schleifte.

»Juhuh!« sagte sie zu dem dunklen Zimmer. »Juhuh, Mister! Kommen Sie doch heraus und spielen Sie mit!«

Natürlich erhielt sie keine Antwort.

Dann aber hatte sie eine Idee. Es gab doch jemanden, den sie anrufen konnte, eine menschliche Stimme, die sie hören konnte. Also zurück zum Telefon.

»Hallo, Vermittlung? Verbinden Sie mich mit der Polizei.«

Bis zu dem Augenblick, da die Verbindung hergestellt wurde, steigerte sie sich in eine wahnsinnige Angst; aber dann meldete sich am anderen Ende eine ruhige, besänftigende männliche Stimme. Sie klang nett, melodisch, und beschwor das Bild eines hageren Gesichts sowie den Geruch nach aromatischem Tabak herauf.

»Sie sagen, daß sich unmittelbar vor Ihrem Schlafzimmer die Feuerleiter befindet, Mrs. Roman?«

»Ja, das stimmt. Und von dort habe ich auch das Geräusch gehört.«

»Aber es war nur ein Geräusch, nicht wahr? Ich meine, gesehen haben Sie nichts?«

»Nein«, sagte sie zögernd. »Richtig gesehen habe ich nichts.«

»Dann sind Sie sich also auch nicht ganz sicher, nicht wahr?« Die Stimme wurde vertraulich. »Ich versuche nicht, Sie abzuwimmeln, Mrs. Roman. Aber im Augenblick sind wir etwas knapp an Beamten und trotzdem verpflichtet, uns um jede gerechtfertigte Beschwerde zu kümmern.«

»Das verstehe ich«, sagte Julia schuldbewußt. »Vielleicht habe ich mich auch geirrt. Wissen Sie, ich bin nämlich ganz allein, und Sie können sich sicher vorstellen, wie es ist, wenn man allein ist: man bildet sich alles mögliche ein.«

»Ja, natürlich, das verstehe ich, Mrs. Roman. Wenn Sie

wieder irgend etwas hören oder sehen, rufen Sie mich ruhig an. Mein Name ist Parks«, sagte er fröhlich. »Lassen Sie sich dann gleich mit mir verbinden.«

»Vielen Dank«, sagte sie und hatte nur den einen Wunsch, daß er das Gespräch nicht abbreche. »Vielen herzlichen Dank ...«

Dann aber war die Verbindung unterbrochen und sie wieder allein.

Um eins war sie auf Marco so wütend, daß sie in dem Durcheinander einer Kommodenschublade nach einem Bild von ihm suchte, es schließlich auch fand und zerriß. Um halb zwei wirkte die Leere der Wohnung so bedrükkend auf sie, daß sie sich am liebsten angezogen hätte und spazieren gegangen wäre. Dann fiel ihr jedoch etwas Besseres ein.

»Hallo, ist dort die Polizei? Können Sie mich bitte mit Mr. Parks verbinden?«

Seine Stimme klang herzlich. Und so nett. »Glauben Sie wirklich, jemand gehört zu haben, Mrs. Roman?«

»Diesmal glaube ich es bestimmt, Mr. Parks. Ich habe so entsetzliche Angst ... Wäre es Ihnen nicht möglich, zu mir zu kommen – um einmal nachzusehen?«

»Aber ...«

»Ich glaube, ich werde vor Angst noch wahnsinnig, Mr. Parks. Wenn Sie vielleicht für einen kurzen Augenblick herüberkommen würden!«

»Ich könnte eine Streife vorbeischicken, Mrs. Roman.«

»Nein – nein, bitte nicht«, sagte sie flehend. »Kommen Sie selbst, Mr. Parks, bitte.«

Eine Pause.

»Also gut«, sagte er, und diesmal klang seine Stimme

nicht nur herzlich. »Verlassen Sie sich auf mich, Mrs. Roman. Ich bin in zehn Minuten da.«

Als sie merkte, was sie getan hatte, regte sie sich noch mehr auf als über jeden Einbrecher. Was würde Marco denken? Würde er eifersüchtig sein? Bei dieser Vorstellung kicherte sie und fühlte sich erheblich wohler.

Detektiv Parks traf um Viertel vor zwei ein. Für einen Mann, dessen Stimme an ein hageres und energisches Gesicht erinnerte, wirkte er deprimierend unauffällig. Er war nur etwa einen Zentimeter größer als Julia, und als er – im Gegensatz zu den Kriminalbeamten im Film – seinen Hut abnahm, wurde eine erhebliche Glatze sichtbar. Aber nette Augen hatte er, außerdem die beruhigende Stimme, und schließlich war er jemand, der ihr Gesellschaft leisten konnte.

»Haben Sie irgendwas von dem Einbrecher gemerkt, Mrs. Roman?« sagte er.

»Nein – nicht, seit ich Sie angerufen habe. Aber wenn Sie noch bleiben könnten ...«

»Gemacht«, sagte er begeistert.

»Nur für kurze Zeit. Bis mein Mann nach Hause kommt.«

»Ihr Mann?« Sein Blick wurde betrübt. »Oh.«

»Eigentlich müßte er jeden Augenblick kommen«, sagte Julia schnell, um nicht einen falschen Eindruck zu erwekken. »Möchten Sie gern eine Tasse Kaffee?«

»Eine Tasse Kaffee wäre großartig«, erwiderte Detektiv Parks bedrückt.

Sie saßen am Tisch und unterhielten sich. Julia erzählte von dem Unterschied zwischen Ohio und New York. Mr. Parks saß da, den Blick starr auf den Kragen von Julias Bademantel gerichtet, als säße er in einem Theater und wartete darauf, daß der Vorhang sich öffnete. Ganz wohl fühlte sie sich zwar nicht, aber trotzdem war sie froh. Jetzt wollte sie nichts anderes, als daß Marco sie so vorfände. Ein schlechtes Gewissen sollte er haben, weil er sie alleingelassen hatte, eine Beute für jeden Einbrecher, Bettler oder Einsteigedieb. Sie wollte, daß er sich schämte, weil seine Frau gezwungen gewesen war, sich an die Polizei zu wenden, um dort Schutz zu finden.

Um Viertel nach zwei hörte sie, wie ein Schlüssel in das Schloß der Wohnungstür gesteckt wurde, und ihr Gesicht strahlte auf.

»Das ist er!« flüsterte sie, insgeheim triumphierend, und hüllte sich in boshafte Erwartung. »Das ist mein Mann!«

Im gleichen Augenblick kam er auch schon herein. Als er die beiden im Wohnzimmer sah, zog er unwillig die Stirn kraus. Julia stand auf, die Hand in die Hüfte gestemmt.

»Na? Da kommt unser ewiger Zigeuner. Marco, das ist Mr. Parks von der Polizei. Wäre er nicht gewesen, wäre ich vielleicht im Schlaf ermordet worden.«

Volle zehn Sekunden lang betrachteten Marco und der Kriminalbeamte sich prüfend. Dann rieb Parks sich das Kinn und sagte: »*Well!*« Kaum hatte er dieses Wort ausgesprochen, als Marco herumfuhr und mit einem Satz versuchte, die Wohnungstür zu erreichen. Parks, der überraschend beweglich war, sprang ihm nach und erwischte ihn noch am Mantel, bevor Marco verschwinden konnte. Dann zog Parks seinen Dienstrevolver aus dem Jackett und schwenkte ihn gebieterisch.

»Sind Sie verrückt?« kreischte Julia. »Haben Sie denn

nicht verstanden? Das ist nicht der Einbrecher! Das ist mein Mann!«

»Schlimm für Sie, Lady«, sagte Parks, schwer atmend. »Aber das Foto Ihres Mannes hängt seit Tagen in allen Polizeirevieren. Seit fünf Wochen suchen wir ihn und seine beiden Komplicen schon.«

»Nein!« schrie Julia, als sie den Ausdruck bemerkte, der über Marcos Gesicht zog. »Nein«, sagte sie leiser und verängstigter, als sie an die Einsamkeit jener Nächte dachte, die von nun an vor ihr lagen.

Die Macht des Gebetes

Durch einen einzigen Regenguß am Sonntagvormittag wurde Father Amion vom Himmel daran erinnert, daß das Dach seiner bescheidenen Kirche dringend einer Reparatur bedurfte. In der folgenden Woche kam man auf der Sitzung des Kirchenvorstands zu dem Schluß, daß neun Jahre zwischen zwei Anstrichen zu lange wären; aber Vorschläge, woher die dazu notwendigen Mittel kommen könnten, wurden nicht gemacht. Und an einem anderen Sonntag, als er seine Predigt vor einer Gemeinde von weniger als vierzig Seelen hielt, kam eine Gruppe von Menschen, die sich verspätet hatten, durch den Mittelgang, und dabei quietschten die Bohlen des Fußbodens so, daß er auf der Kanzel zusammenfuhr.

Es war daher begreiflich, daß Father Amion mehr als sonst auf die Beträge achtete, die bei der Kollekte zusammenkamen. Die Gemeinde, der er diente, war in kirchlicher Hinsicht unübertrefflich, da die Gemeindemitglieder arm und des Trostes, den er bieten konnte, besonders bedürftig waren. Aber als Gemeindepfarrer sagte er eines Tages – mit einem betrübten Lächeln auf dem freundlichen Gesicht – zu Bischof Cannon, daß die Kirche nicht einmal wohlhabend genug wäre, um sich eine eigene Maus zu halten. Der Bischof lachte und erbot sich an, der Gemeinde eine seiner eigenen Mäuse zu schenken.

Am Sonntag nach Ostern hatte sich die Zahl der Kirchgänger, wie üblich, auch in Father Amions Kirche erheblich verringert, und diese Tatsache bedeutete für ihn keine

Überraschung. Eine Überraschung jedoch bildete das Ergebnis der Kollekte. Auf den Münzen und Ein-Dollar-Scheinen lag unübersehbar das Abbild Alexander Hamiltons, das das amerikanische Finanzministerium herausgibt. Als Morton, Freund und Küster zugleich, ihm diese Tatsache mitteilte, erklärte Father Amion dankbar: »Zehn Dollar! Ich glaube, ich habe seit der Vorkriegszeit keine Zehndollarnote mehr in der Kollekte gesehen. Wissen Sie, wer es war, Morton?«

Morton wußte es. »In der vierten Reihe links saß der Betreffende, Father; bis jetzt habe ich ihn noch nie beim Gottesdienst gesehen. Er sah ziemlich ungehobelt aus und trug ein – ein etwas auffallendes Jackett.«

»Was meinen Sie mit auffallend?«

»Das richtige Wort ist – glaube ich – knallig, Father.«

»Meinen Sie etwa den Herrn in dem auffällig gemusterten Anzug? Natürlich habe ich ihn bemerkt. Aber meiner Ansicht nach ist es von Ihnen nicht nett, seinen Anzug zu kritisieren, Morton.«

»Oh, ich habe ihn auch gar nicht kritisiert, Father.« Morton grinste unbeholfen. »Besonders nicht, nachdem ich seine Spende gesehen habe.« Das Grinsen verschwand, als der Geistliche statt einer Antwort die Stirn runzelte, und schnell fügte er eine Entschuldigung für seine unziemliche Haltung hinzu. Father Amion seufzte und berührte seinen Arm.

»Schon gut, Morton, ich verstehe Ihre Gefühle. Es scheint auch schändlich, daß wir uns so um unsere Ausgaben sorgen müssen; aber ich fühle mich nicht berechtigt, die Diözese um mehr Hilfe anzugehen, als sie bereits geleistet hat.«

»Der Herr wird schon helfen«, sagte der Küster betrübt.

Im Nachmittags-Gottesdienst am Mittwoch sah Father Amion den Mann in dem auffällig gemusterten Jackett wieder. Er lächelte und nickte zu ihm hinüber, aber der Mann war so in sein eigenes Gebet versunken, daß ihm der Blick des Pfarrers entging. Als er dann die Kirche verließ, steckte er einen Fünfdollarschein in die Armenkasse an der Kirchenpforte. Am folgenden Tag sah Father Amion ihn zu seiner Überraschung wieder, und am Freitag merkte er, daß er ihn bereits erwartete. Und tatsächlich, der Mann erschien schon frühzeitig und schien der erste und einzige Kirchenbesucher zu sein, der an diesem Morgen geistlicher Hilfe bedurfte. Als er die Kirche verließ, war die Armenkasse um zehn Dollar reicher.

Am Sonntag wählte Father Amion die Großzügigkeit zum Thema seiner Predigt und hoffte, der Mann in dem auffällig gemusterten Jackett, der diesmal in der ersten Reihe saß, würde erkennen, daß die Dankbarkeit in seinen Worten auf ihn gemünzt war. Nach dem Gottesdienst näherte Father Amion sich ihm.

»Darf ich Sie einen Augenblick sprechen?« fragte er.

Das gerötete Gesicht des Mannes wurde noch röter. Er war groß und stämmig, mit großen roten Händen. Er schien nicht zu wissen, was er mit diesen Händen anfangen sollte, und so steckte er sie einfach in die Taschen seines Jacketts und sagte: »Tag, Father, ich – mir hat Ihre Predigt richtig gefallen.«

»Hoffentlich haben Sie auch gemerkt, daß sie teilweise Ihnen zugedacht war. Mir ist nicht entgangen, wie großzügig Sie in der vergangenen Woche unserer armen Kirche gegenüber waren. Sind Sie neu in der Gemeinde?«

»Neu?« Der Mann zwinkerte mit den Augen und lächelte dann unbehaglich. »Nein, Father, ich wohne hier schon seit zwanzig Jahren. Bloß habe ich für die Kirche nie viel übrig gehabt – verstehen Sie? Das erste Mal bin ich vor zwei Wochen hergekommen, an einem Sonntag.«

»Ich bin wirklich froh, daß Sie Ihre Ansicht geändert haben. Und wie mir scheint, sind Sie in der vergangenen Woche fast jeden Tag hier gewesen.«

»Gewiß. Es geht doch in Ordnung, nicht wahr, Father? Ich meine – Sie haben doch nichts dagegen?«

»Dagegen? Wieso sollte ich etwas dagegen haben?«

»Man kann nie wissen ... Übrigens heiße ich Sheridan, Father.« Es fiel ihm ziemlich schwer, seine große Hand aus der Tasche zu ziehen, aber dann war es ihm doch gelungen, und er schüttelte die Hand des Pfarrers. »Ich bin Ihnen bestimmt dankbar, wenn Sie wissen, was ich meine. Für mich bedeutet es nämlich sehr viel.«

»Das freut mich.«

»Mich auch. Wissen Sie – als ich draußen die kleine Tafel sah, wo draufsteht, daß jeder versuchen solle zu beten, habe ich mir gesagt: Was kann ich dabei schon verlieren? Deswegen kam ich rein und hörte mir Ihre Predigt an.«

»Und hat es geholfen?«

»O ja, es hat geholfen, ganz bestimmt. Ich sagte mir, wenn ich so bedenke, was ich schon alles angestellt habe, und nichts hat geklappt, dann könnte ich mich vielleicht diesmal an Ihren Rat halten. Das habe ich dann auch getan, und – Junge, Junge, es hat tatsächlich geklappt, Father. Großartig hat es geklappt.«

Augenblicke wie dieser waren es, die Father Amion mit Freude über seine Berufung erfüllten, die ihn erkennen ließen, daß die vierzig Jahre seines Dienens der Mühe wert waren. Er lächelte zufrieden, bis der Mann hinzufügte: »Sie werden es zwar nicht glauben, Father, aber am nächsten Tag hatte ich von acht Siegern sechs richtig. Sechs Sieger, darunter ein Außenseiter mit zwanzig zu eins. So was habe ich noch nie erlebt, seit ich damit angefangen habe. Bis auf zwei Dollar war ich nämlich völlig blank, und ...«

»Einen Moment«, sagte Father Amion schnell, und ihm wurde leicht schwindelig. »Ich verstehe nicht ganz, was Sie meinen.«

»Wetten, Father, auf Pferde.« Als wollte er um Entschuldigung bitten, scharrte er mit den Füßen. »Ich weiß, daß Sie deswegen sicher sauer sind, denn wahrscheinlich machen Sie sich nichts aus Wetten und solchen Sachen ...«

»Meine Predigt hat Sie zum Wetten verleitet?«

»Nein, nein, Father, das habe ich schon immer getan. Die ganze Zeit mache ich es; damit verdiene ich mir mein täglich Brot. Früher war ich mal im Gebrauchtwagenhandel, aber dann hatte ich dazu einfach keine Lust mehr. Als ich dann Ihre Tafel sah, sagte ich mir, Charlie, probier es mal, schaden kann es nicht. Und deswegen, Father, fing ich dann an zu beten. Junge, habe ich vielleicht gebetet! Gib mir einen Sieger, habe ich gesagt. Bitte, bitte, schenk mir einen Sieger!« Er grinste, glücklich wie ein Kind. »Und dann kriegte ich sechs auf einmal!«

Father Amion, ohnehin nicht groß gewachsen, hatte das Gefühl, auf einen halben Meter einzuschrumpfen. Mit erstickter Stimme sagte er: »Ich glaube fast, daß Sie meine Botschaft nicht richtig verstanden haben, Mr. Sheridan. Ich meinte zwar, daß das Gebet Wunder wirken kann, aber doch nicht für derart egoistische Zwecke.«

»Ein richtiges Wunder war es«, sagte Sheridan zuversichtlich. »Genau wie Sie es prophezeit haben, Father. Und das alles verdanke ich bloß Ihnen; wenn ich Ihnen also irgendwie helfen kann ...«

»Bitte! Sie leben in einem entsetzlichen Irrtum, Mr. Sheridan; es hat ein schreckliches Mißverständnis gegeben. Das Gebet ist nicht für Pferderennen bestimmt; dazu ist es viel zu heilig. Sie sollen nicht für Ihre Geldbörse, sondern für Ihre Seele beten.«

»Wußte ich doch, daß Sie sauer sein werden«, sagte Sheridan nachdenklich.

»Nein, nein – ich bin keineswegs zornig.« Father Amion preßte seine Hände zusammen und flehte stumm um Inspiration, damit er die richtigen Worte fände. »Sie müssen es folgendermaßen ansehen, Mr. Sheridan. Was wäre beispielsweise, wenn jeder Wetter zu Gott betete, daß sein Pferd gewönne? Sie wissen selbst, daß das nicht möglich ist; Sie werden sicher auch einsehen, welche Schwierigkeiten Sie dem Herrn damit bereiten. Ist das vielleicht anständig?«

Sheridan zwinkerte mit den Augen. »Daran habe ich noch nie gedacht. Wahrscheinlich haben Sie recht, Father.«

»Sie erkennen also, wie falsch es ist?«

Sheridan überlegte einen Augenblick, und dann strahlte er über das ganze Gesicht. »Sicher, es wäre ziemlich schwierig, Father. Ich meine, wenn jeder darum betete, daß sein Pferd gewönne. Bloß stimmt das nicht, verstehen Sie? Keiner weiß bisher was von diesem Geschäft. Und das ist ihr Pech!«

Father Amion seufzte. »Ich fürchte, daß Sie mich immer noch nicht verstanden haben, Mr. Sheridan.«

»Aber daß ich weiter hierher komme, geht doch in Ordnung, nicht? Ich meine, wenn Sie wollen, daß ich nicht ...«

»Nein – nein, das habe ich damit nicht gemeint. Dies ist ein Haus Gottes, und Sie sind immer willkommen. Ich hoffe lediglich, daß Sie erkennen, wie falsch Ihre Absicht ist.«

»Oh, falsch ist sie nicht«, sagte Sheridan fröhlich. »Ich habe es ausprobiert. Fast jedesmal, wenn ich um einen Sieg gebetet habe, hat das Pferd gewonnen. Es funktioniert zwar nicht hundertprozentig, aber doch viel besser als alles andere. Wenn Sie also nichts dagegen haben ...«

»Ich habe nichts dagegen«, sagte Father Amion niedergeschlagen. »Und ich hoffe nur, daß auch Gott nichts dagegen hat, Mr. Sheridan.«

Erst am folgenden Donnerstag sah Father Amion sein auf Pferde wettendes Pfarrkind wieder. Es nickte ihm höflich zu, unterbrach jedoch seine wortlosen Meditationen nicht. Am Freitag morgen saß der Mann wieder in derselben Reihe, und als Morton an ihm vorüberkam, blickte Sheridan einen Augenblick auf und fuhr dann fort, leise seine Gebete zu murmeln. Später berichtete Morton, was er Sheridan hatte sagen hören, und war darüber offensichtlich entsetzt.

»Er hat irgend etwas von Satan gesagt, Father, das habe ich genau gehört! Was ist das nur für ein Mensch!«

»Von Satan? Sind Sie sich dessen ganz sicher, Morton?«

»Ja! Es kann allerdings auch Teufel gewesen sein. Richtig – roter Teufel, *red devil*! Das hat er ständig wiederholt.«

Father Amion verzog seinen Mund. »Darüber würde ich mir keine Gedanken machen. Zweifellos war es der Name eines Pferdes.«

Am Sonntag erfuhr er, daß er recht gehabt hatte. Nach dem Gottesdienst kam Sheridan bescheiden zu ihm und sagte: »Zwanzig zu fünfzehn hat das Pferd eingebracht, Father. Und als ich meinen Einsatz machte, habe ich mir gesagt, fünf Dollar davon sind für die Kirche, wenn Red Devil gewinnt. Und tatsächlich, Father, das Pferd gewinnt, und die fünf Dollar habe ich schon in die Kollekte getan. Das geht hoffentlich in Ordnung, Father?«

»Ich frage nicht, woher Ihre Spende kommt, Mr. Sheridan«, sagte Father Amion, und es klang beinahe streng. »Ich danke Ihnen dafür, möchte jedoch lieber nicht wissen, aus welcher Quelle es stammt.«

»Sind Sie immer noch wütend auf mich?«

»Wütend, wie Sie es ausdrücken, bin ich auf Sie nie gewesen«, sagte der Pfarrer freundlich. »Aber ich bete für Sie, Mr. Sheridan.«

»Wirklich?« sagte Sheridan strahlend. »Junge, jetzt weiß ich, daß nichts mehr schiefgehen kann, Father!«

»Verstehen Sie mich nicht falsch. Ich bete um den Sieg Ihrer Seele, Mr. Sheridan, und nicht um den Sieg Ihrer Pferde.«

»Ach so.«

»Aber halten Sie mich nicht für undankbar. Offengestanden ist unsere Kirche eine arme Kirche, und wir können jeden Beitrag gebrauchen. Sie waren uns eine große Hilfe, und dafür bin ich dankbar.«

»Das lassen Sie nur, Father; das haben Sie verdient. Und wenn ich mal glaube, wirklich was Besonderes zu haben, und Sie möchten, daß ich für Sie darauf setze ...«

»Aber Mr. Sheridan!«

»Das war keine Beleidigung, Father. Ich dachte nur . . .«

»Bitte denken Sie nicht derartige Dinge. Ich habe nicht den Wunsch, mich in Ihre Lebensweise einzumischen, möchte jedoch bestimmt nicht hineingezogen werden. Unsere Kirche wird auch ohne Pferderennen bestehen bleiben.«

»Tut mir leid, Father. Ich wollte Ihnen keinen Kummer machen.«

»Das weiß ich«, sagte der Geistliche. »Guten Tag, Mr. Sheridan.« Dann sah er, wie der Wettlustige durch den Mittelgang zur Kirchentür ging. Lauter als je zuvor quietschten die Holzbohlen unter seinem beträchtlichen Gewicht.

Am Dienstag nachmittag kehrte Father Amion gerade vom Besuch eines bettlägerigen Gemeindemitgliedes zur Kirche zurück, als er die Hupe hörte, die ihn aufmerksam machen sollte. Er drehte sich um und sah am Straßenrand das leuchtendblaue Automobil, das Verdeck heruntergeklappt, während der Fahrer gerade auf den Beifahrersitz rutschte, um Father Amion zu begrüßen.

»Tag, Father!« sagte Sheridan vergnügt. »Kann ich Sie ein Stück mitnehmen?«

»Ich habe nur noch eine kurze Wegstrecke vor mir«, sagte der Geistliche. »Und mir bereitet es Spaß, zu Fuß zu gehen.«

»Wie gefallt er Ihnen?« sagte Sheridan und wies mit einer Handbewegung auf die Länge des Wagens. »Nagelneu, Father, und nicht einen einzigen Cent bin ich schuldig geblieben. Von jetzt an fahre ich standesgemäß.«

»Ein sehr hübsches Fahrzeug«, sagte Father Amion feierlich. »Und ich wünsche Ihnen viel Freude daran, Mr. Sheridan.«

»Davon können Sie überzeugt sein. Aber ob Sie es glauben oder nicht – vor wenigen Wochen war ich doch tatsächlich bis auf zwei Dollar völlig abgebrannt.«

»Das ist wirklich bemerkenswert«, gab der Geistliche zu. »Daran besteht kein Zweifel.«

»Um ganz ehrlich zu sein«, sagte Sheridan vertraulich, »der säuft wahnsinnig viel Benzin. Der Motor wird schnell warm, und das Benzin kostet mich ein Vermögen. Aber bei meinem Glück in letzter Zeit kann ich es mir leisten. Wissen Sie, wie viele Sieger ich diese Woche gehabt habe?«

»Nein.«

»Vierzehn von achtzehn. Jedesmal, wenn ich wirklich angestrengt um einen Sieger bete, ist das Rennen praktisch gelaufen.« Einfältig wandte er seinen Blick ab. »Wissen Sie, mir ist aufgefallen, daß die Kirche dringend gestrichen werden muß, Father. Kapital habe ich augenblicklich zwar nicht viel übrig; wenn Sie jedoch ein paar Dollar haben, die Sie setzen wollen – einen Augenblick, werden Sie doch nicht gleich sauer –, nächsten Sonnabend läuft ein Pferd, das Sally's Gal heißt, und ...«

»Ich dachte, wir hätten dieses Thema bereits abgeschlossen, Mr. Sheridan.«

»Lassen Sie mich doch erst mal ausreden, Father. Ich weiß, daß Sie was gegen das Wetten haben, aber die Sache mit diesem Pferd muß ich Ihnen doch erzählen.« Er rückte noch näher heran und senkte seine Stimme zu einem Flüstern. »Dieser Gaul wird nämlich heimlich trainiert, Father, und sein Besitzer hat mir selbst gesagt, daß er jetzt fit ist. Den Bahnrekord hat der Gaul bereits um fünf Sekunden verbessert, und nicht bloß einmal, sondern mehrmals. Und nächste Woche läuft er sein erstes großes Rennen, und zwar gegen lauter Neulinge. Sie wissen wohl selbst, wie junge Pferde rennen, Father . . .«

»In diesen Dingen kenne ich mich nicht aus«, sagte Father Amion.

»Das verstehe ich«, erwiderte Sheridan unverblümt. »Die Biester rennen wie verrückt. Jedenfalls haben die Besitzer sich ausgerechnet, daß die Wetten früh morgens auf zwanzig zu eins stehen werden, wahrscheinlich jedoch noch höher. Die Sache sieht äußerst günstig aus, Father, und wenn ich dann noch anfange zu beten . . .«

»Ich muß jetzt gehen«, sagte Father Amion. »Um vier Uhr beginnt eine Sitzung des Kirchenvorstands.«

»In Ordnung, Father, ich wollte es Ihnen auch nur sagen«, erwiderte Sheridan und schob sich wieder hinter das Lenkrad seines neuen Wagens. »Ich persönlich setze meinen letzten Cent auf dieses Pferd, und wenn Sie mitmachen wollen, bin ich jederzeit gern bereit, Ihnen behilflich zu sein.«

Aber Father Amions Begegnung mit Sheridan war nur das Vorspiel zu einer noch enttäuschenderen Angelegenheit. Die Sitzung des Kirchenvorstands brachte, wie sich herausstellte, nur eine neue betrübliche Aufzählung der finanziellen Schwierigkeiten, in der die Kirche sich befand. Die Frage der Reparaturen wurde aufgeschoben, damit der Kirchenrat die normalen Ausgaben diskutieren konnte, die ebenfalls viel zu hoch zu sein schienen. Mit gequältem Lächeln kam der Vorsitzende zu dem Schluß, daß Father Amion ein besserer Pfarrer als Geschäftsmann wäre, und zitierte dazu einige tollkühne Liebeswerke, die Father Amion zugeschrieben werden mußten, die jedoch eine vernünftige Verwaltung des Kirchenvermögens, das sich mittlerweile auf keine sechshundert Dollar mehr belief, schwierig, wenn nicht sogar unmöglich machten. Father Amion gab die Beschuldigungen zu, versprach jedoch nicht, seine Fehler zu berichtigen. Als die Sitzung beendet war, ertappte er sich dabei, daß er immer wieder an den neuen blauen Wagen von Mr. Sheridan denken mußte.

In dieser Woche erschien der wettlustige Mr. Sheridan täglich zum Gottesdienst. Doch erst am Freitag vormittag sprach Father Amion wieder mit ihm, und als er es tat, geschah etwas, das er sich für den Rest seines Lebens einfach nicht erklären konnte.

»Guten Morgen, Father«, sagte Sheridan liebenswürdig. »Ein schöner Tag ist das heute, nicht? Hoffentlich ist es morgen auch noch schön.«

»Morgen?« fragte der Geistliche unsicher.

»Ja. Morgen ist nämlich das Rennen, verstehen Sie? Und Sally's Gal ist zwar bei schwerem Boden auch gut, aber auf hübsch trockener Bahn erheblich besser. Ich habe mich genau erkundigt, Father. Wenn alles gut geht, werden Sie mich hier wohl leider nicht mehr sehen.«

»Wieso?«

»Weil ich mir dann nämlich ein Haus in Florida kaufe. In der Nähe von Hialeah.«

Father Amion lächelte freundlich. »Ich wünsche Ihnen dazu viel Glück, Mr. Sheridan – wirklich.«

Er wandte sich gerade ab, als ein Impuls ihn veranlaßte, sich noch einmal umzudrehen und zu sagen: »Mr. Sheridan ...«

»Ja, Father?«

»Sind Sie sich bei dem Pferd wirklich ganz sicher?«

»Völlig sicher, Father. Die ganze Woche über habe ich gebetet, und ich weiß, daß das Pferd das Zeug dazu hat.«

»Wenn jemand – sagen wir einmal: fünfhundert Dollar auf dieses Pferd setzt: Mit welchem Gewinn könnte er möglicherweise rechnen?«

»Das wollen wir mal eben überschlagen«, sagte Sheridan und biß sich auf die Lippe. »Wenn das Pferd zehn Dollar bringt – aber bestimmt sind es mehr, Father, viel mehr –, würde er mindestens 2500 Dollar kriegen.«

Father Amion, der im Mittelgang stand, wippte leicht auf dem Fußballen. Die Bohlen quietschten. Dann sagte er träumerisch: »Wenn ich Ihnen nun fünfhundert Dollar gäbe, Mr. Sheridan? Würden Sie sie für mich setzen?«

»Ist das Ihr Ernst, Father?«

Father Amion schloß die Augen. »Würden Sie es tun, Mr. Sheridan?«

»Aber klar, Father – mit Vergnügen.«

»Ich bin gleich wieder hier. Genügt auch ein Scheck?«

»Mit Schecks kann ich umgehen, Father«, erwiderte Sheridan grinsend.

Keine fünf Minuten, nachdem Sheridans stämmige Gestalt verschwunden war, bedauerte Father Amion bereits seine Tat. Die Hände flehentlich zusammengepreßt, rannte er den Mittelgang entlang zur Kirchentür und auf die Straße hinaus, wo er nach beiden Seiten blickte, um den Wetter oder sein auffallendes blaues Automobil zu entdecken. Zu sehen war jedoch nur eine Gruppe dreckiger Kinder, die auf der Straße Ball spielten; ärgerlich schalt Father Amion sie aus, weil sie die Kirchenstufen als Tor benutzten, und kehrte dann in die Kirche zurück, das Herz von Zorn und

Sorge erfüllt. Niemals würde es ihm möglich sein, diesen Impuls zu erklären – weder sich selbst noch seiner Gemeinde, weder dem Kirchenrat noch vor allem Gott. Und als er Morton, den Küster, sah, der sein besorgtes Gesicht neugierig betrachtete, stellte er fest, daß er diesen Impuls nicht einmal seinem besten Freund erklären konnte.

»Was ist denn los, Father?« erkundigte Morton sich besorgt. »Sie sehen gar nicht gut aus.«

»Ich fühle mich auch nicht gut«, flüsterte Father Amion.

Der Küster trat interessiert näher. »Sie haben in letzter Zeit zuviel gearbeitet, Father. Vielleicht sollten Sie sich ein bißchen hinlegen ...«

»Nein, nein, das kann ich jetzt nicht. Ich habe noch etwas zu erledigen – etwas sehr Wichtiges.« Als er diese Worte aussprach, wurde ihm völlig klar, was er zu tun verpflichtet war. »Morton, Sie kennen doch diesen Mr. Sheridan?«

»Ja, Father.«

»Wissen Sie vielleicht, wo er wohnt? Hat er jemals seine Adresse angegeben?«

»Nein, Father.«

»Das habe ich mir gedacht«, sagte Father Amion unglücklich. »Dann muß ich noch heute nachmittag Bischof Cannon aufsuchen.«

»Aber Sie waren doch erst gestern bei ihm, Father. Und in einer halben Stunde kommen schon die Gemeindemütter.«

»Ich muß ihn dringend sprechen. Rufen Sie bitte die Vorsitzende des Müttervereins an und verschieben Sie die Sitzung auf nächste Woche.«

»Gut, Father, wenn Sie meinen. Wie lange werden Sie weg sein?«

»Das weiß ich nicht«, erwiderte Father Amion bedrückt.

Er hatte Glück, daß der Bischof zu Hause war. Bischof Cannon, ein kräftiger Mann und zehn Jahre jünger als Father Amion, war bekannt für seine Energie und Aktivität; es war ein seltenes Ereignis, wenn er einen ruhigen Nachmittag in seinem Wohnzimmer verbrachte. Erstaunt blickte er auf, als Father Amion eintrat, legte das Buch hin, in dem er gerade las, und bot dem Pfarrer einen Stuhl an. Er erkundigte sich nicht nach dem Grund des Besuches, denn er sah deutlich, daß Father Amion nur mühsam an sich halten konnte.

»Ich brauche Ihre Hilfe«, sagte der Father, die Hände ringend und auf den Teppich starrend. »Ich habe etwas Schreckliches getan, Bischof Cannon, und brauche jetzt dringend Ihren Rat.«

Der Bischof nickte. »Das ehrt mich, Father. Aber ich kann mir kaum vorstellen, daß Sie etwas so Schreckliches getan haben könnten.«

Dann berichtete Father Amion ihm jedoch alles, und der Unglaube des Bischofs verwandelte sich in entsetztes Erstaunen.

»Ein Pferd, Father? Das ist doch nicht Ihr Ernst! Sie haben also aus dem Kirchenvermögen fünfhundert Dollar genommen, um auf ein Pferd zu setzen?«

Father Amion neigte den Kopf. »Ich kann mir selbst nicht verzeihen, was ich getan habe. Ich werde nie begreifen, wie ich dazu kam. Der Mann schien seiner Sache so sicher, wirkte so erfolgreich, und dann dieses ständige Gerede über das dringend benötigte Geld, das schon so lange dauert ... Helfen Sie mir, zu begreifen, was ich getan habe, Bischof Cannon. Helfen Sie mir, daß ich es mir selbst erklären kann ...«

»Ich kann es nicht fassen! Father, wenn ich Sie nicht so gut kennen würde ...« Der Bischof erhob sich und ging, das Gesicht in eine Hand gestützt, auf und ab. »Wenn Sie ein Neuling wären, wenn Sie ein junger Mann wären – dann könnte ich so etwas vielleicht begreifen. Aber vierzig Jahre sind es jetzt her, Father – vierzig Jahre sind es her, seit Sie das Gelübde ablegten! Und dann so etwas ...«

»Ich weiß, ich weiß«, sagte Father Amion gepeinigt. »Ich habe mich gegen alles versündigt, an das ich glaube.«

»Nicht nur gegen Gott, Father. Sondern auch gegen Ihre Herde, gegen die Kirche, der Sie dienen. Und soweit ich orientiert bin, sogar gegen das Gesetz! Das Geld war Ihnen nur anvertraut; es gehörte der Gemeinde, nicht Ihnen.«

»Ich hätte den Scheck sperren lassen, wenn es mir möglich gewesen wäre; aber die Banken haben bereits geschlossen.«

Der Bischof setzte sich wieder, starrte düster vor sich hin und wog seine nächsten Worte sorgfältig ab. Als er dann sprach, geschah es mit feierlichem Ernst.

»Sie sagen, Sie können den Mann nicht ausfindig machen?«

»Ja.«

»Und es gibt keine Möglichkeit, ihn an der Verwendung des Kirchenvermögens zu hindern?«

»Nein, keine. Das Rennen findet morgen statt.« Sinnend blickte Father Amion aus dem Fenster. »Außerdem bezieht es sich. Die Bahn wird wahrscheinlich aufgeweicht sein.«

Der Bischof erhob sich und schlug sich mit den Händen auf die Schenkel. »Dann bleibt nur noch eines übrig, Father. Eine einzige Möglichkeit, diese Sünde zu mildern.«

»Und welche?«

»Sie müssen beten, Father. Sie müssen beten, wie Sie noch nie gebetet haben, und ich werde Sie mit meinem Gebet dabei unterstützen.« Düster blickte er den Geistlichen an und streckte seine Hand aus. »Sie müssen beten, daß dieses Pferd nicht gewinnt, Father Amion.«

Dem Pfarrer verschlug es fast die Stimme. »Es soll nicht gewinnen?«

»Ja. Für Ihren Irrtum darf es nicht auch noch eine Belohnung geben, Father – ungeachtet aller Folgen. Ich sehe keine andere Möglichkeit, den Fehler zu berichtigen, als Gott zu bitten, diesen sündigen Sieg zu verhindern. Und darum müssen Sie mit aller Kraft beten.«

»Aber das Geld, Bischof Cannon! Wir brauchen es so dringend! Fünfhundert Dollar zu verlieren ...«

»Das Geld ist unwichtig. Jetzt steht mehr auf dem Spiel. Werden Sie tun, was ich sage?«

Father Amion sackte auf seinem Stuhl in sich zusammen.

»Ich bin bereit, Bischof Cannon. Ich weiß natürlich, daß Sie recht haben. Das Pferd darf nicht gewinnen.«

Als er das Haus verließ, war der Bischof bereits in sein Gebet versunken.

Um fünf kehrte Father Amion zu seiner Kirche zurück, aß eine Kleinigkeit und zog sich dann in die kleine Kapelle neben der Sakristei zurück. Morton befahl er, ihn nicht zu stören, und dann begann er mit seinem Marathongebet. Er betete ununterbrochen bis zehn Uhr abends – bis Morton seiner Anordnung zuwider handelte, seinen Kopf in die Kapelle steckte und irgend etwas von Abendbrot murmelte. Father Amion schickte ihn fort und bat den Herrn wiederum um Vergebung seines Irrtums sowie darum, daß Sally's Gal am nächsten Tag daran gehindert würde, das Rennen zu gewinnen. Gegen Mitternacht begann er einzunicken und legte sich auf die schmale Pritsche in der Sakristei. Gegen sechs Uhr morgens erwachte er und nahm seine Gebete wieder auf.

Als Father Amion gegen Mittag dieses Sonnabends die Kapelle verließ, erwartete der Küster ihn mit besorgten Fragen. Father Amion erwiderte nichts, sondern ging in sein Studierzimmer, um die Predigt für den nächsten Tag vorzubereiten. Es machte ihm keine Schwierigkeit, die Textstelle auszusuchen, mit der er die Predigt beginnen wollte. Sie stammte aus 1. Timotheus VI, 9, und die ersten Worte lauteten: »Denn die da reich werden wollen ...«

Die Stunden verstrichen, ohne daß es ihm bewußt wurde. Um halb sechs, als seine Predigt fertig war, verließ er das Studierzimmer und sah, daß Sheridan, der Wettlustige, in der vordersten Reihe des Kirchengestühls saß.

Sheridan hatte eine gesunde Hautfarbe; jetzt aber war sein Gesicht so blaß wie die hellen Flecken seines Jacketts, und Melancholie malte sich in seinen Zügen. Die Niedergeschlagenheit dieses Mannes rührte Father Amion, und so näherte er sich ihm. Sheridan blickte zu ihm auf, aber als Father Amion ihn ansprach, schien er einer Antwort nicht fähig zu sein.

»Es ist schon gut, mein Sohn«, sagte Father Amion freundlich. »Ich verstehe.«

»Was soll das heißen, Father? Was verstehen Sie?«

»Die Geschichte mit dem heutigen Rennen. Wahrscheinlich kommen Sie gerade von dort?«

»Ja, ich komme gerade vom Rennen. Das Geld habe ich für Sie gesetzt – so, wie ich es versprochen hatte.«

»Ich möchte nicht, daß Sie das Gefühl haben, daran schuld zu sein. Sie versuchten auf Ihre Weise, Gutes zu tun; wenn es überhaupt Schuld gibt, fällt sie auf meine Schultern.«

Sheridan blinzelte ihn verstört an. »Ich verstehe Sie nicht, Father.« Dann griff er in sein Jackett, zog die Brieftasche heraus, und diese Brieftasche war gewaltig angeschwollen. »Hier ist Ihr Geld, Father. Es ist zwar nicht so viel, wie ich ursprünglich glaubte, aber wahrscheinlich wird es Ihnen doch helfen.« Er blätterte es langsam hin und sagte: »Zweitausendeinhundert Dollar, Father. Vielleicht zählen Sie es selbst noch einmal nach.«

Father Amion betrachtete das Bündel Geldscheine in seiner Hand, und seine Augen wurden groß. »Das verstehe ich nicht. Es kann nicht mir gehören.«

»Natürlich gehört es Ihnen«, sagte Mr. Sheridan. »Nehmen Sie es ruhig, Father.«

»Nein! Es muß sich um einen Irrtum handeln!«

»Was?«

»Sie können doch nicht behaupten, daß das Pferd gewonnen hat! Sie hielten mich zum Narren. Mr. Sheridan, sagen Sie, daß es nicht wahr ist! Sagen Sie, daß Sally's Gal nicht gewonnen hat!«

»Gewonnen? Nein, gewonnen hat er nicht!«

»Er hat nicht gewonnen?«

»Nein«, sagte Sheridan unglücklich. »Bis in die Zielgerade hat er sich gut gehalten; er lag vier Längen vor dem

Feld. Aber dann war plötzlich Schluß, Father, und warum – das weiß ich auch nicht. Eine so todsichere Sache, und dann war mit dem Gaul einfach Schluß.«

»Aber wenn das Pferd nicht gesiegt hat – warum bringen Sie mir dann dieses viele Geld?«

Sheridan lächelte müde. »Sehen Sie, Father, Sie wollten doch sicher nicht, daß ich Ihr Geld auf Sieg riskierte, nicht? Ich meine, für einen Mann wie mich geht das in Ordnung. Aber bei Ihnen ging ich auf Nummer Sicher und setzte Ihr Geld auf Platz. Gewonnen hat das Pferd zwar nicht, aber immerhin ging es als Zweiter durchs Ziel. Das reichte für zwanzig zu vier.«

»Sie wollen damit sagen, daß dieses Geld mir gehört, obgleich das Pferd nicht gesiegt hat?«

»Klar, Father, das stimmt.«

»Warum machen Sie dann ein so unglückliches Gesicht? Ich dachte ...«

Sheridan machte eine verzweifelte Geste. »Ich selbst bin nicht so gescheit gewesen, Father. Ich habe jeden Cent, den ich besaß, auf Sieg gesetzt. Und jetzt bin ich wieder genau da, wo ich anfing, mit zwei Dollar in der Tasche. Wissen Sie was?« sagte er trübsinnig. »Vielleicht gehe ich doch wieder in den Gebrauchtwagenhandel zurück. Halten Sie das für eine gute Idee?«

»Ja«, erwiderte Father Amion mit bebender Stimme und nahm das Geld. »Meiner Ansicht nach ist es wahrscheinlich eine wundervolle Idee, Mr. Sheridan.«

Beim Hinausgehen zögerte Sheridan einen Augenblick, als er an der Armenkasse vorüberkam, holte schließlich die beiden letzten Dollar aus der Brieftasche und schob sie durch den Schlitz. Dann winkte er und verschwand durch die Tür.

Freundin gesucht!

Es war nicht Friede, den Maude Sheridan mit der Welt geschlossen hatte, als sie fünfunddreißig Jahre alt geworden und immer noch unverheiratet war; es war eher ein Waffenstillstand. Er enthielt nur wenige, dafür allerdings strenge Bedingungen. Sie verlangte einen gewissen Grad finanzieller Geborgenheit, angemessene Gesundheit und ihre Stellung als Sekretärin von Dr. Ernest Cowper, einem der bekannteren Psychoanalytiker an der Ostküste. Von allen Bedingungen war die letzte weitaus am wichtigsten. Vor sieben Jahren hatte sie sich auf ein Stellenangebot hin bei Dr. Cowper beworben und war aus einem Vorzimmer voller hoffnungsvoller und bebrillter Bewerberinnen ausgewählt worden. Sie war älter gewesen, als dieser Posten es eigentlich verlangte, aber die chemische Reaktion zwischen ihr und dem langsam älter werdenden Analytiker mit dem ernsten Gesicht war ausgezeichnet gewesen. Er mochte sie und sie mochte ihn, und so hatten sie sieben Jahre lang zusammen gearbeitet, wobei die Verantwortungen, die Maude übernahm, immer größer wurden – entsprechend der Ausweitung von Dr. Cowpers Praxis. Sie war mehr seine Assistentin als seine Sekretärin, und es gab sogar Augenblicke, flüchtige Augenblicke, in denen er sich ihr anvertraute.

Auf diese Weise herrschte Waffenstillstand zwischen Maude Sheridan und der Welt, und die Folge war, daß sie auch den Kampf mit Haarbürste, Kamm und Lippenstift, mit Freiübungen und Diät vernachlässigte. Bis sie Jimmy French kennenlernte.

Einander vorgestellt wurden sie auf einer Party, die ein wegziehender Wohnungsnachbar veranstaltete; sie nahm seine kleinen Höflichkeiten und seinen spielerischen Spott zwar bereitwillig hin, aber ohne Hoffnung auf irgend etwas anderes. Selbst als er sie am nächsten Tag anrief, verschlug der Ton seiner Stimme ihr nicht den Atem. Maude fühlte sich nicht zu mädchenhafter Freude berechtigt. Aber sie ging mit ihm ins Kino, und als er dort ihre Hand ergriff, ließ sie es zu. Es gab dann vor ihrer Wohnungstür einen Gutenachtkuß, aber die Berührung seiner Lippen störte in jener Nacht ihre ruhigen, gelassenen Träume nicht.

Er rief jedoch wieder an. Und wieder. Zwei Wochen, nachdem sie sich kennengelernt hatten, begann sie, ihn genau und verwundert zu betrachten. Er war keineswegs hübsch, aber sein Grinsen war sympathisch, und sein Haar war dicht, schwarz und ließ sich gut streicheln. Er war zwar nicht groß, aber in seinen gutgeschnittenen Anzügen bewegte er sich mit muskulöser Anmut. Er war nicht gebildet, hatte jedoch ein schnelles und natürliches Verständnis für alle Dinge. Er war sogar schlau. Diese Seite von ihm gefiel ihr zwar nicht so sehr, aber sie war nun einmal vorhanden. Er hatte etwas von einem Fuchs an sich.

Dann begann sie, sich selbst zu betrachten, und es folgten lange, nachdenkliche Augenblicke vor ihrem Spiegel. Sie war zu dick, fand sie. Keineswegs schlecht aussehend, aber irgend etwas mußte sie doch unternehmen. Sie hatte sich allzu lange vernachlässigt. Deswegen begann sie wieder, Schönheitssalons aufzusuchen, Diät zu halten und

Freiübungen zu machen. Sie tat es für Jimmy French, denn Jimmy mochte sie, mochte sie ehrlich.

»Ich liebe dich«, sagte Jimmy eines Abends.

Sie war so überrascht, daß sie am liebsten laut geschrien hätte.

»Ich liebe dich«, wiederholte Jimmy und nahm sie in seine Arme. »Verstehst du – ich weiß, daß ich nicht viel tauge. Ich meine, du bist unsäglich viel gescheiter als ich, Maude. Ich war nie auf einer höheren Schule. Wahrscheinlich hältst du mich überhaupt für einen Dummkopf.«

»Nein! O nein!« sagte sie.

»Ich habe mir nie vorstellen können, daß ein Mädchen wie du mich überhaupt zweimal ansieht«, sagte er, seine rauhe Wange an ihr Ohr gelegt.

Wenige Augenblicke später löste ihr Waffenstillstand mit der Welt sich in nichts auf – aber das war ihr völlig egal. Sie saßen nebeneinander und redeten. Er sagte eine Menge Dinge, die teilweise verblüffend waren, aber auch das war ihr egal. Erst später mußte sie wieder daran denken, und da bat sie ihn, alles noch einmal zu wiederholen.

»Jetzt weißt du wenigstens auch das Schlimmste«, sagte er dann, zündete sich eine Zigarette an und versteckte sein Gesicht hinter dem Zigarettenrauch. »Ich bin ein ziemlich verkommener Kerl, Maude, war ein ziemlich wildes Kind, immer im Druck, und habe nicht nur Reifen und Autos gestohlen, sondern auch einen bewaffneten Raubüberfall verübt. Ich will dir nichts verheimlichen.«

»Aber damals warst du noch jung«, sagte sie abwehrend. »Du hast es nicht anders gekannt.«

Er grinste sie an. »Stimmt, Frau Doktor«, sagte er.

»Wieviel verlangen Sie eigentlich für eine Stunde, Frau Doktor?«

»Kannst du denn nicht ernst bleiben, Jimmy?«

»Das bin ich. Ich will damit nur sagen, daß ich keinen Beruf habe, Maude, nichts, worauf wir unser Leben aufbauen können. In den letzten zwei Jahren habe ich insgesamt vier Jobs gehabt, und keiner hat mir mehr als achtzig Dollar pro Woche eingebracht. Ich bin für dich nicht gut genug.«

Sie nahm seinen Kopf in ihre Arme; wenn er ernsthaft redete, war er wie ein Kind, ein sehr ernstes schwarzhaariges Kind. »Das zu entscheiden überlasse bitte mir, verstanden?«

»Aber du ahnst nicht, wie ich mir vorkomme. Ein so großartiges Mädchen wie du, dem ein Kerl wie ich am Halse hängt – das wäre nicht anständig. Ich möchte erst noch etwas unternehmen, Maude – verstehst du? Und dann möchte ich, daß wir heiraten.«

Es war das erste Mal, daß er vom Heiraten sprach. Es war ein Wort aus einem Fremdwörterbuch. Sie wiederholte es lautlos und sagte dann:

»Nichts ist wichtig, Jimmy, glaube mir. Wichtig für mich bist allein du ...«

Am nächsten Tag war ihr Glück wie ein Hauch, eine Ausstrahlung. Selbst Dr. Cowper, der von seinem zweifachen Problem – der Last des eigenen Alters und den stürmischen Konflikten seiner Patienten – völlig in Anspruch genommen war, merkte etwas.

»Heute scheinen Sie mit sich zufrieden zu sein, Maude.«

»Nicht besonders«, sagte sie. »Ich habe nur das Gefühl, innerlich zu glühen.« Verwirrt errötete sie und beschäftigte sich dann mit ihren Notizen. »Um halb elf kommt Mr. Harrison, Doktor, und ich sollte Sie daran erinnern, daß Sie mit ihm eine andere Zeit ausmachen.«

»Ja – richtig.« Sein Gesicht verdüsterte sich wieder. »Der arme Mr. Harrison ...«

»Hat es – ich meine, hat sich irgendein Fortschritt gezeigt?« Sorgfältig wählte sie ihre Worte, weil sie wußte, daß es ein heikles Thema war.

»Kein allzu großer. Manchmal habe ich das Gefühl, daß der Fehler bei mir liegt, daß ich die Lösung schon lange hätte finden müssen. Oder daß ich mit dem Mann etwas anderes hätte tun sollen – irgend etwas, was ihn vor sich selbst schützt ...« Er seufzte. »Bringen Sie ihn gleich zu mir, Maude; ich warte auf ihn.«

»Ja, Doktor.«

Harrison verspätete sich; zweifellos war diese Verspätung beabsichtigt und sollte eine Provokation sein. Er war ein kräftiger, schweratmender Mann in den Fünfzigern, und sein Kragen saß so eng um den fleischigen Hals, daß sein Gesicht ständig gerötet war. Nach Ansicht von Maude hatte der enge Kragen irgend etwas zu bedeuten; es war seine Art von Anpassung an ...

Aber sie wollte jetzt nicht an Krankheit denken. Sie wollte an Liebe denken, an zwölf Uhr und an ihre Verabredung mit Jimmy zum Mittagessen.

Sie trafen sich in der spärlich beleuchteten Abgeschiedenheit eines Restaurants, das zu teuer war, um täglich hinzugehen. Er bestellte Martini für sie beide. Sie war unsicher, unnatürlich erregt und so glücklich, daß ihr Gesichtsausdruck die Blicke anderer Männer auf sich zog. Glücklich, bis der Kaffee serviert wurde und Jimmy sagte: »Ich möchte dich um etwas bitten, Maude. Obgleich ich annehme, daß du nicht begeistert sein wirst.«

»Um was geht es? Was ist denn los, Jimmy?«

»Es ist nicht so wichtig. Es geht lediglich um mich.«

»Wovon redest du eigentlich?«

»Ich spreche davon, daß wir heiraten wollen, ich, mit meinem fetten Bankkonto über fünfzig Dollar und ohne jede Chance. Ich habe so viel darüber nachgedacht, daß mir ganz übel geworden ist. Kennst du das? Man denkt über irgend etwas nach, und darüber wird einem dann übel. Mein Magen revoltiert, mein Kopf schmerzt ...«

Sie strich ihm über die Stirn.

»Du Armer«, sagte sie besänftigend. »Warum hast du denn nichts gesagt? Du ...«

»Hier hilft nicht Aspirin, Maude. Hier hilft nur etwas ganz anderes. Eine Geldspritze, Maude, das würde helfen.«

»Ich verstehe dich nicht.«

Er beugte sich näher zu ihr.

»Maude«, sagte er ruhig. »Was ich dir erzählt habe, war gelogen. Ich habe dir erzählt, daß ich ein wildes, ein bösartiges Kind gewesen bin. Das war gelogen. Ich war ein ganz gewöhnliches Kind. Und der Mensch, den ich geschildert habe, der Autos gestohlen und einen bewaffneten Raubüberfall verübt hat – das bin ich jetzt, Maude; das bin ich heute.«

»Aber Jimmy, das ist doch nicht dein Ernst ...«

»Sieh mich an! Sehe ich aus, als wäre es mir nicht Ernst? Ich erzähle dir die Wahrheit über mich, Maude – Dinge, über die ich noch nie zu einem anderen Menschen gesprochen habe. Ich bin ein Tunichtgut. Ich bin ein gemeiner Lump, und zwar ein ganz billiger ...«

»Das darfst du nicht sagen!« Verstört blickte sie sich um, als könnten sie belauscht werden. »Das ist nicht möglich, Jimmy. Das ist nicht wahr!«

Sein Gesicht entspannte sich. Er trank einen Schluck Wasser, und plötzlich klang seine Stimme wieder ganz normal.

»Ich möchte, daß du mir einen Gefallen tust, Maude. Es ist das einzige Mal, daß ich dich um so etwas bitten werde. Denn ich werde mich ändern. Wenn alles vorbei ist, werde ich mich ändern.«

»Wenn was vorbei ist?«

»Noch eine Sache. Nur eine einzige, so wahr mir Gott helfe. Aber diesmal muß es eine lohnende Sache sein, so lohnend, daß wir damit etwas anfangen können. Ich möchte, daß du mir eure Unterlagen aus der Praxis mitbringst. Und zwar so viele, wie du tragen kannst. Nur die laufenden Fälle, also Unterlagen über Patienten, die er gerade behandelt. Nein, sage jetzt noch nichts, sondern laß mich erst zu Ende sprechen. Ich möchte nicht, daß du die Unterlagen stiehlst, Maude; ich möchte nur, daß du sie dir ausleihst. Ich werde sie dann sehr schnell durchsehen – so schnell, daß du sie am nächsten Morgen wieder zurückbringen kannst. Vielleicht finde ich das, was ich suche, sofort; vielleicht wirst du es noch einmal oder zweimal tun müssen. Jedenfalls verspreche ich dir, daß du keinen Ärger bekommst, Maude. Es kann nicht schiefgehen.«

Seine Stimme klang dünn und fern, genauso wie ihre eigene Antwort.

»Was sagst du da, Jimmy? Warum willst du die Unterlagen von Dr. Cowper haben? Was können sie dir schon nützen?«

»In der vergangenen Nacht kam mir eine Idee. Vielleicht eine gute, vielleicht sogar eine großartige Idee. Bei den Notizen, die sich ein Psychoanalytiker macht, handelt es sich doch um ziemlich persönliche Dinge, nicht? Ich meine, der Patient muß dem Arzt doch alles erzählen, nicht wahr?«

»Natürlich.«

»Vor einem Psychoanalytiker darf man doch keine Geheimnisse haben, stimmt's? Sonst wäre doch alles vergeblich. Deshalb habe ich mir überlegt, was sein könnte, wenn ich mir die Notizen des Doktors einmal ansähe, wenn ich sie durchlesen könnte ...« Er trank den Rest des Wassers mit einem Schluck aus. »Dein Chef hat eine Menge reicher Patienten, Maude. Sie können sich ein paar Tausender leisten; sie würden ihnen nicht wehtun. Aber für mich, für uns würden sie sehr viel bedeuten ...«

Sie blickte ihn an, schüttelte den Kopf und lehnte sein schreckliches Verlangen stumm ab.

»Wir wollen jetzt nicht mehr darüber sprechen«, sagte Jimmy schnell. »Nicht jetzt, Maude, nicht jetzt.«

In der selben Nacht noch sprachen sie darüber, und wieder sagte sie nein und weinte in seinen Armen und schwor, daß sie kein Geld brauchten, um glücklich zu sein. Er widersprach ihr nicht, aber sein Gesicht war entschlossen. Für den Rest dieser Woche war ihr Unglück fast mit Händen zu greifen, geradezu physisch; zwei Tage ging sie nicht ins Büro. Die folgende Woche war noch schlimmer; sie hatten vereinbart, sich eine Weile nicht zu sehen, und Maude entdeckte, daß diese Vereinbarung eine Qual war.

Sie rief ihn an und bat ihn demütig, zu kommen. Er besuchte sie auch, und zum ersten Mal stritten sie sich laut, und er drohte, noch viel schlimmere Verbrechen zu begehen als das verhältnismäßig saubere Verbrechen der Erpressung.

Und in der dritten Woche war Maude Sheridan einverstanden, die Unterlagen von Dr. Cowper mitzubringen.

Es war der schlimmste Tag ihres Lebens. Als normaler Arbeitstag war er nicht ungewöhnlich. Dr. Cowper war guter Laune; ein Patient hatte ›bestanden‹, und für seinen schwierigsten Fall, den zerquälten Mr. Harrison, war an diesem Tag kein Termin abgemacht. Scherzhaft erkundigte er sich bei ihr nach Jimmy, und sie versuchte lächelnd zu antworten. Um vier Uhr beschloß er, nach Hause zu gehen, und schlug vor, daß auch sie zeitig Schluß machen solle. Sie sagte nein, denn sie hätte noch verschiedenes zu schreiben und Unterlagen abzulegen. Er klopfte ihr flüchtig auf die Schulter und ging.

Als er weg war, machte sie sich das Gesicht sorgfältig zurecht, denn das blasse Spiegelbild, das sie in ihrer Puderdose sah, irritierte sie. Dann ging sie zum Aktenschrank in der Praxis und zog die Schublade auf, in der sich die laufenden Fälle befanden.

Nur die Hälfte der Aktenordner holte sie heraus und achtete sorgfältig darauf, daß sie nicht durcheinander gerieten. Dann nahm sie ein großes Geschäftskuvert, schob die Akten hinein und klebte den Umschlag sorgfältig zu. Um ganz sicher zu gehen, schrieb sie auf den Umschlag: »Der Finder wird gebeten, diesen Umschlag an folgende Adresse zu schicken: *Miss Maude Sheridan, c/o Dr. Ernest Cowper, 1601 Park Avenue.*« Dann schloß sie die Tür, drehte das Licht aus und ging. Die ganze Geschichte hatte keine fünf Minuten gedauert.

Sie ging direkt zu Jimmys Wohnung in der 12th Street, einer kahlen und unfreundlichen Wohnung in einem verkommenen Sandsteingebäude. Er schien den Versuch zu machen, keine allzu große Freude zu zeigen, als er den dicken Umschlag in ihrer Hand entdeckte; aber ganz konnte er seine Freude doch nicht verbergen. »Bitte«, sagte sie. »Aber bringe die Akten nicht durcheinander; es sind zwar größtenteils nur Notizen, und mit einigen wirst du nichts anfangen können. Aber bitte, Jimmy, bringe sie nicht durcheinander; das ist schrecklich wichtig.«

»Als wüßte ich es nicht selbst«, sagte er grinsend. »Er soll doch nichts merken, oder?«

»Das wollte ich damit nicht sagen. Aber sie gehören Dr. Cowper; und er braucht sie dringend für seine Arbeit.«

»Verzeihung«, erwiderte er zerknirscht. »Ich werde schon aufpassen, Liebling – glaube mir.«

Sie ging los und kaufte Lebensmittel in einem Geschäft an der Ecke: tiefgefrorene Steaks und fertige Pommes frites. Sie kochte ihm das Abendessen und genoß das Gefühl der Häuslichkeit, das sie dabei überkam. Aber Jimmy war zu beschäftigt, um es zu würdigen. Als sie die winzige Küche aufräumte, lag er mit den häufig fast nicht zu entziffernden Notizen Dr. Cowpers auf dem Sofa und studierte sie eifrig bis gegen Mitternacht. Erst dann brach er sein Schweigen mit einem freudigen Aufschrei.

»Hier ist es – das ist das Richtige!« rief er. »Der Fall mit den Buchstaben M. J. H. Wer ist das?«

»Er heißt Harrison. Martin Harrison. Und er ist Versicherungsstatistiker oder so ähnlich. Ich – ich nehme an, daß er ziemlich wohlhabend ist. Aber außerdem ist er ein ausgesprochen unglücklicher Mensch, Jimmy. Mach es nicht noch schlimmer ...«

Er lächelte. »Meiner Ansicht nach klingt das alles gar nicht so unglücklich. Ich finde, er läßt es sich ziemlich gut gehen – mit dieser Freundin, die er hat. Siebzehn Jahre alt! Und wie alt ist er? Vierundfünfzig?« Er zog die Stirn kraus, als er ihren Gesichtsausdruck sah. »Was ist denn los, Schatz? Hast du das nicht gewußt?«

»Nein. Dr. Cowper hat mir zwar von Mr. Harrison erzählt, aber davon hat er nie etwas gesagt. Er hat nur gesagt, daß dieser Mann ein ernsthaftes Problem hätte ...«

»Das Problem ist er selbst«, sagte Jimmy lachend. »Am meisten für seine Frau. Nur daß sie nichts davon weiß, verstehst du? Das steht hier in den Notizen. Ich habe genug gelesen, um mir ein Bild machen zu können. Er hat sich eine Freundin zugelegt und sorgt sich jetzt krank, daß seine Frau es merken könnte. Aber sitzenlassen kann er sie auch nicht, denn dazu bedeutet sie ihm zuviel. Stell dir bloß vor: ein alter Kauz wie der ...«

»Hör auf, Jimmy!«

»Ich weiß, daß es nicht gerade hübsch ist, Maude. Aber ein Kerl wie der – tut er dir denn wirklich leid?«

»Ja.«

Bewundernd schüttelte er den Kopf. »Du bist zauberhaft, Maude, weißt du das eigentlich? Wahrscheinlich ist das auch der Grund, daß ich dich so liebe. Selbst über einen verrückten Hund würdest du dir noch Gedanken machen!« Er begann, die Unterlagen wieder in den Aktenordner zu legen. »Aber das ist der richtige Mann, Schatz. Das ist der, den ich brauche. Martin J. Harrison.«

Er holte sich das Telefonbuch und sah unter dem Buchstaben H nach. Dann fand er, was er suchte, und notierte sich die Adresse auf einem Stück Papier, das er aus der Brieftasche geholt hatte. Schließlich legte er die Akten des Dr. Cowper wieder ordentlich zusammen und schob sie in das Geschäftskuvert. »Morgen kannst du sie wieder zurückbringen«, sagte er, »wenn du rechtzeitig da bist, wird der Doktor gar nicht merken, daß sie weg waren. Siehst du? Habe ich mein Versprechen gehalten? Hast du gemerkt, wie einfach alles war?«

»Ja«, erwiderte Maude unglücklich. »So einfach ...«

Am Wochenende sah sie Jimmy nicht; ihr einziger Kontakt bestand am Samstag nachmittag in einem Telefongespräch.

»Ich habe diesen Mr. H. angerufen«, sagte er mit verhaltener Stimme. »Es klappt alles, Schatz.«

»Jimmy, bitte, überlege es dir noch einmal ...«

»Ich habe lange genug darüber nachgedacht, Maude. Wenn dieses Wochenende vorüber ist, ist alles erledigt, und dann werde ich das sein, was du von mir erwartest.«

»Dieses Wochenende?«

Er senkte seine Stimme.

»Es hat keinen Sinn, es aufzuschieben. Da er morgen weggehen kann, ohne daß seine Frau etwas merkt, werde ich mich mit ihm treffen. Er will mir einen Vorschlag machen. Ich habe den Preis ziemlich hoch angesetzt; also kann er meinetwegen noch handeln. Ich rechne sogar damit. Ich weiß, wie man zu einem Kompromiß kommt. Es kann nichts schiefgehen, Maude.«

Sie konnte kein Wort herausbringen.

»Maude? Bist du noch da?«

»Ich bin noch da, Jimmy.«

»Ich liebe dich, Maude.«

Dann legte er den Hörer auf.

Als sie am Montag morgen im Büro eintraf, war Dr. Cowper noch nicht da. Für die beiden Patienten, die pünktlich zur Behandlung erschienen, wußte sie keine Erklärung, und deswegen mußte sie sie mit der erfundenen Ausrede wegschicken, daß es dem Doktor nicht gut gehe; bei ihrem Anruf in der Wohnung des Doktors stellte sie lediglich fest, daß sein Telefon läutete. Um zwölf ging sie zum Essen, und zwar in das Restaurant, das sie jeden Mittag aufsuchte; aber die vertraute Umgebung wirkte fremd und unwirklich. Als die Kellnerin sich nach ihren Wünschen erkundigte, blickte sie auf die Speisekarte, und plötzlich war ihr übel. Allein die Vorstellung, etwas essen zu müssen, war unerträglich; sie murmelte eine Entschuldigung und kehrte in das Büro zurück.

Kurz nach zwei erschien Dr. Cowper, der ernster und noch älter aussah als sonst.

»Ist alles in Ordnung, Doktor?« fragte sie. »Fühlen Sie sich vielleicht nicht gut?«

Er blieb vor ihrem Tisch stehen und öffnete den Mund, als wollte er etwas sagen. Dann änderte er jedoch seine Absicht und setzte sich auf den Stuhl neben ihr, wobei er die Hand über die Augen legte.

»Was ist, Doktor? Was ist los?«

»Ich habe einen Patienten verloren, Maude«, sagte er. »Und zwar auf unerwartete Art und Weise ...«

»Einen Patienten? Welchen?«

»Meinen problematischen Fall. Ich hätte es mir sagen müssen. Ich hätte erkennen müssen, daß er mehr Hilfe benötigte, als ich ihm geben konnte. Dann wäre es vielleicht nicht passiert ...«

»Mr. Harrison?« Wie eine eiskalte Klinge fuhr der Name in ihre Brust.

»Ja, Mr. Harrison. Ich wußte, daß in ihm eine dunkle Kraft steckte, Maude, und daß sie jeden Tag näher an die Oberfläche kam. Aber damit hatte ich allerdings nicht gerechnet.« Er nahm die Hand von den Augen und blickte sie an. »Er hat gestern einen Menschen umgebracht, Maude. Die Polizei setzte sich heute früh mit mir in Verbindung, und ich habe ihn besucht. Er hat einen Mann erschossen, der versuchte, Geld von ihm zu erpressen.«

»Geld?« sagte sie, und ihre Stimme drückte höfliches Interesse aus, während ihr Gesicht nicht das geringste verriet.

»Ja, einen Erpresser, wie Harrison sagte, einen Mann, der damit drohte, seiner Frau die Geschichte mit dem jungen Mädchen zu erzählen, in das Harrison verliebt sei. Aber Harrison wollte nicht zahlen; er verabredete sich mit dem Mann und nahm seinen Revolver mit. Dann erschoß er ihn, und jetzt hat die Polizei ihn festgenommen. Ein Erpresser! Gott allein weiß, woher dieser Mann es erfahren hat. Wie konnte er nur einem derartigen Irrtum zum Opfer fallen ...«

»Was meinen Sie damit?« fragte Maude Sheridan, und ihre Stimme klang fast schrill. »Was meinen Sie mit Irrtum?«

»Ich meine damit, daß für Erpressung gar kein Grund vorhanden war – es waren nur die düsteren Phantastereien eines Mannes. Ein junges Mädchen existierte überhaupt nicht, Maude; dieses Mädchen war eine reine Erfindung Harrisons. Er fühlte sich schuldig in einer Angelegenheit, die es überhaupt nicht gab. Und als ein

Expresser ihn bedrohte, schützte er sein Phantasiegebilde mit einem Mord. Die *ultimo ratio* ...«

Er seufzte und stand auf. Dann verschwand er in seinem Büro und schloß die Tür, ohne zu bemerken, wie seine Worte auf die Frau wirkten, die mit aufgerissenen Augen und kalkweißem Gesicht im Vorzimmer saß.

Das tödliche Telephon

Mrs. Parch klebte gerade im Eßzimmer Schilder auf ihre Einmachgläser, als das Telephon läutete. Sie unterbrach ihre Arbeit, um die Klingelzeichen zu zählen. *Eins*, Mrs. Nubbin, *zwei*, Mrs. Giles, *drei*, Mrs. Kalkbrenner, *vier* ... damit war sie gemeint, und mit einem fast enttäuschten Seufzer wischte Mrs. Parch sich die klebrigen Finger an ihrer faltenreichen Schürze ab und ging ins Wohnzimmer hinüber. Die Entfernung betrug nur dreißig Schritte, aber als sie den Hörer abnahm, keuchte sie. Mrs. Parch war dick, und in dem formlosen grauen Kleid, das sie stets wochentags trug, hatte sie eine Figur wie eine Glocke. »Hallo?« rief sie laut in die Muschel.

»Spricht dort Mrs. Helen Parch?« Es war eine Männerstimme, die sie nicht kannte. Ihre Antwort klang fast übelnehmerisch.

»Ja, hier ist Mrs. Parch. Wer spricht dort?«

»Mein Name ist Atkins, Mrs. Parch, vom Büro des Distrikt-Sheriffs. Ich hätte gern gewußt, ob es Ihnen recht ist, wenn ich Ihnen heute nachmittag einen kurzen Besuch abstatte? Ich habe etwas sehr Wichtiges mit Ihnen zu besprechen.«

»Wichtiges? Sind Sie auch sicher, daß man Sie richtig verbunden hat?«

»Ganz sicher, Mrs. Parch. Es wird nicht sehr lange dauern. Ich bin im Augenblick in Milford und kann in fünf Minuten mit dem Wagen bei Ihnen sein.«

»Nun, ich weiß nicht recht.« Sie war offensichtlich

verwirrt. Selbst Bekannte besuchten sie sehr selten hier draußen auf dem Lande, und der Gedanke an einen Fremden ... »Können Sie's mir nicht am Telephon sagen, Mr. Atkins? Ich bin heute ziemlich beschäftigt.«

»Ich fürchte, nein, Mrs. Parch. Es tut mir leid ...«

»Also gut dann. Wenn Sie schon kommen müssen, ist's mir jetzt genauso recht wie ein andermal. Ich warte also auf Sie.«

»Ich danke Ihnen«, sagte Mr. Atkins würdevoll und wartete höflich, daß seine Gesprächspartnerin den Hörer aufhängte. Sie tat es, blieb aber da und blickte neugierig auf den stummen Apparat. Es hatte keinen Zweck, zu ihren Einmachgläsern zurückzugehen, denn Mrs. Parch wußte, daß das Telephon in ein paar Minuten wieder läuten würde – sobald ihre Lauscher meinten, die Anstandspause habe jetzt lange genug gedauert. Natürlich behielt sie recht: acht Minuten später klingelte es viermal kurz, und sie hörte die weiche, nasale Stimme von Mrs. Giles.

»Helen? Wie geht's dir? Mir fiel eben ein, daß ich dich mal anrufen und fragen könnte, wie's bei dir steht.«

»So la-la«, meinte Mrs. Parch wissend, aber ohne Zynismus. Seit fast fünfzehn Jahren teilte sie mit den anderen diesen Gemeinschaftsanschluß, und alle wußten, daß jeder an jedem Gespräch teilnahm. Eine offene Beschuldigung würde sie alle schockiert haben, aber nichtsdestoweniger war es wahr. »Was macht Jacob?« fragte Mrs. Parch beiläufig, die Regeln der Etikette befolgend. »Soviel ich weiß, zieht er doch seit ein paar Tagen eine neue Wand für seine Scheune hoch?«

»Ja, er hat so seine Arbeit«, erwiderte Mrs. Giles vage. »Doch was gibt's bei dir Neues, Helen? Ist irgendwas Interessantes passiert?«

Mrs. Parch fühlte unvermutet Trotz in sich aufsteigen und warf die Lippen auf. Sie wußte, daß Mrs. Giles vor Neugier brannte, etwas über Mr. Atkins zu erfahren; aber sie wollte ihr nicht die Genugtuung geben, von seinem Anruf zu sprechen. »Nein, nichts Neues«, entgegnete sie glatt. »Ich bin nur gerade dabei, meine Einmachgläser zu beschriften. Das hasse ich am meisten an der ganzen Einkocherei. Mit meiner Arthritis kann ich ja kaum einen Bleistift halten.«

»Ist das bestimmt alles?« fragte Mrs. Giles. »Vorhin hörte ich dein Telephon klingeln ...«

»Das war nur Mr. Hastings«, sagte die Frau kalt. »Er rief wegen meines Rasenmähers an, den er neulich zum Schärfen mitgenommen hat.«

»Oh«, meinte Mrs. Giles, und Mrs. Parch unterdrückte ein Gluckern, während ihr gewaltiger Busen vor Vergnügen hüpfte. Sie wußte, daß Mrs. Giles die Lüge erkannt hatte, aber sie wußte auch, daß man sie nie dieser Lüge beschuldigen konnte. Mrs. Giles schnüffelte in den Hörer, sagte noch ein paar unverbindliche Worte, um dem Gespräch den Anschein des Normalen zu geben, und hängte auf.

Als Mrs. Parch ins Eßzimmer zurückging, grinste sie breit vor Genugtuung. Fünf Minuten später läutete es dreimal, und sie schurrte auf ihren kleinen Füßen über den Boden, nahm geräuschlos den Hörer ab und bedeckte die Sprechmuschel mit der Hand. Natürlich war es Mrs. Giles, die Mrs. Kalkbrenner von dem fremden Mann erzählte, der Mrs. Parch noch an diesem Nachmittag aufsuchen wollte. Sie stellten allerlei Betrachtungen über die Bedeutung dieses Besuchs an, doch keine von beiden konnte ihre Neugier befriedigen.

Mrs. Parch hängte vor ihnen auf und ging ins Schlafzimmer, um sich für ihren angekündigten Besucher etwas herzurichten. Ein paar Minuten später kam er, ein hagerer Mann, dessen knochige Rippen sich unter dem durchgeschwitzten Hemd abzeichneten. Er trug seine Jacke über dem Arm und betupfte sich die hohe, in einen langsam kahl werdenden Kopf übergehende Stirn mit einem zusammengeknüllten Taschentuch.

»Mrs. Parch?« fragte er. »Ich bin Daryl Atkins aus dem Büro des Distriktanwalts.«

»Treten Sie ein, Mr. Atkins. Na, Sie haben sich wirklich sehr beeilt.«

»Kam, so schnell ich nur konnte. In dieser Angelegenheit können – vielleicht – schon ein paar Minuten eine Rolle spielen.« Er sah sich in dem kleinen, gemütlichen Wohnzimmer um, dessen Jalousien wegen der Sonne heruntergelassen waren. »Hier drin ist es bestimmt wesentlich kühler«, sagte er. »Auf der Straße müssen's zweiunddreißig Grad sein.«

»Mögen Sie vielleicht etwas Kaltes trinken?«

»Gern, Ma'am; aber nicht, bevor wir uns unterhalten haben.«

Er setzte sich vorsichtig auf die Sofakante, um nicht mit seinem feuchten Hemd gegen den Schonbezug der Rükkenlehne zu kommen. Mrs. Parch nahm im Schaukelstuhl Platz, faltete ihre plumpen Hände im Schoß und wartete geduldig.

»Mrs. Parch«, begann er, »erinnern Sie sich an einen Mann namens Heyward Miller?«

»Miller?« Sie legte ihr Gesicht nachdenklich in Falten.

»Nein, der Name sagt mir nichts. Natürlich ist da die Mrs. Miller im Postamt; aber mit der hat das wohl nichts zu tun.«

»Nein, nichts.« Er runzelte die Stirn und blickte auf die mit Troddeln eingefaßte Brücke zu seinen Füßen. »Heyward Miller und seine Frau lebten hier draußen auf dem ehemaligen Grundstück der Yunkers, vielleicht vor acht, neun Jahren. Sie waren erst sechs Monate dort, als seine Frau starb, und er verkaufte den Besitz an die Kalkbrenners. Hilft das Ihrer Erinnerung etwas nach, Mrs. Parch?«

Sie kratzte sich leicht die Wange. »*Irgend etwas* will mir in diesem Zusammenhang einfallen. Ja, jetzt erinnere ich mich.« Ihr Atem wurde kürzer, und sie legte eine Hand auf ihren Busen. »O ja, Miller. Dieser gräßliche Mann! Wie konnte ich *das* nur vergessen?«

»Ich dachte, daß Sie sich erinnern würden, Mrs. Parch; ich meine, nach diesen Dingen, die er über Sie gesagt hat. Der Bursche war mächtig durcheinander, soweit ich die Geschichte kenne. Natürlich kenne ich nicht die volle Wahrheit; daher steht es mir auch nicht zu, irgendeine Meinung zu vertreten ...«

Mrs. Parch richtete sich steif auf. »Der Mann war ein Narr«, sagte sie schroff. »Fragen Sie nach ihm, wen Sie wollen. Er *gehörte* einfach nicht hierher.«

»Schon gut, Mrs. Parch; aber könnten wir beide uns nicht einmal darüber unterhalten, was damals eigentlich passierte? Nur, damit ich auch unterrichtet bin?«

»Ich habe nichts darüber zu sagen.«

Atkins seufzte. »Nach dem, wie man mir die Geschichte erzählte, waren dieser Miller und seine Frau ein Jahr verheiratet, als sie das Grundstück der Yunkers kauften. Sie sollte in etwa sechs Monaten ein Kind bekommen. Doch eines Nachts geschah etwas; sie wurde krank, sehr krank, und er versuchte, einen Anruf zum Arzt durchzubekommen ...«

Mrs. Parch schloß die Augen und ballte ihre Fäuste im Schoß.

»Nun, ich war damals nicht in diesem Distrikt, verstehen Sie; daher kann ich nichts anderes berichten, als was man mir erzählt hat. Aber soweit ich es verstanden habe, ging Miller ans Telephon, und Sie und eine andere Dame unterhielten sich. Sie tauschten Rezepte aus, oder so was Ähnliches.«

»Das war Mrs. Anderson«, sagte die Frau ruhig. »Ich sprach mit Mrs. Anderson.«

»Wohnt sie noch in der Nachbarschaft?«

»Nein. Vor fünf Jahren ging sie mit ihrem Mann nach Kalifornien, wo sie starb.«

»Wie dem auch sei«, fuhr Mr. Atkins fort und tupfte sich den Schweiß aus dem Gesicht, »dieser Miller bat Sie damals jedenfalls, die Leitung freizugeben, damit er den Arzt für seine Frau anrufen konnte. Und wie man mir erzählte, haben Sie sich beide geweigert.«

»Er war frech«, sagte Mrs. Parch. »Er hat uns regelrecht beleidigt.«

»Ja. Jedenfalls wollten Sie die Verbindung nicht freigeben, und Miller konnte nicht anrufen. Er behauptet sogar, daß Sie böswillig weitersprachen, damit er nicht anrufen konnte.«

»Das ist eine Lüge!« rief Mrs. Parch leidenschaftlich erregt. »Wir redeten nur, solange wir mußten, und keine Minute länger.«

»Aber er konnte den Arzt nicht mehr rechtzeitig erreichen, darum drehte es sich doch, nicht wahr? Und seine Frau starb.«

»Nun hören Sie mal her, Mr. Atkins –«

Der dünne Mann hob eine knochige Hand. »Bitte, Mrs. Parch; ich bin nicht zu Ihnen hinausgekommen, um die Vergangenheit noch einmal durchzukauen. Was geschehen ist, ist Ihre Sache und nicht meine. Nur ist heute früh etwas passiert, das die Angelegenheit *vielleicht* auch zur Sache des Distrikt-Sheriffs werden läßt.«

»Was meinen Sie damit?«

»Nun, ich nehme an, Sie wissen nicht, was mit Miller geschah, nachdem er sein Grundstück an die Kalkbrenners verkaufte. Der Verlust seiner Frau und die ganzen Begleitumstände hatten ihn völlig gebrochen, und er zog nach New York. Sechs Monate später faßte man ihn, als er in ein Eisenwarengeschäft einbrach. Außer ein paar Schachteln mit Nägeln und ähnlichem Kleinzeug hatte er nichts gestohlen, und man schickte ihn für etwa sechs Monate ins Gefängnis. Dort kam man zu dem Schluß, daß er geistig unzurechnungsfähig war, und er wurde in eine geschlossene Heilanstalt überwiesen. Seitdem ist er ununterbrochen dort gewesen, fast acht Jahre lang. Erst kürzlich ist er freigekommen, Mrs. Parch, und das ist der Grund, weshalb wir ein wenig besorgt sind.«

»Freigekommen?« Die Frau knüllte den Rand ihrer Schürze mit den Händen zusammen. »Was meinen Sie damit, freigekommen?«

»Ausgebrochen. Wir erhielten die Nachricht gestern am späten Abend, aber es ist schon eine ganze Woche her. Jemand in der Anstalt fiel es ein, uns zu benachrichtigen, weil Miller eine Menge gefaselt hat über . . . nun, über das, was passiert ist. Hat uns ein wenig beunruhigt,

Mrs. Parch. Ich nehme an, Sie werden das verstehen. Wir wissen zwar nicht *bestimmt*, ob er etwas gegen Sie im Schilde führt, aber es schien uns nicht richtig, die Sache dem Zufall zu überlassen. Verstehen Sie, was ich meine?«

Mrs. Parch stand auf, ihre glockenförmige Hülle schwankte ein wenig. Ihre Stimme zitterte, als sie sagte: »Wollen Sie damit sagen, daß dieser Miller Ihrer Meinung nach hinter *mir* her ist? Wegen dem, was vor acht Jahren passierte?«

»Dem Manne ist nicht zu trauen«, erwiderte Atkins ruhig. »Das ist alles. Die Anstalt ist ungefähr dreihundert Kilometer von hier entfernt, aber wenn er wirklich auf – nennen wir es mal Rache, aus ist, spielt diese Entfernung keine große Rolle. Ich wollte Sie nur vor der Möglichkeit warnen, das ist alles.«

Sie schlug die Hände vors Gesicht. »Aber ich bin ganz allein hier draußen!« rief sie. »Er könnte mich glatt im Schlaf ermorden!«

»Wir wissen *wirklich* nichts Bestimmtes, Mrs. Parch. Sie dürfen sich das auf keinen Fall einbilden. Aber wenn vielleicht einer Ihrer Nachbarn für ein paar Tage zu Ihnen ziehen könnte oder Sie einen Verwandten besuchen wollten, so wäre das möglicherweise eine gute Idee.«

»Kann der Sheriff mich nicht beschützen?« Sie unterdrückte ein Schluchzen.

»Es tut mir leid, aber das ist im Augenblick noch nicht möglich, Mrs. Parch. Nicht, solange wir keine sichere Information besitzen, daß Miller sich in der Nähe befindet. So, wie die Dinge im Augenblick liegen, ist es weiter nichts als eine ganz unbestimmte Vermutung. Verstehen Sie?«

»Ja, ja«, antwortete sie wie betäubt. »Vielleicht könnte ich zu meiner Schwester fahren. Nach Cedar Falls ...«

»Das wäre eine gute Idee.«

»Ich habe sie seit zehn Jahren nicht mehr gesehen. Wir verstanden uns nie, meine Schwester und ich.«

Mr. Atkins lächelte. »Für eine Versöhnung sollte man keine Gelegenheit ungenützt verstreichen lassen, was, Mrs. Parch?« Er stand auf. »Hören Sie, ich bin nicht bloß hergekommen, um Sie zu erschrecken. Wir wissen nichts Endgültiges über diese Angelegenheit, überhaupt nichts. Wenn wir etwas Neues erfahren, werden wir Sie sofort anrufen. Und wenn Sie es für notwendig halten, sich mit uns in Verbindung zu setzen, verlangen Sie einfach das Büro des Distrikt-Sheriffs. Meinen Namen wissen Sie noch?«

»Atkins«, flüsterte Mrs. Parch.

»Daryl Atkins«, sagte der Mann. Dann lächelte er breit. »Und jetzt hätte ich nichts gegen einen kühlen Schluck einzuwenden, Mrs. Parch.«

Atkins' Wagen war noch keine fünf Minuten aus ihrer Auffahrt, als das Telephon bei Mrs. Parch viermal rasselte. Sie nahm den Hörer ab und hörte Mrs. Giles fragen: »Helen? Habe ich nicht ein Auto bei dir halten sehen?«

»Nein«, antwortete sie krächzend. »Du hast keinen Wagen gesehen.«

»Aber ich meinte doch ganz *sicher*, ich –«

»Kümmere dich um deine eigenen Angelegenheiten!« sagte die Frau wütend. »Wann werdet ihr alle endlich lernen, eure Nasen nicht in andrer Leute Dinge zu stecken!«

»Bitte!« erwiderte Mrs. Giles. Sie hängte auf, und Mrs. Parch verwünschte die Tatsache, daß sie ihr nicht zuvorgekommen war. Ein paar Minuten später klingelte das Telephon dreimal, aber sie ignorierte es. Statt dessen stieg sie so schnell nach oben, wie ihr Gewicht und ihr knapper Atem gestatteten, und begann die Schreibtischschublade nach der Telephonnummer ihrer Schwester in Cedar Falls zu durchwühlen. Schließlich fand sie den Papierfetzen mit der Nummer in einem Album vergilbter Familienphotos und ging damit wieder nach unten. Ohne jede Vorsicht und Heimlichtuerei nahm sie den Hörer ab, doch Mrs. Giles und Mrs. Kalkbrenner hatten bereits ihr Gespräch über die schlechten Manieren ihrer Nachbarin beendet. Sie wählte die Nummer des Fernamts und mußte fast zehn Minuten warten, ehe sie mit Cedar Falls verbunden werden konnte. Doch selbst dann nützte es ihr nichts, denn die Telephonistin in Cedar Falls berichtete, daß der Apparat ihrer Schwester für den Sommer abgemeldet sei. Das sah Margaret ähnlich; wahrscheinlich war sie in ihr Strandhaus übergesiedelt und hatte das Telephon stillegen lassen, um ein paar Dollar zu sparen. Sie grunzte empört, als sie diese Nachricht hörte, und die unfreundlichen Gedanken über ihre Schwester vertrieben eine Zeitlang all ihre Furcht vor Miller. Sie fühlte sich sogar genügend erholt, um das Etikettieren ihrer Einmachgläser zu beenden, und sie verbrachte einen geschäftigen Nachmittag damit, alle in den Keller zu bringen. Sie war so bei der Sache, daß sie trotz ihrer angeborenen Neugier gar nicht daran dachte mitzuhören, als das Telephon fünfmal läutete (das war für Mrs. Ammons, eine neue Nachbarin). Als der Abend hereinbrach, hatte sie zwar Atkins' Warnung nicht vergessen, aber ihre Nerven waren doch beträchtlich ruhiger geworden.

Der Tag war lang gewesen. Die Sonne hatte hoch und

heiß am Himmel gestanden, und die Zeiger der Uhr wiesen fast auf halb neun, als sie schließlich hinter den braunen Hügeln versank und von der kühlen Nachtluft abgelöst wurde. Mrs. Parch bereitete sich ein einfaches Abendessen von den Resten des Vortages, nähte noch ein wenig und nahm sich dann einen Roman aus der Leihbibliothek vor, um mit Lesen den Abend zu beschließen. Das Telephon läutete zweimal, aber sie kümmerte sich nicht darum. Einen Augenblick später hörte sie einen Hund in der Nähe des Hauses bellen. Es war Giles' Hund, ein alter Collie, der nicht zu unbegründeten Temperamentsausbrüchen neigte. Leicht verwundert legte sie das Buch nieder. Als das Bellen andauerte, nahm sie ihre Brille ab, stand auf und trat ans Fenster. Bei der plötzlichen Erinnerung an die ihr möglicherweise drohende Gefahr fuhr ihr schlagartig wieder die Furcht in die Glieder. Sie ging zur Vordertür, schloß auf und blickte in eine Dunkelheit, die nichts preisgab. Sie schloß die Tür wieder, schob den Riegel vor und ging ins Wohnzimmer zurück, um eine weitere Lampe anzumachen. Der Hund von Giles hörte auf zu bellen und begann zu heulen, bis ihm jemand mit einer zusammengerollten Zeitung auf sein Hinterteil klatschte. Unten, in ihrem Keller, gab es ein plumpsendes Geräusch, als ob etwas auf den Steinboden gefallen sei, und sie wußte, daß sie nicht mehr der einzige Bewohner des Hauses war.

Auf dem Weg zum Telephon wäre sie fast gefallen. Als sie den Hörer von der Gabel riß und Mrs. Giles' nasale Stimme hörte, keuchte sie: »Bitte! Geh vom Apparat!«

»Wer ist da?« fragte Mrs. Giles.

»Helen«, rief Mrs. Parch. »Helen! Um Gottes willen, Emma, leg den Hörer auf! Ich muß die Polizei anrufen –«

»Die Polizei? Warum?«

»Ich hab' keine Zeit, zu erklären! Ich muß das Büro des Sheriffs anrufen! Geh aus der Leitung! Geh aus der Leitung, oder ich werde ermordet!«

Mrs. Kalkbrenner lachte. »Aber Helen, wer wird dich schon umbringen wollen? Du hast wohl einen Alptraum.«

»Ich meine, daß du gesagt hast, du wolltest Einmachgläser beschriften«, kicherte Mrs. Giles. »Bist du auch sicher, daß es nicht Apfelwein war, Helen?«

»Um Himmels willen!« kreischte Mrs. Parch. »Geht aus der Leitung!«

»Siehst du«, sagte Mrs. Giles bedeutungsvoll zu Mrs. Kalkbrenner. »Verstehst du jetzt, was ich dir erzählt habe?«

»Hm-hm«, machte Mrs. Kalkbrenner. »Jetzt weiß ich Bescheid.«

»Manche Leute wissen eben nicht, was Höflichkeit ist«, sagte Mrs. Giles. »Es ist doch gut, wenn man seine Nachbarn einmal *richtig* kennenlernt, nicht wahr, June?«

»Bestimmt ist es das, Emma.«

»Bitte, bitte«, schluchzte Mrs. Parch. »Ich *muß* die Verbindung haben. Ich *muß* telephonieren –«

Sie ließ den Hörer fallen, als sie die Kellertreppen knarren hörte. Sie rannte in die Küche und schlug die Kellertür zu. Das Schnappschloß faßte nicht, daher schob sie einen Stuhl vor die Tür und rannte zu dem baumelnden Hörer zurück. Die Stimme von Mrs. Giles tönte ihr entgegen und, von Haß und Grauen geschüttelt, schrie Mrs. Parch sie an. Sie schrie immer noch, als die Hand ihr den Hörer wegnahm und auf die Gabel legte. Es war eine schwere, behaarte und entsetzlich starke Hand.

Flitterwochen erster Klasse

Obgleich seine Scheidung schon sieben Monate, zwei Wochen und vier Tage zurücklag, erwachte Edward Gibson am Samstag morgen mit dem Gefühl ungetrübter Freude in seinem von Gloria befreiten Schlafzimmer. Er gähnte, reckte sich, legte sich quer über das Doppelbett und schwelgte im köstlichen Gefühl der Einsamkeit, der Stille und der Ungebundenheit.

Es gab keine Gloria mehr, die ihn gewaltsam mit ihren weinerlichen Klagen über ihre Schlaflosigkeit, das nächtliche Herzklopfen und die Atemknappheit weckte. Es gab auch keine Vorträge mehr über seine Trägheit, seinen Mangel an Zuneigung, seinen sich vergrößernden Taillenumfang, sein Schnarchen, seinen Mutterkomplex, seine Unaufmerksamkeit und sein Desinteresse für ihre gesundheitlichen Probleme.

Mit dem rechten Zeh stieß Edward das Kissen, das früher Gloria gehört hatte, vom Bett und grinste dabei so glücklich, wie er war.

Als er sich jedoch angekleidet hatte, wurde sein Frohsinn von einer bleiernen Depression abgelöst. Ihm fiel ein, daß heute wieder Zahltag war. Langsam schlenderte er in sein Arbeitszimmer und holte das Scheckheft aus dem viktorianischen Schreibtisch. Wie immer zitterte seine Hand vor Ärger und Widerwillen, als er die vier Zahlen auf die Anweisung schrieb. Die Unterhaltszahlung war für Gloria der einzige Sieg in der dreimonatigen Gerichtsschlacht gewesen, die ihre ehelichen Bindungen endgültig beendet hatte. Es war viel Geld, überlegte Edward traurig. Verdammt viel Geld!

Er leckte gerade das Kuvert an, als leise die Hausglocke in der Wohnung anschlug. Verwirrt runzelte er die Stirn und blickte auf seine Uhr. Besucher um halb zehn waren ungewöhnlich. Entschlossen marschierte er zur Tür und war darauf vorbereitet, sich mit einem Vertreter herumschlagen zu müssen. Statt dessen sah er sich Karl Sebron gegenüber.

»Morgen.« Karl grinste einfältig.

Sebron war ein junger Mann mit dichtem und gelocktem blondem Haar sowie von athletischer Anmut. Als ewiger Student trug er unter seinem Straßenanzug einen Pullover und weiße Segeltuchschuhe an den kleinen Füßen. Wie ein Läufer, der vor einem Rennen die Startlöcher ausprobiert, wippte er auf den Fußballen, und sein Gesicht hatte denselben gespannten und erwartungsvollen Ausdruck.

»Was, zum Teufel, hast du hier zu suchen?« sagte Edward erheblich ungnädiger, als er beabsichtigte. »Ziemlich früh für dich, nicht?«

»Mag sein«, erwiderte Karl ungerührt. »Wie wäre es, wenn du mich einlassen würdest?«

Knurrend trat Edward beiseite und ließ ihn herein. Mit einer Nonchalance, die nichts anderes als eine unbeholfene Imitation war, betrat Karl das Wohnzimmer und setzte sich. Im College waren sie zwar Klassenkameraden, aber niemals Freunde gewesen. Ihre einzige Verbindung war jetzt Karls scheinbares Interesse für Gloria; aus schwer erklärlichen Gründen war er mit Edwards ehemaliger Frau ständig verabredet.

Immerhin glaubte Edward eine Erklärung dafür gefunden zu haben. Er vermutete, daß ein Teil seiner Unterhaltszahlungen Karl zu Sportjacketts und Leinenschuhen verhalf.

»Hast du Gloria in letzter Zeit gesehen?« fragte er ironisch und setzte sich in den Schaukelstuhl.

»Dauernd«, erwiderte Karl lächelnd. »Um genau zu sein: Eigentlich wollte ich nämlich mit dir über Gloria sprechen.«

»Von Gloria habe ich genug.« Edward nahm eine Zigarette aus der Porzellandose, die auf dem Tisch stand, und beobachtete dabei den anderen. »Langsam werdet ihr beide zum Stadtgespräch.«

Karl lachte. »Ärgert dich das?«

»Sagen wir lieber, daß es mich erstaunt. Entweder hat Gloria sich vollkommen verändert, oder aber du bist der dämlichste, taubste und blindeste Mann, den ich jemals kennengelernt habe. Merkst du denn nicht, was sie ist?«

»Das kommt darauf an«, sagte Karl. »Gelegentlich kann sie ausgesprochen reizend sein. Und sehr großzügig.«

Edward fluchte leise und legte die Zigarette hin, ohne sie angezündet zu haben, wobei er jede Höflichkeit außer acht ließ. »Was hast du vor, Karl? Wozu bist du hierher gekommen?«

»Das habe ich bereits erklärt. Um über Gloria zu sprechen. Oh, ich weiß selbst, daß es auf der Welt begehrenswertere Frauen gibt als sie. Sie ist zu füllig, ist ständig krank und redet ununterbrochen.«

»Und?«

»Aber gestern ist mir eine Idee gekommen. Mir fiel der hohe Preis ein, den du zahlst, um sie dir vom Halse zu halten. Wieviel ist es eigentlich, Ed?«

»Das geht dich nichts an.«

»Mindestens zweitausend pro Monat, nicht wahr?«
»Hör mal zu, Karl ...«
»Vielleicht verstehst du mich noch nicht.« Karl grinste. »Ich bin nicht hier, um dir das alles noch einmal unter die Nase zu reiben. Ich bin vielmehr hier, um dir zu helfen. Ich habe nämlich eine Möglichkeit ausgeknobelt, dir eine Menge Geld zu sparen, Ed. Deswegen könntest du mich wenigstens anhören.«
»Du und mir Geld sparen?«
»So ungefähr – ja. Wie diese zweitausend pro Monat. Interessiert es dich?«
Es interessierte Edward sehr, aber sein Gesicht blieb ausdruckslos.
»Also bitte – an was hast du dabei gedacht?«
»An Hochzeit natürlich. Wie sollten diese Unterhaltszahlungen denn sonst aufhören, Ed? Wenn Gloria wieder heiratet, kannst du deinen Zaster behalten. So bestimmt es das Gesetz.«
»Heiraten? Gloria? Weißt du – nur der größte Idiot auf dieser Welt würde sie jemals heiraten. Das weiß ich, weil ich es selbst zwei Jahre lang gewesen bin.« Dann atmete er tief. »Sage nur nicht, daß ausgerechnet du daran denkst.«
»Unter gewöhnlichen Umständen nicht. Aber in letzter Zeit habe ich ziemlich viel Pech gehabt.«
»Du erwartest also, daß Gloria dich aushält? Mit Ausnahme meines Unterhaltsschecks besitzt sie nicht einen einzigen Cent.«
»Das habe ich auch nicht gemeint. Was ich brauche, ist möglichst schnell eine runde Summe – verstehst du? Damit mir ein paar äußerst unangenehme Leute nicht dauernd im Nacken sitzen. Die reinsten Spielertypen!«
Er wurde rot und blickte über seine Schulter nach

hinten, als stünden diese unangenehmen Leute bereits dort.

»Willst du mir einen Vorschlag machen, Karl?«

»Bezeichnen wir es lieber als Antrag.« Er kicherte nervös. »Das trifft mehr den Kern. Ein Heiratsantrag. Ich bin dazu bereit, wenn du bereit bist, dafür zu zahlen. In bar. Und sofort.«

Edward pfiff leise durch die Zähne. »Junge, Junge – dann muß es dir verdammt schlecht gehen.«

»Ich weiß nicht mehr aus und ein«, sagte Karl. Seine beiden Mundwinkel zuckten jetzt leicht. »Wenn ich bis heute abend nicht zehn Tausender zusammen habe, besteht alle Aussicht, daß ich mein berühmt gutes Aussehen einbüße.« Er blickte auf. »Ed, das ist mein Ernst. Ich werde Gloria heiraten, wenn du mir heraushilfst. Ich werde ihr einen Antrag machen.«

»Woher willst du eigentlich wissen, daß sie dich auch nimmt?«

»Sie nimmt mich – darüber mache dir keine Gedanken. Aber ich muß das Geld haben – bar oder als Bürgschaft, und möglichst sofort.«

»Ich besitze Bargeld«, sagte Edward sanft. Er griff nach der Zigarette und zündete sie an. »Aber wie kann ich ganz sichergehen? Woher weiß ich, daß du nicht wieder kneifst?«

»Ich gebe es dir schriftlich«, sagte Karl eifrig. »Ich gehe sofort hin und mache ihr einen Antrag. Ich bin sogar bereit, sie jetzt anzurufen, wenn du es wünschst.«

»Ja«, sagte Edward, und sein Herz klopfte schneller. »Rufe sie gleich an, Karl.«

Karl wischte sich die Hände an der Hose ab und ging zum Telefon. Er wählte Glorias Nummer und versuchte, ein Lächeln auf sein Gesicht und in seine Stimme zu bringen.

»Gloria?« sagte er. »Hier ist Karl ... Gut, Süße, und dir?« Er lachte laut. »Ja, da hast du recht. Irgendwann werden wir wieder einmal hingehen. Vielleicht heute abend. Hör zu, Gloria ...« Er zerrte an der Telefonschnur und wickelte sie sich um seine linke Hand. »Ich muß dich unbedingt etwas fragen. Eigentlich wollte ich schon gestern abend mit dir darüber sprechen, aber bei den vielen Menschen, die um uns herum saßen ... Vielleicht wäre es besser, wenn ich noch bis heute abend damit wartete. Es geht nämlich darum ... Verdammt noch mal, aber bis heute abend kann ich nicht mehr warten, mein Liebling. Ich muß die Antwort wissen, bevor ich endgültig verrückt werde.«

Er schloß die Augen; die Schweißperlen auf seiner Stirn funkelten im Morgenlicht. »Schatz, ich möchte dich heiraten«, flüsterte er vertraulich. »Ich möchte, daß wir möglichst schnell heiraten.«

Er blickte zu Edward hinüber und strahlte. »Ist das dein Ernst?« sagte er freudig. »Ist das wirklich dein Ernst, Gloria? ... Hör zu, warten wir gar nicht erst bis heute abend. Wir können uns doch zum Mittagessen oder sonstwo treffen ... Ich habe dir so viel zu erzählen. Ja, Liebling ... Bis nachher.«

Er legte den Hörer auf, atmete volle fünf Sekunden tief aus und ließ sich dann in die Ecke des Sofas fallen.

Edward starrte ihn an.

»Es ist also tatsächlich dein Ernst«, sagte er. »Du willst also wirklich heiraten, und ausgerechnet diese ...«

»Wie ich gesagt habe«, erwiderte Karl nachdenklich. »Und wenn du willst, gebe ich es dir auch noch schriftlich.

Hauptsache, ich kriege das Geld. Zehntausend müssen es aber sein, Ed. Hast du überhaupt soviel bei dir?«

»Natürlich«, erwiderte Edward lächelnd. »Und ich lege sogar noch fünfhundert dazu, mein Freund. Damit könnt ihr euch Flitterwochen erster Klasse leisten.« Er durchquerte den Raum und blieb nur kurz stehen, um Karl auf die Schulter zu klopfen. »Warte hier einen Moment. Ich bin gleich wieder da.«

Mit einem Grinsen auf dem Gesicht und schnellen Schritten verschwand Edward in seinem Schlafzimmer.

Um vier Uhr, als er gerade die Behaglichkeit eines Nachmittagsschläfchens genoß, wurde er durch das mißtönende Schrillen des Telefons geweckt. Verschlafen stellte er es auf das Kissen und hörte die nasale Stimme am anderen Ende.

»Mr. Gibson? Hier ist Marvin Fleming. Der Anwalt Ihrer früheren Frau.«

»Wer? Ach – Sie, Fleming.« Angewidert verzog Edward den Mund, erinnerte sich dann jedoch, daß ihm diese Last abgenommen war. »Was wünschen Sie?« sagte er.

»Mir ist gerade eingefallen, daß man Sie vielleicht noch nicht informiert hat, und deswegen glaubte ich, Sie anrufen zu müssen. Hat es Ihnen noch niemand mitgeteilt?«

»Was mitgeteilt?«

»Es ist eine sehr unangenehme Aufgabe«, sagte Fleming ernst. »Und es bekümmert mich, daß ausgerechnet ich es Ihnen mitteilen muß, aber mit Sicherheit ergeben sich gewisse juristische Probleme aus dem Tod Ihrer früheren Frau ...«

»Aus ihrem was?«

»Es tut mir schrecklich leid, aber Mrs. Gibson ist in der vergangenen Nacht an einem Herzanfall verstorben.

Mr. Sebron war zu diesem Zeitpunkt bei ihr, und da Sie mit ihm befreundet sind, dachte ich, daß er Sie vielleicht ...«

»Du dreckiges Schwein!« schrie Edward, obgleich sich diese Verwünschung nicht auf den Anwalt bezog.

Er schmetterte den Hörer auf die Gabel, nahm ihn jedoch im nächsten Augenblick wieder ab und wählte fieberhaft. Als sich in der Wohnung von Karl Sebron niemand meldete, hätte er den Hörer fast durch das Fenster geschleudert. Dann klickte es jedoch, und die Stimme eines Dienstmädchens sagte: »Hier bei Mr. Sebron. Wer spricht dort bitte?«

»Wo steckt er?« sagte Edward. »Hier ist Ed Gibson.«

»Es tut mir leid, Mr. Gibson, aber Mr. Sebron ist im Augenblick nicht hier.«

»Wo ist er hingegangen?«

»Mr. Sebron fuhr um drei zum Flughafen. Soviel ich weiß, wollte er nach St. Thomas fliegen. Aber ganz sicher bin ich mir nicht ...«

»Hat er denn nichts gesagt?« brüllte Edward. »Irgend etwas muß er doch gesagt haben!«

»Das hat er auch, Sir«, erwiderte das Mädchen kichernd. »Das hat er tatsächlich. Er sagte, er fahre jetzt in die Flitterwochen. Können Sie sich vielleicht vorstellen, was er damit gemeint hat?«

Mordgedanken

Wie spät ist es eigentlich?

Tick-tick-tick.

Erst zwei Uhr? Hätte schwören können, es wäre später. Habe ich denn überhaupt schon geschlafen? Mal sehen. Um elf Uhr ins Bett. Eine halbe Stunde gelesen. Eingeschlafen – wann? Sagen wir, nach fünfzehn Minuten. Schlafzeit insgesamt: zwei ein Viertel Stunden. Himmel!

Tick-tick.

Verdammt laute Uhr. Häßlich und groß.

Warum kann ich nie schlafen, wenn Jennifer nicht bei mir ist? Leeres Kissen, dick vor Unberührtheit. Sauberes Laken, glatte Decke. Komme mir nur noch halb lebendig vor, wenn Jennifers Bett leer ist. Ungleichgewicht im Schlafzimmer. Kalt. Still.

Sollte wieder zu schlafen versuchen.

Tick-tick-tick.

Sinnlos. Warme Milch? Zu mühsam. Nackte Füße auf kaltem Küchenfußboden. Hat mir Jennifer für meinen Geburtstag nächste Woche warme Pantoffeln gekauft? Was da in ihrem Schrank liegt, sieht wie ein geschenkverpackter Schuhkarton aus. Meine tüchtige Frau. Kauft das Geschenk schon vor einem Monat. Hat wahrscheinlich schon alle meine Weihnachtsgeschenke im Haus, eingepackt und aufgestapelt. Im August. Kluges Mädchen, meine Jennifer. Macht nie etwas auf die letzte Minute.

Vanderwalker im Büro. All die spöttischen Bemerkungen. Möchte *seine* Frau mal sehen. Bestimmt Eifersucht.

Die beiden sitzen wahrscheinlich die ganze Zeit hinter ihrem Haus und reden über uns. Joe und seine Karrierefrau. Glauben wahrscheinlich, Jennifer verdient mehr als ich – was die schon wissen! Gegen eine arbeitende Frau ist nichts einzuwenden. Die Geschäftsreisen allerdings hasse ich. Hasse auch dieses halbleere Schlafzimmer.

Tick-tick.

Verdammt laute Uhr. Ob Jennifer schlafen kann? Selbstverständlich. Hat nie Schwierigkeiten damit. Ich kann dafür in Hotelzimmern gar nicht schlafen; ich hasse fremde Orte, fremde Betten. Jennifer hat nichts dagegen. Sie zieht gern los und unternimmt etwas. Morgen eine Zusammenkunft mit Kunden, wetten, daß sie ihre Geschäftspartner beeindruckt! Sieht ja auch gut aus und hat Verstand. Schlau ist sie. Und vorsichtig, sie weiß aber, wann sie ein Risiko eingehen muß. Guter Geschäftssinn. Eigentlich müßte ich stolz auf sie sein. Himmel, ich *bin* stolz auf sie. Gibt nicht viele Frauen wie Jennifer.

Hab ich das nicht schon mal irgendwo gehört? Wer hat mir das doch gesagt? Ach ja, Leland. Die Büroparty im letzten Monat. Blöde Party, mir gefiel nicht, wie man mich behandelte. Mann der Vizepräsidentin. Mr. Jennifer. Hätte denen einiges sagen können. Verdiene immerhin zweimal soviel wie Jennifer, trotz ihrer Fähigkeiten. Frauen kriegen nie, was sie wert sind, ist nun mal Firmeneinstellung. Frau zu sein ist ein hartes Brot. Jennifer manchmal verbittert. Kann ich ihr eigentlich nicht verdenken.

Tick-tick-tick.

Fast schon Viertel nach zwei. Muß früh raus, früher Termin bei Leland. Ich meine, bei Duffy. Was ist eigentlich mit mir los? Warum denke ich immer wieder an Leland? Netter Kerl. Als Jennifers Assistent schwer vorstellbar. Schrecklich jung, jünger noch als sie. Sieht wohl ganz gut aus. Wer sagte doch gleich, er wäre gar nicht attraktiv? Ach ja – Jennifer. Ich sagte, ich fände Leland gutaussehend, sie sagte nein. Komisch. Jennifers Augen sind doch sonst in Ordnung.

Wahrscheinlich ist Leland auch nach Chicago gefahren, wäre logisch. Große Konferenz mit Kunden, Assistent muß mit. Das sollte ich Vanderwalker gegenüber nicht erwähnen, höre förmlich seine spöttischen Bemerkungen. Jennifer und Leland. Leland und Jennifer. Ob Duffy wirklich an der Gleit-Police interessiert ist? Weiß man bei Leland nie. Ich meine Duffy.

Ich bin hellwach.

Tick-tick-tick.

Verdammte Uhr. Komisch, Jennifer hat manchmal einen so schlechten Geschmack. Zum Beispiel der Morgenmantel, den sie mir zum letzten Hochzeitstag gekauft hat. Und der Schlips mit den Enten drauf. Na ja, niemand ist vollkommen. Dagegen das Zigarettenetui, das sie ihrem Assistenten geschenkt hat. Herrliche Goldarbeit. Wirklich schönes Stück. Gefällt mir nicht, daß sie Leland Geschenke macht, keine gute Geschäftspolitik. Untergebene gehören an ihren Platz.

Ob es wohl kalt ist in Chicago? Friert Jenny in ihrem Hotelzimmer? Genug anzuziehen hat sie ja mitgenommen. Sogar verdammt viel für eine Zweitagereise. Pelzmantel, Nerzstola. Warum so viele Sachen? Drei Koffer. Ob die da wohl einen draufmachen? Wäre ja nur natürlich. Großes Abendessen beim Kunden, eine vornehme Abendveranstaltung. Der gesellschaftliche Aspekt des

Geschäftslebens. Hatte ich Duffy nicht mal mit ins Theater mitgenommen?

Tick-tick.

Die verflixte Uhr kommt mir wie ein Niethammer vor. Hätten die alte Uhr behalten sollen, ein angenehmes leises Ticken, ist mir nie aufgefallen. Dieses Ding muß Jennifer bei einer Auktion ersteigert haben. Häßliches Gebilde. Wo mag sie es herhaben?

Fünf vor halb drei. Vielleicht sollte ich ein bißchen lesen. Meine Augen brennen. Wozu drei Koffer? Komisch, daß sie mich nicht aus dem Büro angerufen hat. Macht sie doch sonst immer, ehe sie auf Geschäftsreise geht. Fünf Reisen in den letzten beiden Monaten. Immer mit Leland, Leland. Was ist nur so toll an Leland! Machte auf mich nicht gerade einen klugen Eindruck, redete eher wie ein Idiot. Seine dünnen Handgelenke. Das blonde Haar. Allerdings wirklich gutaussehend. *Tick-tick.* Leland.

Meine Güte, was mache ich da? So kann es nicht weitergehen. Ich möchte ihm am liebsten eins in die Fresse hauen. Wofür hält sie mich – für einen Idioten? Leland. Mein Gott, das liegt doch sonnenklar auf der Hand! Wen glaubt sie zu täuschen? Geschäftsreisen! Müßte morgen gleich im Büro anrufen und nachprüfen. Diesem Leland ist nicht zu trauen. Niemandem kann man trauen. Hält sie mich für einen Dummkopf? Er ist fünf Jahre jünger als sie, um Himmels willen! Leland. *Tick-tick.* Du großmäulige Nervensäge von Uhr! Müßte das lärmende Ding aus dem Fenster werfen. Mußte ihm das Gesicht einschlagen. Die Uhr kaputtmachen. Her mit dir.

Tick-tick-tick-tick-tick. Größte Schlafzimmeruhr, die ich je gesehen habe. Wirklich häßlich. Jennifers mieser

Geschmack. Mieser Geschmack in Uhren, mieser Geschmack in Männern. Leland. Hat sie denn noch den Verstand beieinander? Wofür hält sie mich?

Komische Uhr. Hab noch nie so eine Uhr gesehen. Genau halb drei. Warum summt sie jetzt? Woher hat Jennifer das verrückte Ding? Wo gibt's denn Uhren mit raushängenden Drähten?

Tick-tick-tick.

Tick-tick.

Tick.

...

Falsche Perlen

Nun war auch Beggs an der Reihe. Während er seine Strafe verbüßte, war eine ganze Generation erwachsen geworden, und jetzt endlich öffneten sich die Gittertore für ihn. Während er im Büro des Direktors stand, unbehaglich in der fremden Zivilkluft, dachte er: Den ersten Einundzwanzigjährigen, der mir über den Weg läuft, haue ich an und sage: Junge, ich bin jemand, den du nie gesehen haben kannst, dem du an nichts die Schuld geben kannst, denn ich habe gesessen, seit du auf die Welt gekommen bist. Zwanzig Jahre.

»Fünfzig ist doch kein Alter«, sagte der Direktor gerade. »Es gibt viele Männer, die mit fünfzig noch eine neue Karriere beginnen, Beggs. Lassen Sie sich nicht entmutigen; Sie wissen ja, wohin das führt.«

»Was?« fragte Beggs verträumt. Er kannte die Antwort zwar, wollte aber, daß das Gerede noch nicht zu Ende war, daß der entscheidende Augenblick noch etwas hinausgezögert wurde.

»Na, Sie wissen schon – so etwas gibt Ärger. Sie wären nicht der erste, der sich an einem Tag verabschiedet und am nächsten schon wieder eingeliefert wird.« Er räusperte sich und raschelte mit seinen Papieren. »Wie ich sehe, haben Sie Familie.«

»Das war einmal«, sagte Beggs nicht ohne Bitterkeit.

»Ihre Frau hielt wohl nicht viel von Besuchen, wie?«

»Nein.«

»Das Geld, das Sie gestohlen haben ...«

»Welches Geld?«

»Ach ja«, sagte der Gefängnisdirektor seufzend. »Sie gehören ja zu den Unschuldigen! Na schön. Die Sorte lasse ich besonders gern wieder ziehen.« Die Hand wurde ausgestreckt. »Viel Glück, Beggs. Ich hoffe, Sie finden da draußen, was Sie suchen. Ich wünschte nur, ich könnte Ihnen einen guten Rat mit auf den Weg geben.«

»Schon gut, Herr Direktor. Trotzdem vielen Dank.«

»Einen Tip gebe ich Ihnen.« Er lächelte wohlwollend. »Färben Sie sich das Haar.«

»Vielen Dank«, sagte Beggs.

Er war draußen. Er wußte, daß Edith nicht vor dem Tor auf ihn warten würde; trotzdem blieb er stehen und blickte nach links und rechts und setzte sich schließlich zehn Meter von der Gefängnismauer entfernt auf einen Hydranten, um eine Zigarette zu rauchen. Auf dem Laufgang über sich hörte er einen Wächter lachen. Endlich stand er auf und ging zur Bushaltestelle. Er setzte sich auf die letzte Bank und ließ während der Fahrt in die Stadt sein weißhaariges Spiegelbild nicht aus den Augen. *Ich bin ja ein alter Mann*, dachte er. *Aber das ist schon recht so.*

In den nächsten Tagen lebte er von seinem Rehabilitationsgeld. Er gab es aus für Unterkunft, neue Kleidung, Essen und eine Bahnfahrt. Auf dem Bahnsteig von Purdys Landling sprach ihn ein Taxifahrer an. Er sagte ja und setzte sich auf den Beifahrersitz. »Kennen Sie die Cobbin-Farm?« fragte er.

»Nein«, antwortete der Fahrer. »Nie davon gehört.«

»War mal an der Edge Road.«

»Die ist bekannt.«

»Dorthin will ich. Ich sage Ihnen, wo ich aussteigen möchte.«

Als die kleine Siedlung auftauchte, bat er den Fahrer anzuhalten. Er bezahlte und wartete, bis der Wagen anfuhr, ehe er sich einem der Häuser näherte. Als er das Taxi nicht mehr sehen konnte, verließ er die Auffahrt wieder und begann die Straße entlangzugehen. Obgleich ihm die Umgebung sehr fremd vorkam, zeigte er keine Unruhe. Alles verändert sich. Gewisse Merkmale aber bleiben bestehen.

Er erblickte die zerklüftete Kante des Felshangs und wußte, daß er am richtigen Ort war. Er glitt die kleine Schräge hinab und stützte sich, damit er nicht stürzte. Vor zwanzig Jahren war er noch viel wendiger gewesen. Am Ende des Hanges begann ein steiles Waldstück, in dessen Mitte er vordrang. Er stolperte herum, bis er die ungleichmäßig aufgestapelten Steine erblickte, den alten, verkohlten Baumstumpf – die Stelle, an der er das Geld versteckt hatte.

Er begann die Steine zu entfernen. Es waren viele Steine. Er war zuversichtlich, daß man sein Versteck in der Zwischenzeit nicht entdeckt hatte. Diese Überzeugung erfüllte ihn wie ein Glaube.

Das Geld war tatsächlich noch da, im Lederkoffer, Bargeld, säuberlich nach Nennwerten getrennt, etwas feucht, aber noch immer neu aussehend und gültig. Er wischte den Koffer ab, der immerhin vierzig Dollar gekostet hatte, und betrachtete zungenschnalzend die Schimmelspuren an der Deckelkante. Aber noch war das Gepäckstück stabil und ließ sich an dem breiten Griff gut tragen.

Mit dem Koffer kehrte er zur Straße zurück. Diesmal

blieb er vor einem der Häuser stehen und klopfte an die Tür. Eine Frau öffnete, blickte zweifelnd auf den Koffer, als rechne sie damit, daß er ihr etwas verkaufen wollte, und atmete auf, als sie sein schneeweißes Haar sah und seine Frage hörte. Ob er wohl einen Schluck Wasser haben könne? Natürlich. Dürfte er nach einem Taxi telefonieren? Bitte sehr, der Apparat steht hier. Sie war nicht mehr ganz jung und sehr nett. Mit gelindem Schock machte sich Beggs klar, daß Edith jetzt in ihrem Alter sein mußte.

Bei Anbruch der Dunkelheit erreichte er die alte Gegend. Der leichte Rougetupfer auf den Mauern der Mietshäuser verbesserte das Aussehen nicht; es sah vielmehr dirnenhaft herausgeputzt aus. Kaum verändert, dachte er, eher ist es noch schlimmer geworden. Alter und Verfall, der Schmutz von weiteren zwanzig Jahren auf dem Pflaster und an den Mauern. Dann aber sah er die Unterschiede; die vollverglaste Front des Drugstore an der Ecke, ein leerer Bauplatz, wo früher die Süßigkeitenbude gestanden hatte, die Kinder auf der Straße entstammten einer anderen Nationalität, ein neues Neonschild vor *Mike's Bar und Grill.* Das Schild verkündete: *Lucky's*, und bei jedem Aufflackern zischte und knisterte das *L* und schien kurz vor dem Durchbrennen zu sein.

Er betrat die Bar. In seiner Jugend, selbst noch nach seiner Heirat, hatte er hier so manche Stunde verbracht. Doch nur die Ausmaße des Raums waren unverändert. *Mike's* war schlicht möbliert und ehrlich beleuchtet gewesen, und der Barmixer hatte schweißbedeckte Arme gehabt. *Lucky's Bar* war da von ganz anderem Zuschnitt. Der Raum war dunkel, zu dunkel für zwei alte Augen, herausgeputzt mit Chrom und Buntglas, eine miese Cocktailbude. Es waren sogar Frauen anwesend: er machte ein schwarzes Kleid und eine Perlenkette aus und hörte ein hartes Mädchenlachen. Der Barmixer trug eine weiße Uniform und hatte das Gesicht eines Wiesels. Er bediente die Kasse wie eine Hammondorgel.

»Bitte, Sir?« fragte er.

»Telefon?« fragte Beggs heiser.

Verachtung. »Hinten.«

Er stolperte über etwas, richtete sich auf, fand die Telefonzelle. Ungeschickt suchte er im Telefonbuch, dessen Umfang er bestaunte, während die Alkoholdünste des Lokals ihn ein wenig schwindlig werden ließen; seit zwei Jahrzehnten hatte sein Gaumen keinen Whiskey mehr zu schmecken bekommen. Er fand die Eintragung: *Beggs, Edith* an der alten Anschrift, aber mit neuer Nummer. Fast kamen ihm die Tränen vor Dankbarkeit über seine sture Frau, die sich Veränderungen stets widersetzt hatte.

Er betrat die Zelle, zwängte den Koffer zwischen die Beine, holte einen Fünfer aus der Tasche, und merkte jetzt erst, daß sich der Preis geändert hatte. Er fand einen Zehner, steckte ihn aber noch nicht in den Schlitz, zu sehr zitterten seine Hände. Er konnte sich nicht überwinden anzurufen, er konnte nicht in dieser Glaszelle sitzen und sich die blecherne und körperlose Stimme aus der Vergangenheit anhören. Schwitzend verließ er die Telefonzelle.

Er setzte sich auf einen weich gepolsterten Barhocker, stemmte die Ellenbogen auf den Tresen und legte den Kopf in die Hände. Niemand leistete ihm Gesellschaft. Der Barmixer stürzte sich auf ihn wie ein Raubvogel. »Was darf es sein?« fragte er verführerisch. »Sie sehen aus, als brauchten Sie einen Schuß, mein Freund.«

Beggs hob den Kopf. »Was ist aus Mike geworden?« fragte er.

»Aus wem?«

»Ich – ich nehme einen Whiskey.«

Das Glas stand vor ihm und war bezahlt, was die Spannung zwischen den beiden Männern erheblich minderte; der Barmixer wurde etwas zugänglicher. »Sie meinen Mike Dram? Den früheren Besitzer hier?«

»Ja.«

»Schaut sich die Radieschen von unten an«, gab der Mann Auskunft und zeigte mit dem Daumen nach unten. »Vor etwa zehn Jahren. Seither hat es hier vier Wirte gegeben. Sind Sie ein Freund von Mike?«

»Ich habe ihn vor langer Zeit gekannt«, antwortete Beggs und stürzte den Alkohol hinunter, der wie eine Granate in seinem Kopf explodierte. Er verschluckte sich und begann krampfartig zu husten, wobei er fast mit dem Kopf auf die Mahagonibar schlug. Der Barmixer fluchte und holte ihm einen Schuß Wasser.

»Was sind Sie denn für ein Früchtchen?« fragte er. »Wollen Sie mir etwa vormachen, mein Whiskey taugt nichts?«

»Tut mir leid – es ist so lange her.«

»Ach, reden Sie doch keinen Unsinn!«

Gekränkt marschierte er davon. Beggs barg das Gesicht in den Händen. Im nächsten Augenblick spürte er eine Berührung am Rücken, drehte sich um und erblickte die billigen weißen Perlen und den schlanken Hals, die durch einen tiefen schwarzen Kleiderausschnitt getrennt waren.

»Hallo, Opa, sind Sie erkältet oder was?«

»Alles in Ordnung«, sagte er. Sie setzte sich auf den Hocker neben ihn, ein junges, hübsches Mädchen, deren Haut noch heller war als die falschen Perlen. »Ich bin nur nicht daran gewöhnt«, sagte er. »Vertrage das Zeug nicht mehr.«

»Sie brauchen Übung«, sagte sie lächelnd. Dann ging ihm auf, daß das Mädchen nicht aus Nächstenliebe freundlich zu ihm war; sie arbeitete hier. Er griff nach dem Koffer. »Bleiben Sie doch noch, Opa, auf einem Bein kann man nicht stehen.«

»Wie bitte?«

»Trinken Sie noch einen. Der schmeckt Ihnen bestimmt schon besser.«

»Ich glaube nicht.«

»Ich mache Ihnen einen Vorschlag. Sie bestellen sich einen und kosten ihn. Wenn er Ihnen nicht schmeckt, trinke ich für Sie weiter. Das ist wie bei einer garantierten Geldrückgabe bei Nichtgefallen. Nur kriegen Sie's gar nicht zurück.« Sie lachte hell.

Er hätte am liebsten abgelehnt, doch lag ihm daran, selbst ihr falsches Lächeln möglichst lange um sich zu haben. »Na schön«, sagte er mürrisch.

Der Barmixer kehrte aktionsbereit zurück. Er schob zwei Gläser zurecht und füllte beide bis zum Rand. Dann stellte er die Flasche vor Beggs hin und drehte sie so, daß die Marke sichtbar wurde. Reumütig grinste ihn Beggs an. Die dünnen bleichen Finger des Mädchens schlossen sich um ihr Glas und hoben es hoch. »Auf Sie«, sagte sie.

Der zweite Drink rutschte schon besser. Er fühlte sich noch nicht richtig entspannt, doch ließ sich mit seiner Depression schon etwas besser leben. Der Drink weckte Erinnerungen daran, wozu Alkohol gut war. Schüchtern betrachtete er das Mädchen, das ihm auf die Schulter klopfte. »Sie sind nett«, sagte sie herablassend. »Ihr weißes Haar gefällt mir.«

»Sie trinken ja gar nicht«, stellte er fest.

»Wenn ich ehrlich bin, möchte ich noch einen Schuß Ginger Ale dazu haben. Wollen wir uns nicht an einen Tisch setzen?«

Beggs blickte zum Ende der Bar; der Mixer trocknete Gläser ab und schien ganz zufrieden zu sein.

»Warum nicht?« antwortete er, nahm seinen Koffer und stieg vom Hocker. Als sein Fuß den Boden berührte, merkte er es zuerst gar nicht und lachte. »He, was ist los? Mein Fuß ist eingeschlafen.«

Sie kicherte und blickte auf den Koffer. Dann hakte sie sich bei ihm unter. »Ach, sind Sie süß!« sagte sie. »Ich bin froh, daß Sie bei uns eingekehrt sind.« Er war in der Gefängniswerkstatt, zerschlagen vor Müdigkeit. Ringsum dröhnten die Maschinen, und der Kopf tat ihm weh. Er legte ihn auf die kühle Oberfläche der Werkbank, und der Wächter packte ihn an der Schulter und zerrte ihn hoch. »Wach auf, Kumpel!«

»Was?« fragte Beggs und hob den Kopf von der Plastiktischplatte. Seine Finger lagen um ein Glas, das jedoch leer war. »Was haben Sie gesagt?«

»Aufwachen!« knurrte der Barmixer. »Ich führe hier kein Hotel und muß zumachen.«

»Wie spät ist es?« Er richtete sich auf, und mehrere Gongs dröhnten in seinen Ohren. Seine Fingerspitzen kribbelten, und er hatte das Gefühl, Kleister im Mund zu haben. »Ich muß eingeschlafen sein«, stellte er fest.

»Wir haben ein Uhr durch«, verkündete der Barmixer. »Gehen Sie nach Hause.«

Beggs blickte auf die andere Seite des Tisches. Dort saß niemand. Er streckte die Hand nach seinem Koffer aus, griff aber ins Leere. »Mein Koffer«, sagte er leise.

»Ihr was?«

»Koffer. Vielleicht habe ich ihn an der Bar stehenlassen ...« Er stand auf, taumelte auf die Barhocker zu und begann sie herumzuschieben. »Muß hier irgendwo sein«, murmelte er. »Haben Sie ihn nicht gesehen?«

»Hören Sie, Kumpel ...«

»Mein Koffer«, sagte Beggs betont und blickte den Mann an. »Ich will meinen Koffer haben, verstehen Sie?«

»Ich habe keinen Koffer gesehen. Wollen Sie mich etwa beschuldigen ...?«

»Das Mädchen, das mit mir zusammen war. Das hier arbeitet.«

»Mann, hier arbeiten keine Mädchen. Sie machen sich eine falsche Vorstellung von meinem Lokal.«

Beggs legte dem anderen eine Hand auf den Jackettaufschlag, doch keineswegs aggressiv. »Bitte machen Sie sich nicht über mich lustig«, sagte er und lächelte sogar. »Ich bin ein alter Mann. Sie sehen doch mein weißes Haar. Was haben Sie mit dem Koffer gemacht? Wo ist das Mädchen?«

»Mister, ich sag's Ihnen ein letztesmal.« Der Barmixer zerrte seine Hand zur Seite. »Ich habe Ihren verdammten Koffer nicht gesehen. Und ein Mädchen arbeitet hier auch nicht. Wenn Sie sich haben ausnehmen lassen, ist das allein Ihre Sache.«

»Sie *lügen*!«

Beggs stürzte sich auf den Mann, doch nicht um ihn anzugreifen; vielmehr waren seine Arme flehend ausgebreitet. Wieder schrie er den Barmixer an, der sich aber verächtlich abwandte. Er folgte ihm, und der Mann machte kehrt und äußerte böse Worte. Daraufhin begann Beggs zu schluchzen, und der Barmixer seufzte resigniert und sagte: »Ach, jetzt reicht's mir aber!« Er packte Beggs am

Arm und begann ihn zur Tür zu drängen. Unterwegs zerrte er seinen Mantel vom Haken und warf ihn dem alten Mann über die Schulter. Beggs protestierte zwar, ging aber weiter. An der Tür gab ihm der Barmixer einen letzten Schubs, der ihn auf die Straße hinausbeförderte. Dann knallte die Tür zu, und Beggs hämmerte mit der Faust dagegen, aber nur einmal.

Er stand auf dem Bürgersteig und zog seinen Mantel an. In der Tasche befanden sich noch einige Zigaretten, zerdrückt und nutzlos. Er warf die zerkrümelte Packung in die Gosse.

Dann setzte er sich in Bewegung.

An die Treppe erinnerte er sich noch – drei Stockwerke mußte er ersteigen. Als junger Mann, frisch verheiratet, in der Vorfreude auf Edith, die ihn oben erwartete, war der Aufstieg ein Kinderspiel gewesen. Etwas schwieriger wurde es schon, wenn er nach einem arbeitslos vertrödelten Tag bei Mike ordentlich getankt hatte. Heute aber kam ihm die Treppe endlos vor, ein hölzerner Mount Everest. Er war außer Atem, als er endlich vor der Wohnungstür stand.

Er klopfte an, und nach einiger Zeit öffnete ihm eine Frau, die Ediths Mutter hätte sein können – aber es war Edith selbst. Sie starrte ihn an und schob sich dabei gelbgraue Haarsträhnen aus dem Gesicht, während die andere knochige Hand an einem herabhängenden Knopf ihres fleckigen Hauskleids herumfummelte. Da er nicht recht wußte, ob sie ihn erkannte, sagte er: »Ich bin's, Edith – Harry.«

»Harry?«

»Ich weiß, es ist schon ziemlich spät«, sagte er leise.

»Tut mir leid. Man hat mich heute entlassen. Kann ich mal reinkommen?«

»Mein Gott!« sagte Edith und legte die Hände vor die Augen. In den nächsten dreißig Sekunden bewegte sie sich kaum. Er wußte nicht, ob er sie berühren sollte oder nicht. Er trat von einem Fuß auf den anderen und fuhr sich mit der Zunge über die trockenen Lippen.

»Schrecklich durstig bin ich«, sagte er. »Kannst du mir ein Glas Wasser geben?«

Sie ließ ihn eintreten. Das Zimmer war dunkel, und seine Frau schaltete eine Tischlampe ein. Sie ging in die Küche und holte das Wasser. Sie reichte ihm das Glas, und er setzte sich, ehe er trank.

Als er ihr das leere Glas zurückgab, lächelte er scheu. »Vielen Dank«, sagte er. »Ich war verdammt durstig.«

»Was willst du, Harry?«

»Nichts«, sagte er leise. »Nur ein Glas Wasser. Mehr kann ich ja nicht von dir erwarten, oder?«

Sie wandte sich ab und fummelte an ihrem Haar herum. »Mein Gott, ich sehe ja schrecklich aus! Warum hast du mir nicht Bescheid gesagt?«

»Tut mir leid, Edith«, sagte er. »Ich gehe jetzt lieber wieder.«

»Wohin denn?«

»Keine Ahnung«, sagte Beggs. »Ich habe noch nicht darüber nachgedacht.«

»Du hast keine Unterkunft?«

»Nein.«

Sie brachte das leere Glas in die Küche und kam zurück. Sie blieb auf der Schwelle stehen, verschränkte die Arme und lehnte sich an den Türrahmen.

»Du kannst hierbleiben«, sagte sie tonlos. »Wenn du

keine Unterkunft hast, kann ich dich nicht gut hinauswerfen – das würde ich ja keinem Hund antun. Du darfst auf der Couch schlafen. Bist du damit einverstanden, Harry?«

Er rieb mit der Hand über das Kissen.

»Die Couch«, sagte er langsam. »Mir ist diese Couch lieber als jedes andere Prunkbett.« Er blickte sie an. Edith hatte zu weinen begonnen. »Ach, Edith!« sagte er.

»Kümmere dich nicht um mich!«

Er stand auf, trat neben sie und legte die Arme um sie.

»Bist du einverstanden, wenn ich bleibe? Nicht nur heute nacht?«

Sie nickte.

Beggs drückte sie fester an sich, umarmte sie wie ein junger Liebhaber. Edith schien zu merken, wie seltsam das aussehen mußte, denn sie lachte plötzlich auf und wischte sich mit der Handkante eine Träne von der Wange.

»Mein Gott, was für Gedanken mir kommen!« sagte sie. »Harry, weißt du, wie alt ich bin?«

»Ist mir egal ...«

»Ich habe eine erwachsene Tochter, Harry! Du hast deine Tochter noch nie gesehen.« Sie machte sich frei und ging zu einer geschlossenen Tür. Sie klopfte an, und ihre Stimme zitterte. »Harry, du kennst Angela überhaupt nicht. Sie war ein Baby, als ... Angela! Angela, wach auf!«

Gleich darauf wurde die Tür geöffnet. Das blonde Mädchen in dem weiten Nachthemd gähnte und blinzelte ins Licht. Sie war hübsch und verärgert.

»Was zum Teufel geht hier vor?« fragte sie. »Was ist das für ein Geschrei?«

»Angela, ich möchte dich jemand vorstellen, jemand ganz Besonderem!«

Edith klatschte in die Hände und sah Beggs an. Beggs musterte das Mädchen und lächelte töricht-verlegen, ein Lächeln, das sofort erlosch. Edith bemerkte es und stieß einen Laut der Enttäuschung aus. Die beiden sahen sich an, der alte Mann und das Mädchen, und Angela zerrte nervös an der billigen weißen Perlenkette, die noch immer um ihren Hals hing.

Der letzte Drink

Langsam einschenken«, sagte Del Harmon, legte die Daumen zusammen und rahmte damit das Bild des Barmannes und der Flasche ein. »Ich möchte Sie so in Erinnerung behalten.« Er kicherte albern, und die Ellenbogen, die ihn stützten, rutschten auf der feuchten Fläche der Bar zur Seite. Rudy der Barmixer reagierte nur mit einem Grinsen, doch Bob Pitter von der Agentur, der mit ernstem Blick neben Del saß, wurde nervös. Er packte den anderen am Arm und sagte: »He, jetzt reicht's aber. Laß den Drink doch sausen!«

»Du verstehst gar nichts«, sagte Del und betonte jede Silbe. »Das hier ist nicht *irgendein* Drink, mein lieber Bobby; es ist der letzte Drink einer langen, langen Reihe. Hab ich nicht recht, Rudy?«

»Jawohl, Sir, Mr. Harmon«, antwortete der Barmixer und blinzelte Pitter zu. »Eine lange Reihe Drinks, das ist richtig. Aber der letzte?«

»Der letzte«, sagte Del durchdringend. »Der absolut letzte, mein guter Freund.« Er setzte das kleine Glas an die Lippen, warf den Kopf zurück und ließ die braune Flüssigkeit in seinem Hals verschwinden. Er schloß die Augen, als genösse er die Reise des Alkohols in sein Inneres, und wirkte im nächsten Augenblick so nüchtern wie noch nie an diesem Abend. »Der letzte Drink«, wiederholte er. »Du müßtest dich eigentlich darüber freuen. Vielleicht kriege ich deine Filmchen doch noch fertig, vielleicht brauchst du meine Aufträge gar nicht zu streichen.«

»Wer, ich? *Du* hast doch Schluß gemacht, Del! Du könntest haufenweise Werbefilme für mich drehen, wenn du nur wolltest.«

»Alles wird anders«, sagte Del ernst und rückte seine gestreifte Krawatte zurecht. »Ich sage dir, ich werde mich ändern. Keine Sauftouren mehr, keine Frauen mehr, alles ganz tugendhaft. Nüchtern, fleißig, was du willst – ich stehe an vorderster Front.« Er setzte ein jungenhaftes Grinsen auf, das sein langes, flaches Gesicht plötzlich attraktiv wirken ließ. »Und jetzt fahre ich nach Hause«, verkündete er. »Nach Hause zu Alma.«

»Alma?« Bob Pitter zuckte zusammen. »Hast du Alma gesagt? Ich dachte, es wäre zwischen euch beiden aus.«

»*War*«, berichtigte Del. »Wir sind wieder zusammen, alter Freund, vereint unter dem Banner der Ehe.« Seine Stimme verlor den spöttischen Ton. »Ich habe mich letztes Wochenende lange mit ihr unterhalten, wir haben uns gründlich ausgesprochen, Bob. Sie hat mir vor Augen geführt, was für ein Schweinehund ich gewesen bin; obwohl mir das eigentlich niemand zu sagen brauchte. Jedenfalls habe ich ihr ein Versprechen gegeben, das ich halten werde. Und damit fängt es an.« Mit dem Daumen wies er auf die Flaschen, die hinter der Bar schimmerten, und griff nach der Brieftasche.

»Laß mich bezahlen«, sagte Bob.

»O nein. Das muß ganz offiziell vor sich gehen. Ich muß dafür bezahlen, begreifst du?« Und er beglich die Rechnung für den letzten wie für alle vorausgegangenen Drinks. Zuletzt legte er einen Fünfdollarschein auf den Stapel. »Das ist für Sie, Rudy«, sagte er. »Als Ausgleich dafür, daß Sie nun einen Kunden verlieren.«

»O ja«, sagte Rudy nickend. »Vielen Dank, Mr. Harmon.«

Auf der Straße stolperte Del und wäre fast gestürzt. Pitter hielt ihn gerade noch fest und sagte: »Ob das nun der letzte Drink war oder nicht, du bist auf jeden Fall sternhagelvoll. Willst du in diesem Zustand wirklich zu Alma?«

»Das schaffe ich schon«, sagte Del und lachte. »Wenn ich zu Hause ankomme, bin ich bestimmt stocknüchtern. So eine Zugfahrt wirkt Wunder.«

»Soll ich dich zum Bahnhof bringen?«

»Nein, geh nur nach Hause, Bob. Du glücklicher Stadtmensch. Ich wette, vor deiner Tür sitzt schon eine hübsche Blonde.«

Pitter lachte. »Das Glück möchte ich mal haben! Aber wenn du wirklich Schluß machst, kannst du mir ja deine Abgelegten überlassen ...«

»Von mir aus, Kumpel, kannst sie alle haben! Ich will nur noch Alma, meine süße kleine Alma ...«

»Mann, du bist ja wirklich total umgekrempelt!«

»Ich bin verliebt«, antwortete Del und blickte ihn ernst an. »Ich liebe meine Frau. Ehrlich, ich liebe sie.« Tränen standen in seinen Augen, und Bob Pitter wandte verlegen den Blick ab. Dann schlug er seinen Freund auf die Schulter und fuhr nach Hause.

Del hatte sich geirrt. Die Zugfahrt ernüchterte ihn keineswegs, sondern ließ ihn in einen unruhigen, wenig erfrischenden Schlaf sinken. Als ihn der Schaffner kurz vor North White Plains wachschüttelte, reagierte er völlig verschlafen. Der Tritt des Zuges kam ihm zweimal so hoch vor wie üblich; nur dem Schutzengel aller Betrunkenen war es zu verdanken, daß er sich nicht das Bein brach oder das Fußgelenk verstauchte.

Auf dem Parkplatz belebte ihn die kühle Nachtbrise. Doch als er schließlich den Wagen fand, den niedrigen Zweisitzer, den er liebevoll T-Bird nannte, gelang es ihm nicht, Schloß und Schlüssel zusammenzubringen. Er verwünschte seine unsichere Hand, verwünschte Henry Ford und die sechs Meilen, die ihn noch von zu Hause trennten. Von zu Hause und Alma. Der Gedanke an seine Frau ernüchterte ihn.

»Alma«, sagte er laut, startete den Wagen und fuhr auf die Schnellstraße. Ehrfürchtig wiederholte er den Namen. Ihm war ehrfürchtig zumute. Nach zweijähriger Ehe hatte er plötzlich den wirklichen Sinn, die wahre Freude des Zusammenseins mit seiner Frau entdeckt. Als der Kummer begann, hatte er gemeint, es läge an seinem hektischen Beruf, an der Herstellung von Werbefilmen für das Fernsehen: der ständige Druck, der aufreibende Konflikt zwischen Werbeagenturen und Klienten, der von beiden Seiten über ihn hereinbrach. Es war der Beruf, der das Trinken zur Notwendigkeit erhob, der Überstunden unvermeidlich machte, der ihn unweigerlich mit anderen Frauen zusammenführte. Inzwischen wußte er, daß die Schuld bei ihm lag, daß er sich gegen den Gedanken einer Ehe gewehrt hatte. Diesen Kampf hatte er inzwischen überwunden. Er brauchte Alma. Er liebte Alma.

»Alma, ich liebe dich!« sagte er in die Nacht, und sentimentale Tränen ließen die Straße vor dem Wagen verschwimmen.

Die Umgebung war immer noch undeutlich, als er auf die ungepflasterte Straße abbog, die seinen Heimweg um eine halbe Meile verkürzte. Er wollte möglichst schnell nach Hause; er hatte Alma versprochen, um acht Uhr da zu sein.

Er hatte noch immer Tränen in den Augen, als der grünweiße Blitz über die Straße zuckte. Einen Sekundenbruchteil lang ließen die Scheinwerfer des T-Bird das Phantom deutlich hervortreten, das wirbelnde weiße Kleid und den grünen Pullover der Frau, die neben dem defekten Auto stand. Erst später machte er sich klar, wie dicht am Straßenrand er gefahren war und daß er einen Ruck gespürt und ein dumpfes Geräusch gehört hatte – die Folgen eines Zusammenstoßes. Aber das war später. Zunächst raste er mit aufheulendem Motor von der Stelle fort, auf der Flucht vor einem Ereignis, das zu schrecklich war, als daß er sich damit befassen konnte.

Nach einer Weile wurden seine Gedanken wieder klar, und er verlangsamte die Fahrt. Schließlich stoppte er den Wagen und zündete sich eine Zigarette an. Er dachte über den Vorfall nach und wußte sofort, daß er etwas unternehmen mußte.

»Was soll ich tun?« flüsterte er. »Zum Teufel, was soll ich tun?«

Dann kam ihm der Gedanke, daß die Frau vielleicht noch lebte und Hilfe brauchte.

»Vielleicht hat sie ja nur eine Prellung«, sagte er. »Kommt ja immer wieder vor. Ein bißchen gestreift, nicht weiter schlimm. Ich bin ja gar nicht so schnell gefahren.«

Er warf die Zigarette aus dem Fenster.

»Ich *muß* zurück«, sagte er und widersetzte sich einer leisen Stimme in seinem Kopf, die sich nach dem Grund erkundigte.

Er legte den Rückwärtsgang ein und wendete auf dem weichen Seitenstreifen des Weges. Dann fuhr er zurück.

Als erstes sah er den Wagen, einen dunkelgrünen Plymouth, nicht gerade neu. Sämtliche Lichter waren abgeschaltet. Von der Frau war nichts zu sehen, und schon rührte sich in ihm die Hoffnung, daß sie einfach aufgestanden war, sich abgestäubt hatte und bereits Hilfe holen ging.

Er stellte den T-Bird auf der anderen Seite ab und stieg aus.

Die Frau fand er fast dreißig Meter von ihrem Wagen entfernt. Sie war in das weiche Laub geschleudert worden, das den Weg säumte; als er ihr unverletztes Gesicht bemerkte, hoffte er, sie könne noch am Leben sein. Aber dann bemerkte er die blutigen Arme, das blutverschmierte Kleid, die unnatürliche Stellung ihres Körpers. Sie war tot. Er hob sie hoch (sie war leicht und zerbrechlich, so mühelos zu heben wie Alma) und trug sie zu den Autos.

Im Scheinwerferlicht sah er ihr Gesicht. Sie war eine hübsche Frau Anfang Dreißig, eine Frau, die wohl recht attraktiv gewesen wäre, hätte der Tod nicht jeden Gesichtsausdruck ausgelöscht.

Zum erstenmal betrachtete er das Vorderteil seines Autos und bemerkte die eindeutigen Spuren des Zusammenstoßes. Der Anblick des zerdrückten Metalls war womöglich noch schlimmer als die tote Frau in seinen Armen.

Panik ergriff ihn, eine Panik, gegen die er sich nicht wehrte. Er zitterte so heftig, daß er die geringe Last nicht mehr zu halten vermochte; er legte sie auf den Boden, ließ sich auf die Knie fallen, barg das Gesicht in den Händen und begann zu stöhnen. Aber er klagte nicht um sie; sie war eine Fremde. Die Klagelaute galten ihm selbst, seinem Pech und seiner Alma. Unfair! Ja, es war unfair! Daß so etwas gerade jetzt passieren mußte, kaum daß er sich entschlossen hatte, ein neues Leben zu beginnen ...

Er stand auf und blickte auf die Tote hinab, und seine Lippen verzogen sich zu einem Ausdruck, der nur Entrüstung genannt werden konnte.

»Idiotin!« murmelte er. »Alte Idiotin ...«

Sein Blick fiel auf das verlassene Auto der Frau. Plötzlich erfüllte ihn der Drang, sie auf den Fahrersitz zu heben, wohin sie gehörte, und sie einfach sitzenzulassen und zu vergessen. Sie hatte kein Recht, nachts auf der Straße zu stehen, ohne Licht, ohne Warnzeichen ... Ihre eigene Schuld. Warum benahm sie sich so dämlich!

Er ging zum Plymouth und öffnete die Tür. Der Schlüssel steckte in der Zündung; er drehte ihn, doch es geschah nichts. Batterie, dachte er.

Schließlich setzte er sie doch nicht in ihren Wagen oder ließ sie am Ort des Geschehens zurück. Damit war nichts gelöst. Man würde sie finden und sofort wissen, wie sie gestorben war. Daraufhin würde man ermitteln, wer diesen Weg jeden Abend befuhr, und feststellen, daß er im Zug gewesen war. Dann war es nur noch ein kleiner Schritt bis zu seinem beschädigten T-Bird und unangenehmen Fragen – und wenn es erst so weit war, konnte er seine Schuld nicht verbergen. Das konnte er einfach nicht.

Zeit! dachte Del Harmon. Er brauchte Zeit. Das war die Lösung! Wenn die Frau nicht sofort gefunden wurde, hatte er Zeit, seine Spuren zu verwischen, jede Verbindung zwischen seiner Fahrt und ihrem Tod auszulöschen ...

Er bückte sich und hievte die Frau erneut empor. Seltsamerweise kam sie ihm plötzlich schwerer vor. Er brachte sie zum T-Bird und öffnete die rechte Tür. Nicht ohne Mühe drückte er sie in den schmalen Vordersitz. Sie sank nicht nach vorn; der Schalensitz hielt sie fest; auf den ersten Blick sah sie wie eine erschöpfte Beifahrerin aus. Er ging um den Wagen herum und setzte sich wieder hinter das Steuer.

Er wußte nicht, wohin er fuhr; ihn erfüllte ein einziger Gedanke: er mußte fort von dem verlassenen Plymouth. Viele Meilen fort, auf eine abgelegene Straße, die ebenso einsam und bewaldet war wie der Weg, auf dem die Tragödie geschehen war. Ein Ort, an dem er seine Beifahrerin loswerden konnte, eine einsame Stelle, wo die Leiche jahrelang modern konnte, ohne entdeckt zu werden ...

Der Weg endete, und er bog auf die Hauptstraße ein. Bis zu der Siedlung, in der er wohnte, war es nur noch eine Meile, eine Meile bis Alma, aber dorthin konnte er jetzt nicht. Der Gedanke war die reinste Qual: die Zuflucht war so nahe und doch so unnahbar. Er raste durch die Vorortstraßen, fluchte über die rote Ampel, die ihn aufhielt, und ließ bei Grün den Motor aufheulen. Die hellerleuchteten Häuser, an denen er vorbeiraste, kamen ihm so gemütlich und voller häuslicher Freude vor, daß Neid ihn erfüllte – und ein irrationaler Haß auf die Fremde neben sich.

Er wußte nicht, wie weit er fuhr; er blickte nicht auf den Meilenzähler. Er erkannte die Pulham-Brücke, die sich fünfzehn Meilen entfernt im Norden befand; anschließend fuhr er noch eine halbe Stunde. Er fuhr immer weiter, auf der Suche nach Seitenwegen, bis er schließlich auf einer unbekannten Landstraße ein Schild fand mit einer Warnung vor einer unfertigen Straße, die ins Nichts führte. Und dorthin wollte er, ins Nichts; er fuhr den Weg bis zu seinem verlassenen Ende, stoppte den Wagen und schaltete die Lichter aus.

Dann zerrte er die Leiche der Frau ins Freie und trug sie tief ins Unterholz.

Dort ließ er sie liegen, bedeckt mit Blättern und Ästen und hastig zusammengekratzter Erde, wie etwas Widerliches, Abscheuliches. Zuletzt kehrte er zum T-Bird zurück, ließ den Motor an und fuhr langsam zur Hauptstraße zurück.

Es war kurz vor Mitternacht, als die Siedlung vor ihm auftauchte; fast drei Stunden waren vergangen seit dem Augenblick, da er das grün-weiße Aufblitzen gesehen hatte.

Als er das sanft geneigte Dach seines Hauses und den gewundenen Holzzaun mit den Rosenranken erblickte, saß ihm ein dicker Kloß im Hals, und seine Augen brannten. Die Fenster waren dunkel; Alma hatte nicht auf ihn gewartet, aber das war durchaus in Ordnung. Er würde ins Schlafzimmer gehen und sie mit einem Kuß auf die glatte Wange wecken. Dann wollte er sich auf die Bettkante setzen und ihre Hand halten und sich leise mit ihr über die Dinge unterhalten, die für sie beide wichtig waren, über seine neuen Vorsätze, seine Versprechungen für die Zukunft ...

Er lenkte den Wagen in die Auffahrt. Da die Garagentür geschlossen war, stoppte er den T-Bird, schaltete den Leerlauf ein und stieg mühsam aus. Er legte die Finger um den Türgriff und ruckte ihn nach oben, doch die Tür rührte sich nicht. Sie war verschlossen.

Er vergaß die zärtlichen Gedanken, die er eben noch

gehabt hatte, und begann Alma zu verwünschen. Wie dumm von ihr – typisch! Er blickte zum Auto zurück, das in der Auffahrt stand, auf die verräterischen Spuren des Zusammenstoßes an Kotflügel und Motorhaube, und fluchte über die Gedankenlosigkeit seiner Frau. Er schaltete den Motor ab und ging zur Haustür. Erst jetzt fiel ihm ein, daß er ja gar keinen Schlüssel hatte, daß er seit der Trennung vor sechs Monaten keinen Schlüssel mehr besaß. Sich leise ins Schlafzimmer zu schleichen und ihr einen Kuß auf die Wange zu geben– davon konnte keine Rede mehr sein. Er mußte klingeln.

Und er klingelte.

Als sie nicht herunterkam und hinter den oberen Fenstern auch kein Licht erschien, läutete er zum zweitenmal. Noch immer keine Antwort, und er begann energisch an die Tür zu klopfen.

»Alma!« flüsterte er heiser. »Ich bin es, Del!«

Endlich erschien ein Lichtfleck auf dem Rasen. Er trat von der Haustür zurück und sah den schwachen gelben Schimmer hinter dem Rouleau des Schlafzimmers. Wieder klingelte er.

»Del?« ertönte da ihre Stimme. Dann sagte sie unfaßbarerweise: »Verschwinde ...«

Es war ein kaum hörbares Flüstern hinter der Tür. Im ersten Augenblick glaubte er seinen Ohren nicht zu trauen, doch als er wieder klingelte, sagte sie:

»Verschwinde endlich, Del! Hörst du? Fahr weiter!«

»Alma! Alma, ich bin es doch!«

»Das *weiß* ich. Aber ich lasse dich nicht ins Haus, Del. Es hat keinen Sinn, daß du Theater machst.«

»Aber du *mußt* mich einlassen! Alma, um Himmels willen ...«

»Verschwinde!« kreischte sie. Dann herrschte Stille.

Wieder drückte er auf den Klingelknopf, diesmal in kurzen Abständen. Er hämmerte gegen die Tür, bis sie in den Angeln erbebte, doch von der anderen Seite waren keine Worte mehr zu hören. Das schräge Lichtrechteck, das auf den Rasen geworfen wurde, verschwand.

»Alma!« brüllte er. »Alma, laß mich rein!«

Zwanzig Minuten lang hämmerte er vergeblich gegen die Tür, ohne sich darum zu kümmern, daß die Nachbarn Licht zu machen begannen, daß zornige Stimmen durch die Nacht hallten und ihm rieten, endlich den Mund zu halten und zu verschwinden, und ihm schließlich sogar Gewalt und die Polizei androhten. In seiner Verzweiflung probierte er es an der Hintertür und fand sie versperrt. Daraufhin versuchte er das Küchenfenster aufzubrechen, doch ohne Erfolg.

Als er wieder nach vorn kam, näherte sich ein grauweißes Auto, in langsamer Fahrt, unheildrohend. Auf der Vorderbank saßen zwei Uniformierte.

Es blieb keine Zeit für Erklärungen, keine Zeit, den Beamten zu erklären, was er verständlich machen mußte. Sie waren zu neugierig, zu mißtrauisch: der T-Bird in der Auffahrt wurde zum Ziel ihrer hellen Taschenlampen, ehe er die richtigen Worte fand, sie fortzuschicken. »He, Petey, sieh dir das an!« sagte der eine Beamte, und sein Licht zuckte über den zerdrückten Kotflügel des Zweisitzers. »Ist das Ihr Wagen, Mister?«

Er vermochte nicht gefaßt zu antworten; sie sahen sein bleiches Gesicht und seine zitternden Lippen und ahnten, daß er mehr war als ein aufgebrachter Ehemann. Sie untersuchten den Sitz des T-Bird, und im Licht der Taschenlampe leuchteten die Blutflecke erschreckend rot auf dem beigefarbenen Polster. Noch einmal sahen sich die Beamten die Front des Wagens an und wandten sich dann an Del, der nur noch stammeln konnte.

»Ich bin schuldlos, ehrlich! Ich bin schuldlos. Es war ein Unfall ...«

Zehn Minuten später saß er zusammengesunken und schicksalsergeben im Rücksitz des Streifenwagens und dirigierte die Beamten zu der einsamen Stelle, wo er seine Schande und seine Schuld hatte verstecken wollen.

Ein einziger Trost blieb ihm: als sie von seiner Verhaftung erfuhr, besuchte ihn Alma. Bei ihrem Anblick begann Del fast zu weinen und verwünschte die Drahtmaschen, die sie trennten. Er steckte die Finger durch das Geflecht und berührte ihre Hand.

»Warum hast du es getan, Alma?« fragte er. »Warum hast du mich ausgesperrt? Ich weiß, ich kam zu spät, viele Stunden zu spät. Aber das war doch nicht Grund genug ...«

»Das war es auch nicht, Del.«

»Was dann? Was hat dich dazu gebracht?«

Sie wandte den Blick ab. »Margie Wright. Sie hat es getan, Del. Sie ist schuld.«

»Wright? Du meinst die alte Schachtel aus dem Bridgeklub?«

Sie nickte. »Sie – sie rief mich gegen halb zehn an und sagte, sie müsse mir etwas sagen, in meinem eigenen Interesse. Etwas, das ich wissen müßte.«

»Wissen? Was denn wissen?«

»Margie war draußen vor ihrem Haus und rollte gerade den Gartenschlauch ein oder so, als sie deinen Wagen vorbeifahren sah. Sie erkannte den Wagen, sie erkannte dich. Und sie sagte –« Alma verdeckte die Augen –, »du hättest eine Frau im Wagen. Eine fremde Frau, und sehr hübsch.«

Der Antrag

Wie so viele unansehnliche Frauen hatte auch Elsa Gammon seit ihrem sechzehnten Lebensjahr an die Ideale der inneren Schönheit geglaubt. Mit siebenundvierzig Jahren dachte sie nun ein wenig realistischer und rechnete eigentlich nicht mehr damit, einen Mann zu finden, der durch die schmalen Fenster ihrer hellgrünen Augen jene inneren Reize auszumachen wußte, die sie zu bieten hatte.

Im Laufe der männerlosen Jahre umgab sie sich mit einer Barriere aus Metall. Eine stahlgefaßte Brille auf der dünnen, scharfen Nase. Eine massive runde Uhr am Handgelenk. Ein Stahlstangenkorsett um die Taille. Sie war wie ein verlassenes Landhaus, umgeben von einem Eisenzaun, der die Kinder am Steinewerfen hindern sollte.

Ein wenig Trost fand sie im Elend einer stillen alten Jungfer gleichen Alters mit Namen Gertrude Speller. Die beiden Frauen betrieben einen Schreibwarenladen mit Buchhandlung und bewegten sich dabei ständig in den roten Zahlen. Darüber hinaus teilten sie sich ein freudloses Zimmer in einer Pension auf der anderen Straßenseite. Manchmal blieben sie abends lange auf und sprachen von der Ehe.

Gertrude zeigte sich dabei oft schockiert von den realistischen Erkenntnissen, die Elsa gewonnen hatte. »Du würdest wirklich jemanden *bezahlen*, damit er dich heiratet?« fragte sie.

»Ach was«, erwiderte Elsa mit einer vogelähnlichen Pickbewegung des Kopfes. »So habe ich das nicht gemeint. Ich habe nur gesagt, daß ich nichts gegen eine Ehe hätte, deren Grundlage ... naja, praktische Erwägungen wären, so kann man es wohl sagen.«

Gertrude schüttelte den Kopf, dem die Jahre bis auf die Haarfarbe praktisch alles genommen hatten. »Ich weiß nicht. Ich möchte lieber als alte Jungfer sterben, als mir einen Mann zu *kaufen.*«

»Unsinn!« Elsa schnalzte mißbilligend mit der Zunge. »Wenn ich mir nur ein kleines Bankkonto zulegen könnte ...« Sie seufzte. »Aber so wie der Laden läuft, haben wir Glück, wenn wir unsere Rechnungen bezahlen können. Gertrude, meinst du, wir sollten eine Leihbücherei aufmachen?«

Nun sprachen sie über ihre Pläne zur Verbesserung der geschäftlichen Lage, ehe wieder vom Heiraten die Rede war. Doch eines Tages nahm das Gespräch eine neue Wende.

»Wissen Sie was?« fragte die alte Mrs. McCormack eines Abends. Sie wohnte ebenfalls in der Pension und widmete ihre Witwenjahre dem Canasta. »Mrs. Wilkins hat heute einen neuen Gast aufgenommen. Einen Mann. Und sie hat ihn neben Ihnen einquartiert.«

»Wirklich?« fragte Elsa tonlos.

»Wie sieht er denn aus?« erkundigte sich Gertrude. »Ist er ledig?«

»Ledig oder verwitwet«, sagte Mrs. McCormack eifrig. »Ich habe ihn mir nicht genau ansehen können. Jedenfalls ist er groß, das konnte ich sehen. Und seine *Kleidung*!« Sie verzog mißbilligend das Gesicht.

»Was ist damit?«

»Auffällig! Ich will Ihnen eins sagen, solche Sachen habe ich nicht mehr gesehen, seit mein seliger Charlie mich einmal mit zum Rennen mitnahm. Karos und Streifen und so. Ich wette, daß er außerdem trinkt.«

»Wie kommen Sie denn darauf?« Elsa putzte ihre Brille, bis die Gläser schimmerten.

»Er sieht einfach so aus. Sie wissen schon – rot im Gesicht. Und er lacht so: *Ho-ho-ho!* Wie ein Hafenarbeiter.«

»Ich bitte Sie, Mrs. McCormack!« sagte Gertrude besänftigend. »Woher wollen Sie wissen, wie ein Hafenarbeiter lacht?«

»Hören Sie, ich bin keine weltfremde Greisin, Miss Speller. Mein Mann war nicht gerade ein Engel, das kann ich Ihnen sagen.« Mrs. McCormack stimmte ihr übliches Lachen an, ein schrilles Kichern. »Ich kenne diesen Typ.«

»Und wie heißt der Gentleman?« fragte Elsa leichthin.

»Grober oder Gruber oder so ähnlich. Ich begreife nicht, wieso Mrs. Wilkins ihn genommen hat ...«

»Das Zimmer steht seit fast zwei Monaten leer«, sagte Elsa. »Vielleicht braucht sie das Geld.«

Beim Abendessen (da Mittwoch war, servierte Mrs. Wilkins ihre üblichen grauen Fleischbrocken in mehliger Soße) glänzte der neue Gast durch Abwesenheit. Elsa zog sich früh zurück und ging zu ihrem Zimmer, das im Obergeschoß an der Treppe lag. Sie zögerte einen Augenblick vor der Tür nebenan und lauschte. Nur ein Geräusch war zu hören: Wasser lief ins Waschbecken. Sie suchte ihr Zimmer auf und legte sich auf das schmale Bett, das an der rechten Wand stand. Diese Wand war dünn, und sie hörte, wie im Nachbarzimmer quietschend der Wasserhahn geschlossen wurde.

Sie seufzte und griff nach dem Liebesroman, den sie gerade las; sie hatte sich den Band im Laden ausgeliehen.

Nach einer Weile hörte sie nebenan das protestierende Knirschen der Bettfedern und erkannte, daß sich Mr. Grober oder Gruber nur wenige Zentimeter entfernt auf seinem Bett ausstreckte. Obwohl sie durch eine Schicht aus Holz und Putz getrennt waren, durchfuhr Elsa ein leiser, ungehöriger Schauder.

Etwa eine Stunde später kam Gertrude herauf und fand ihre Zimmergenossin dösend vor.

»Elsa?« fragte sie. »Du schläfst doch nicht etwa schon?«

»Nein«, antwortete Elsa wahrheitsgemäß. »Nein, ich schlafe nicht. Du hast sicher an Mrs. McCormack Geld verloren.«

»Nein, wir haben uns *unterhalten.*«

Die seltsame Betonung des letzten Wortes veranlaßte die Freundin, sich aufzurichten. »Worüber?«

»Über *sie*«, antwortete Gertrude mit brennenden Augen. »Die Frau da *drin.*« Sie deutete mit einem Finger auf die Wand. »Sie ist gegen halb acht hinaufgegangen, kühn wie nichts. Eine stämmige Frau. Schrecklich breite Hüften. Du weißt schon, blond.« Sie schürzte die Lippen.

Elsa ließ sich auf dem Bett herumrollen und drückte schamlos ein Ohr an die Wand.

»Elsa!«

»Still!« Ihre Bemühungen führten schnell zum Ziel. Ein kehliges Frauenlachen.

»Sie ist tatsächlich bei ihm.«

»Aber das habe ich dir doch eben ...«

»*Bist* du endlich still?« Elsa lauschte eine Zeitlang und sagte: »Hört sich an, als ob sie trinken. Ich höre Gläser klirren.«

»Ach du meine Güte! Wenn das Mrs. Wilkins wüßte!«

In den nächsten zehn Minuten veränderte sich das Bild

nicht, dann verkündete Elsa: »Sie geht.« Die Information stimmte; beide hörten die Außentür gehen und schwere Schritte die steile Treppe hinab verhallen.

Elsa sprang überraschend beweglich vom Bett.

»Wohin willst du?«

»Bin gleich zurück«, sagte Elsa und fuhr sich über das straff gekämmte Haar. »Ich will nur mal eben unseren Nachbarn besuchen.«

»Elsa! Das wagst du nicht!«

»Ich wag es nicht?« Sie ging zur Tür und öffnete sie gelassen. Dann lächelte sie Gertrude verführerisch an und ging.

Vor Mr. Grobers oder Grubers Tür zögerte sie; dann klopfte sie energisch an. Die Tür wurde aufgerissen, als rechnete der Mann damit, daß die Frau zurückkomme. Sein breites, grobschlächtiges, schwitzendes Gesicht war zu einem Grinsen verzogen. Beim Anblick Elsas verlor sich der Ausdruck.

»Ja?« fragte er stirnrunzelnd.

»Mr. Grober?« Ihre Stimme klang hell.

»Gruber.«

»Ich bin Elsa Gammon und wohne nebenan.«

»Und?«

»Mrs. Wilkins – ich meine, Mrs. Wilkins hat mich gebeten, Sie über unsere Essenszeiten zu unterrichten. Sie waren heute abend nicht unten ...«

Er lächelte. »Ich esse nie regelmäßig, Mrs. Gammon.«

»Miss«, sagte Elsa offenherzig.

»Miss, ich esse nie regelmäßig. Sagen Sie Mrs. Wilkins, sie soll nicht auf mich warten. Ich besorge mir schon irgendwo einen Happen.«

»Ja«, sagte Elsa vage und blickte an ihm vorbei ins

Zimmer, das sogar einigermaßen aufgeräumt wirkte. Aber da standen die Gläser und die braune Flasche; sie hatte sich nicht geirrt.

»Ich ... äh ... wie ich sehe, haben Sie eine Flasche Whiskey auf dem Zimmer. Wissen Sie, normalerweise ist Mrs. Wilkins sehr streng, was das Trinken angeht.«

Er wurde ärgerlich. »Das habe ich alles mit Mrs. Wilkins geregelt«, sagte er betont. »Wenn Sie sich beschweren wollen, Lady, reden Sie mit ihr.«

»Mich beschweren?« Sie lachte ein wenig schrill. »Meine Güte, ich wäre die letzte, die sich darüber beschweren würde! Ich bin schon immer gegen Mrs. Wilkins kleinliches Verbot gewesen. Alkohol mag ich sogar ganz gern. Bei besonderen Anlässen.«

Zuerst sah er sie noch etwas mißtrauisch an, aber dann lachte er. »Hm ja. Na, wenn Sie mal Lust haben, sich einen Rachenputzer zu borgen, Mrs. Gammon, kommen Sie ruhig.«

»Miss«, sagte Elsa betont.

»Ach ja.«

Er schloß die Tür.

In dem kleinen Laden, den Elsa und Gertrude *Das Idyll* getauft hatten (und den jedermann *Das Ideal* nannte), dachte Elsa am nächsten Tag intensiv über den stämmigen Mann mit dem schweißfeuchten roten Gesicht nach. In Gedanken sah sie allerdings ein anderes Bild als das, das gestern abend von der Türöffnung eingerahmt gewesen war. Sie sah einen größeren, schlankeren Mann mit entschlossenen Gesichtszügen und zuvorkommendem Benehmen. Elsas romantische Veranlagung war noch längst nicht gestorben; sie hatte lediglich geschlummert.

Geschäftlich war der Tag nicht sehr erfolgreich. Sie legte drei Dutzend Glückwunschkarten in die falschen Umschläge, was später eine verzweifelte Suche auslöste. Einem Jungen gab sie auf einen Fünfdollarschein heraus, obwohl er ihr nur einen Dollar gegeben hatte, was er voller Freude geschehen ließ. Und sie ließ sich von einem glattzüngigen jungen Mann ein Sortiment billigen Plastikspielzeugs andrehen – obwohl sich der Laden in einer Gegend befand, in der es kaum Kinder gab.

Am übernächsten Abend nahm sie Mr. Gruber beim Wort und bat um einen »Rachenputzer«, wie er es nannte. Er musterte sie mit seltsamem Blick, dann aber lachte er und goß ihr einen Schuß in die henkellose Tasse, die sie mitgebracht hatte. Sie dankte ihm kokett und trug den Drink in ihr Zimmer, da er sie nicht zum Eintreten aufforderte.

»Elsa!« sagte Gertrude entsetzt. »Was willst du damit tun?«

»Da ich es nicht trinken muß, schütte ich es in den Ausguß«, sagte Elsa munter. »Ich wollte nur nett sein. Ein Mann wie Mr. Gruber mag Frauen, die trinken. So ist er nun mal.«

»Elsa! Du machst dir doch nicht etwa Hoffnungen ...«

»Sei kein Dummchen, Gertrude. Wer nichts wagt, der nichts gewinnt. Das habe ich dir schon tausendmal gesagt.«

»Aber ein Mann wie er ...«

»Ein Mann wie wer? Du weißt doch überhaupt nichts über ihn!«

»Ich weiß genug. Er trinkt. Er spielt. Er – er hat unmögliche Frauen auf dem Zimmer. Wenn ich nur wüßte, was sich Mrs. Wilkins gedacht hat, als sie ...«

»Ich weiß nicht, was sich Mrs. Wilkins gedacht hat«, lachte Elsa. »Dafür weiß ich, was ich will, meine liebe Gertrude.« Sie spielte mit dem Gedanken, die braune Flüssigkeit zu probieren, löste dann aber doch ihr Versprechen ein und schüttete den Alkohol in das Waschbekken, das eine Ecke des Zimmers einnahm. Der Geruch blieb, ein starkes Aroma. Schließlich kehrte sie zu ihrem Bett zurück, griff nach ihrem Roman und las, bis ihr die Augen zufielen.

Es ist nicht anzunehmen, daß Elsa Gammon ernsthaft vorhatte, um Mr. Gruber zu werben. Allenfalls regte sich in ihr eine winzige, vage Hoffnung – nicht mehr und nicht weniger zielstrebig wie so mancher andere Plan in ihrem Leben. Als schließlich das große Ereignis eintrat, nahm ihr, wie sie Gertrude später versicherte, das Schicksal die Entscheidung aus der Hand.

Etwa ein Monat war seit dem Tag vergangen, da Mrs. Wilkins ihren Prinzipien abgeschworen und »jenen Säufer«, wie Mrs. McCormack ihn nannte, in die Pension aufgenommen hatte. Es war Mitte Juli, und die alten Mauern des Hauses waren aufgeladen vor Hitze. Eines Nachts, als die Luft besonders schwül war, erwachte Elsa aus reinem Unbehagen.

Sie stieß die Bettdecke zurück und lag keuchend auf der schmalen Matratze. Gertrude hatte keine Probleme; sie atmete tief und regelmäßig.

Aber es war noch jemand wach: Mr. Gruber und seine blonde Freundin, die regelmäßig zu Besuch kam.

In der nächtlichen Stille hörte sie es deutlich durch die Wand – das vertraute kehlige Lachen, das Klirren von Flasche und Glas, Mr. Grubers tiefe Stimme.

Sie richtete sich auf und lauschte. Nach einer Weile wickelte sie sich geistesabwesend dicke Metall-Lockenwickler ins grauschwarze Haar; ihr fiel nichts Besseres ein.

Plötzlich änderte sich der Ton.

»Vierhunnert«, sagte die Frau nebenan schrill.

»Nein«, antwortete Mr. Gruber. »Du bist ja verrückt, Lottie. Glatte tausend!«

»Vierhunnert!« sagte die Frau lauter; der Alkohol beeinträchtigte ihre Aussprache. »Sag bloß nich, ich lüge, Maury! Hier sind die vierhunnert ...«

»Du bist verrückt! Verrückt! Ich hab's selbst gezählt. Rechne doch mal nach! Das Pferd hat zwanzig zu eins gebracht! He, was für eine Tour willst du hier reiten ...?«

»Wer, ich? *Ich?* Machst du Witze?«

Elsa Gammon spürte eine seltsame Spannung. Hier wurde ein Streit ausgetragen, ein Kampf um Geld. Zwischen der Blondine und Mr. Gruber bahnte sich ein Zerwürfnis an.

»Ich verschwinde!« sagte die Frau.

»Das könnt dir so passen. So passen könnt dir das!« sagte Gruber.

Es schien ein Gerangel zu geben.

Elsa stand auf und legte eine knochige Hand auf die bewegte Brust. Schritte und dumpfe Laute – die beiden kämpften! Sie blickte auf Gertrude, die unschuldig weiterschlief.

»Laß los, du Affe ...«

Elsa zerrte ihren Morgenmantel von einer Stuhllehne und warf ihn sich um die Schultern. Dann ging sie zur Tür und machte auf. Im Flur war es dunkel.

Sie trat hinaus und schloß leise die Tür. Auf Zehenspitzen ging sie zu Mr. Grubers Zimmer und legte vorsichtig das rechte Ohr an die Türfüllung.

»Ich hab gesagt, laß los!«

Im gleichen Augenblick hörte sie das seltsame dumpfe Geräusch, und das entsetzliche Stöhnen einer Frau.

Zum Überlegen blieb keine Zeit. Der Augenblick des Handelns war gekommen. Elsa schnürte ihren Morgenmantel zu und hob die Hand, um anzuklopfen.

Die Tür wurde aufgerissen, als ihr Knöchel kaum das Holz berührt hatte. Mr. Gruber starrte heraus, und der Schweiß war eine schimmernde Maske auf seinem geröteten Gesicht. Bei ihrem Anblick stockte ihm hörbar der Atem, und er riß den Mund auf.

»Mr. Gruber ...«

»Es war ein Unfall«, keuchte er.

»Ein *Unfall*?« fragte sie atemlos. »Was ... wer ...«

»Meine – meine Freundin.« Er zitterte. »Sie ist gestürzt. Und sie hat sich am Kopf aufgeschlagen. Mehr ist nicht passiert, Mrs. Gammon! Ehrlich. Sie ist gestürzt ...«

Elsa blickte durch den Türspalt und sah den Absatz eines Frauenschuhs, der seltsam verdreht am rundlichen nackten Bein der Frau hing. Sie hob die Hand an den Hals.

»Mein Gott!« sagte sie.

»Sie war betrunken.« Abrupt schossen seine Hände vor und legten sich auf Elsas zerbrechliche Schultern. »Wirklich und wahrhaftig, es war nicht meine Schuld, Mrs. Gammon!«

Aus unerfindlichem Grund beruhigte Elsa die Berührung seiner Hände.

»Natürlich. Es war sicher ein Unfall, Mr. Gruber«, sagte sie tröstend. »Wissen Sie, die Wände zwischen den Zimmern sind ziemlich dünn. Ohne es zu wollen, habe ich

– mitgehört, was hier gesprochen wurde. Ja, ich bin überzeugt, daß es nur ein Unfall war.«

Erstaunen und Dankbarkeit malten sich auf seinem Gesicht. »Sie – Sie haben uns gehört?«

»Ja. Natürlich nicht absichtlich. Aber ich habe *alles* gehört.« Starr erwiderte sie seinen Blick. »Und ich bin sicher – ziemlich sicher –, daß es nur ein Unfall war.« Sie erschauderte. »Es ist kalt hier draußen. Komisch, nicht? Bei der Hitze ... Darf ich eintreten?«

Unsicher blickte er sich um.

»Schon gut«, sagte Elsa lächelnd, als wollte sie in ein Haus gebeten werden, das nicht richtig saubergemacht war. »Sie sehen ziemlich angeschlagen aus, Mr. Gruber. Ich sollte uns beiden Tee machen.«

»Ja«, sagte Mr. Gruber. »Ja, tun Sie das. Bitte. Das Ganze ist ein ziemlicher – Schock für mich.«

»Natürlich«, erwiderte Elsa und trat ein. »Wir trinken eine Tasse Tee, und dann müssen wir die Polizei anrufen ...«

Eine Stunde später ging Mr. Gruber ans Telefon. Die Polizei kam sofort.

Elsa, die außerhalb ihrer Bücher kaum mit dem Gesetz zu tun gehabt hatte, war ein wenig enttäuscht. Sie hatte damit gerechnet, daß Mr. Gruber und sie sogleich tüchtig in die »Mangel« genommen wurden. Statt dessen waren die Beamten durchaus bereit, eine formelle Aussage erst am nächsten Vormittag auf dem Revier entgegenzunehmen.

Für Elsa war das alles sehr aufregend, und sie hätte gern noch viele Stunden länger in dem kleinen Zimmer zugebracht, in dem das Verhör stattfand.

Als sie um halb elf in die Pension zurückkehrte, warteten Gertrude und Mrs. McCormack bereits mit offensichtlicher Spannung auf sie.

»Um Himmels willen, erzähl schon!« rief Gertrude atemlos. »War es schrecklich?«

»O nein. Die Beamten waren sehr zuvorkommend.« Sie setzte sich in den bestickten Lehnsessel, das Prunkstück in Mrs. Wilkins' Wohnzimmer.

»Wenn ich mir vorstelle, daß ich nicht das geringste gehört habe!« sagte Gertrude traurig. »Nichts! Dabei war die ganze Zeit ...«

»Hat er es getan?« wollte Mrs. McCormack wissen. »Hat er die Frau umgebracht?«

»Ich glaube nicht«, sagte Elsa lächelnd. »Nein, ich kann mir das nicht vorstellen. Wissen Sie, es ist kein Problem, aus dem Nebenzimmer Geräusche zu hören. Die Wand ist sehr dünn. Und soweit ich mitbekommen habe – nun, es *klang* nicht danach.«

»Erzähl!« flehte Gertrude. »Erzähl uns alles!«

Elsa gähnte. »Nicht jetzt, meine Liebe. Ich bin sehr müde. Vielleicht möchtest du ja mit hinaufkommen, wo ich mich hinlegen kann ...«

Gertrude erschauderte wohlig, ahnte sie doch, daß sie etwas Vertrauliches zu hören bekommen sollte. Mrs. McCormack zuckte ärgerlich die Achseln.

Im Zimmer fuhr Elsa zu ihrer Freundin herum und sagte: »Wir werden heiraten.«

Gertrude bekam weiche Knie.

»Was?«

»Wir werden heiraten, Mr. Gruber – Maurice – und ich. Wir haben das ausführlich besprochen, gestern nacht, ehe die Polizei kam. Uns ist plötzlich klar geworden, daß da eine – gewisse Anziehung besteht.«

»Elsa, du hast ja den Verstand verloren!«

»Im Gegenteil.« Mit wirbelndem Rock nahm sie Platz. »Ich sehe völlig klar, Gertrude. Mr. Gruber und ich heiraten, dann verschwinden wir von hier. Es tut mir wirklich leid, dich mit dem Laden sitzenzulassen, wo wir doch noch im Minus sind. Aber ich sorge dafür, daß du deswegen keine Nachteile hast, Gertrude. Meine liebe Gertrude!« fügte sie in einer plötzlichen Gefühlsaufwallung hinzu.

»Aber das ergibt doch keinen Sinn, Elsa! Du kennst den Mann überhaupt nicht. Du hast selbst gesehen, mit was für Leuten er sich abgibt.«

»Darauf kommt es nicht an, Gertrude. Glaub mir, in unserem Alter kommt es nicht mehr darauf an.«

Gertrude biß sich schweigend auf die Lippen. »Aber wie, Elsa?« flüsterte sie dann. »Wie hast du ihn dazu gebracht, dir einen Antrag zu machen?«

»Habe ich gar nicht.« Sie lachte. »Reiner Zufall, meine liebe Gertrude. Wenn du es genau wissen willst: ich habe Mr. Gruber die Heirat angetragen.«

»Du?«

»Ich konnte ihm Gründe nennen, die ihn davon überzeugt haben, daß es wirklich eine gute Idee ist. Vor allem die Sache mit der Polizei – falls die Beamten doch noch Zweifel am Tod der Blonden hätten ...«

Gertrude war sichtlich schockiert. »Elsa! Du hast ihm doch nicht etwa *gedroht* ...?«

»Aber wo denkst du hin? Ich habe ihn nur auf etwas hingewiesen. Daß es nämlich nicht das geringste ausmachen würde, sollte mir einfallen, meine Aussage über gestern nacht abzuändern. Aber nur wenn ich seine Frau wäre. Eine Ehefrau kann ihren Mann nicht belasten.«

Gertrude sagte nichts mehr. Sie starrte ihre Freundin nur an. Und in diesem Blick lagen Bewunderung und Respekt.

Maurice Gruber kehrte erst spät am Abend von der Polizei zurück. Er suchte auf direktem Weg sein Zimmer auf und schloß die Tür.

Elsa Gammon beeilte sich nicht mit ihrem nächsten Besuch. Zuerst entledigte sie sich ihres Metallkorsetts und ersetzte das beengende Kleidungsstück durch ein weiches Gebilde aus Plastik, das sie am Nachmittag gekauft hatte. Dann ließ sie sich am wenig gebrauchten Schminktisch nieder und begann ihr dichtes Haar auszubürsten. Die Stumpfheit der Strähnen ließ sich nicht so schnell beseitigen, doch sie kämpfte, bis das Haar in schlaffen grauschwarzen Wellen um ihre Schultern herabhing. Während sich Gertrude bettfertig machte, begann sie ihr hageres, trockenes Gesicht vorsichtig mit Lippenstift und Puder zu verschönen. Gegen halb zwölf klopfte sie an Mr. Grubers Tür. Als er aufmachte, wurde deutlich, daß er getrunken hatte.

»Maurice!« sagte Elsa in weinerlichem Ton. »Wo *bist* du nur gewesen? Ich habe dich schon vor *Stunden* zurückerwartet.«

Er knurrte etwas vor sich hin.

»Na! Willst du mich nicht hereinbitten?«

»Nein.«

Sie runzelte die Stirn. »Hör mal, Maurice! Immerhin sind wir verlobt, da ist absolut nichts dagegen ...«

»Nein!« sagte der Mann zornig. »Ich mache das nicht mit.«

»Ach?« Ihr Gesicht verhärtete sich. »Meinst du wirklich, ich habe nicht die Möglichkeit, meine Aussage zu ändern? Meinst du, die Polizei glaubt mir nicht, wenn ich sage, ich hätte mich hinsichtlich des – Unfalls geirrt?«

Er kam auf den Flur hinaus und knallte die Tür hinter sich zu. »Hör mal, du ...!«

»Maurice, bitte! Du weckst die Leute auf. Wir wollen hineingehen und alles in Ruhe besprechen.«

»Nein! Da gibt es nichts zu besprechen.« Er machte einen Schritt auf sie zu, und sie wich zurück.

»Du bist betrunken! Du weißt ja nicht mehr, was du sagst!«

Er machte einen weiteren Schritt.

»Maurice, hör mich an!«

Seine riesigen Hände kamen hoch, bewegten sich langsam und zielbewußt. Elsa Gammon hatte Zeit, die klobigen Umrisse wahrzunehmen, die schwarzen Haare auf den Fingern zu betrachten. Im nächsten Augenblick lagen die Hände auf ihren Schultern, und sie war bereit, sich einer romantischen Umarmung hinzugeben. Doch romantische Gedanken waren Maurice Gruber fern. Die Hände drängten sie rückwärts, am Geländer vorbei, zur Treppe.

»Maurice!« schrie sie und machte einen Schritt rückwärts, doch ihr Fuß zuckte ins Leere. Ohne einen Laut stürzte sie das Treppenhaus hinab und blieb auf der untersten Stufe liegen.

Hinter ihm ging eine Tür, und Gruber wirbelte herum. Gertrudes bleiches Gesicht starrte ihn an.

»Nein«, sagte er leise. »Nein ...«

»Elsa!« stöhnte Gertrude entsetzt.

»Nein! Es war ein Unfall! Sie ist rückwärts gegangen ... und gestürzt ...«

Gertrude eilte zur Treppe und starrte in die Dunkelheit hinab.

Dann wandte sie sich um. »Ein Unfall?« fragte sie schwach.

»Ja! Ich kann es beschwören!«

»Sie armer, armer Mann ...« Mitfühlend berührte ihn Gertrude am Arm. »Sie armer Mann! Sie zittern ja wie Espenlaub!«

Weitere Türen öffneten sich in Mrs. Wilkins' Pension.

»Kommen Sie herein«, sagte Gertrude wie in Trance und rieb seinen Arm. »Kommen Sie herein. Wir rufen die Polizei an, dann mache ich uns ein Täßchen Tee ...«

Einer, der nicht ausreißt

Wie dämlich man manchmal sein kann!« sagte Captain Ernest Fisher und knallte den Tintenlöscher so heftig auf den Tisch, daß das Kalenderblatt flatterte. Hogan, der Polizeilieutenant mit dem strahlenden Gesicht, blickte von den Aktenordnern auf, und seine hochgezogenen Augenbrauen waren eine einzige Frage.

Fisher raschelte mit dem Blatt, das er in der Hand hielt. »Zufällig werfe ich einen Blick auf diesen Wisch – den hier mit den Namen der Häftlinge, die auf Bewährung in unsere Gegend entlassen sind. Und dazu gehört auch Milt Potter.«

»Wer ist Milt Potter?«

»Soll das heißen, daß ich Ihnen von dem noch nichts erzählt habe?«

»Nein, Sir.«

»Werfen Sie mal einen Blick in den Ordner vom Jahre 46 – Rubrik ›Unterschlagung‹. Da finden Sie Milton Potter, genauso geschrieben, wie er ausgesprochen wird. Bringen Sie das Ding mal her, dann werde ich Ihnen die Geschichte erzählen.«

Hogan schob die Schublade zu, in der er herumgesucht hatte, und führte den Befehl aus; er legte den Aktenordner auf den Tisch des Captains und überflog die Eintragungen des ersten Vorgangs.

»Milton Potter«, las er dort, »34 Jahre, ledig, Arbeitgeber: Metro Investment Services Inc ...«

»Das ist er«, sagte Fisher. Er lehnte sich in seinen

Drehstuhl zurück und legte die Füße auf die Tischplatte. »Der zahmste Verbrecher, dem Sie in Ihrem ganzen Leben begegnet sind, oder vielleicht auch der kaltblütigste. Verschwand aus seiner Firma mit zweihunderttausend Dollar, als hätte er von einem Obstkarren einen Apfel geklaut. Und jetzt ist er also wieder ein freier Mann.«

»Auf Bewährung?«

»Ja – vor zwei Tagen entlassen«, sagte Fisher mit gerunzelter Stirn. »Zwölf Jahre lang stand sein Entlassungsdatum auf meinem Kalender – und dann vergesse ich, mir die Entlassungslisten anzusehen! Aber das ändert auch nicht viel an der Geschichte. Ob zwei Tage oder zwei Wochen – immerhin habe ich Potters Nummer.«

Der Captain zündete sich eine Zigarette an, legte dann das Päckchen vor sich auf den Tisch und bereitete sich darauf vor, eine lange Geschichte zu erzählen.

»Passiert ist die Sache damals im März 1946. Ich war noch ein unbeschriebenes Blatt wie Sie und vielleicht noch ehrgeiziger und arbeitswütiger, als Sie es jetzt sind. Als die Metro Investment den Schaden entdeckte, wurde ich zwar zugezogen, bekam aber nicht viel zu tun. Das erledigte Milt Potter für mich.

Potter war ein komischer Kerl. Er war klein, untersetzt und sah irgendwie wie eine Eule aus, und seine traurigen braunen Augen ähnelten denen eines Cockerspaniels. Seit er das College verließ, hatte er für die Metro Investment gearbeitet, alles in allem dreizehn Jahre, und verdiente immer noch bloß sechzig Dollar in der Woche. Familie hatte er keine, Freunde nur wenige. Er war ruhig, höflich, unauffällig und sorgfältig. Kein Mensch konnte irgendeine Geschichte von ihm erzählen oder ihn auch nur annähernd genau beschreiben – das stellten wir fest, als er plötzlich vermißt wurde. Und er erfüllte seine Pflichten, ohne jemals zu klagen oder seine geheimen Absichten anzudeuten, die jahrelang in ihm geschwelt haben müssen.

Und dann passierte es. Eines Tages erschien Potter nicht zur Arbeit, und keiner kümmerte sich groß darum. Erst als er am folgenden Tag auch nicht kam, verfiel irgend jemand auf die Idee, daß man doch einmal bei ihm zu Hause anrufen sollte, ob er sich ein Bein oder sonst irgend etwas gebrochen hätte. Am Telefon meldete sich jedoch niemand. Wirklich unruhig wurde man in der Firma erst weitere drei Tage später, als Potter immer noch nicht wieder aufgetaucht war. Und so lange brauchte man dort auch, bis man zum erstenmal Verdacht schöpfte – ein so unbeschriebenes Blatt war Milt Potter.

Jedenfalls nahmen die Leute schließlich Vernunft an und prüften Potters Bücher. Sie brauchten nicht einmal ihren Rechnungsprüfer zu bemühen, um festzustellen, daß irgend etwas nicht ganz stimmte. In Potters Abrechnungen wurden erhebliche Lücken entdeckt, und ferner fehlten erhebliche Beträge, die sich insgesamt auf rund zweihunderttausend Dollar beliefen. Eines stand jedenfalls fest: Potter hätte man solche Sachen am allerwenigsten zugetraut – aber ist das nicht immer so?

An diesem Punkt schnappte die Firma dann endgültig über und schrie nach der Polizei. Der Chef übertrug mir den Fall, und ich zog also los, um mich mit den Leuten zu unterhalten. Anschließend wollte ich mich mit Potters Wohnung beschäftigen, und was dabei herauskam, war doch ziemlich überraschend. Er war zwar nicht zu Hause, und auch seine Wirtin hatte keine Ahnung, wo er sein könnte – aber er hatte nicht den leisesten Versuch gemacht, seine Spur zu verwischen. Seine Anzüge und seine

Koffer befanden sich nach wie vor in dem Zimmer, und überall lagen Reiseprospekte herum. Allem Anschein nach hatte Potter Pläne gemacht, was er mit dem Geld anfangen wollte.

Ich rechnete mir aus, daß es nicht allzu schwierig sein dürfte, ihn zu finden, hatte dann jedoch keine Gelegenheit mehr zu zeigen, was ich konnte. Wahrscheinlich war das auch der Grund, weswegen ich mich über diesen Fall so aufregte – denn dieser krumme Hund verpatzte mir die Möglichkeit, zum erstenmal in meinem Leben einen wichtigen Mann zu verhaften! Am Tage, nachdem die Metro Investment die Polizei zugezogen hatte, erschien Milton Potter nämlich auf der Polizeiwache und stellte sich.

Genaugenommen war es gar nicht einmal so verwunderlich – viele Verbrecher, die so etwas zum erstenmal machen, verlieren die Nerven, sobald sie die Sache erledigt haben. Aber Potter sah keineswegs so aus, als wäre er ein Opfer seiner eigenen Angst. Er war ruhig und vernünftig, und alles, was er sagte, war: ›Hier bin ich, ich habe das Geld gestohlen: jetzt tut, was ihr tun müßt.‹

Stunde um Stunde habe ich ihn im eigenen Saft schmoren lassen, aber die ganze Zeit blieb er höflich und kühl. Nicht eiskalt wie einige dieser Halunken, mit denen wir manchmal zu tun haben, sondern kühl auf eine Weise, die schon beachtlich ist. Der einzige Punkt, über den er freiwillig nichts sagen wollte, war, wo er das Geld versteckt hatte. Sobald ich davon anfing, war er stumm wie ein Fisch. Er war bereit, für dieses Verbrechen ins Gefängnis zu wandern – gut. Aber die Moneten wieder herausrücken? Kam nicht in Frage.

Ich habe wirklich alles versucht und getan, ihn durch die Mangel zu drehen – auf völlig legitime Weise natürlich.

Ich erklärte ihm, daß er damit alles nur noch schlimmer machte, und daß für ihn fünfzehn oder zwanzig Jahre herausspringen würden, wenn er so weitermachte wie bisher. Ich versuchte ihm beizubringen, daß er wahrscheinlich einigermaßen ungeschoren davonkäme, wenn er das Geld wieder 'rausrückte – schließlich wäre er noch nicht vorbestraft. Und wenn er die zweihunderttausend zurückgäbe, würden sowohl die Metro als auch die Versicherung ziemlich sanft mit ihm verfahren. Genaugenommen versprach ich es ihm sogar.

Aber davon wollte Milt Potter nichts wissen; er blieb standhaft. Er behauptete, er hätte das Geld gestohlen, weil er glaubte, damit verschwinden zu können, hätte dann aber gemerkt, daß er nicht so gebaut wäre, um als ständig gejagter Verbrecher zu leben. Und die Vorstellung, den Rest seines Lebens immer gehetzt und verfolgt zu werden, hätte er nicht ertragen – er gehöre eben nicht zu den Leuten, die einfach türmten. Deshalb hätte er sich auch freiwillig gestellt. Was er aber mit dem Geld gemacht hätte? Das wäre eine völlig andere Geschichte. Und was wir mit ihm anstellen würden, wäre ihm restlos egal – zumindest so lange, wie er seine Beute nicht zurückzugeben brauchte. So hatte er sich alles ausgemalt, und so kam es dann auch.

Die Verhandlung verlief kurz und glatt. Er bekannte sich schuldig und bekam fünfzehn Jahre.

Ich wußte natürlich, was er damit bezweckte, und die anderen wußten es auch. Er hatte die Absicht, etwas zu investieren: seine Zeit und seine Freiheit. Der Gegenwert würde darin bestehen, daß er reich wäre, wenn er aus dem Gefängnis herauskäme. Ich vermute fast, daß er zu dem Typ gehört, dem das Gefängnisleben nicht viel ausmacht.

Während des Krieges war er fünf Jahre in der Army gewesen, und die ständige Bevormundung hatte auf seinen Charakter abgefärbt. Es gefiel ihm, wenn ihm genau gesagt wurde, wo er hinzugehen und was er zu tun hätte; ich versuchte ihm zwar beizubringen, daß ein Gefängnis doch etwas anderes sei, aber das schien ihn nicht weiter zu kümmern. Wie ich schon sagte, war das 1946. Potter war vom ersten Tage an ein mustergültiger Gefangener. Die meiste Zeit arbeitete er in der Bibliothek und las eine Menge – hauptsächlich Reisebücher. Wegen guter Führung wurden ihm drei Jahre Haft erlassen. Na, und nun hat er zwei Tage Vorsprung, aber das wird nichts ausmachen.«

Captain Fisher drückte seine dritte Zigarette aus, und Hogan sagte: »Und was jetzt, Captain? Wird er jetzt mit dem Geld verschwinden?«

Betrübt schüttelte Fisher den Kopf. »Jetzt geht es weiter. Damals, vor zwölf Jahren, wollte er mir nicht glauben, als ich es ihm sagte – aber seine Investition wird ihm nichts einbringen. Diese zweihunderttausend gehören ihm nicht, auch wenn er glaubt, sie durch seine Zeit im Gefängnis redlich verdient zu haben. Ich werde ihn mal besuchen und ihm einiges erzählen.«

»Heißt das, daß Sie ihn noch heute aufsuchen wollen?«

»Aber sicher«, sagte Fisher. »Diese Verabredung besteht doch schon lange.«

Die Adresse, die Captain Fisher von den Bewährungsbeamten erhielt, war eine Pension in der Nähe jener Gegend, in der Potter früher gewohnt hatte.

Potter war in Hemdsärmeln, als er dem Captain auf dessen Klopfen hin öffnete, und Fisher überlegte, ob das

Dutzend Jahre sich bei ihm genausowenig bemerkbar gemacht hatte wie bei dem ehemaligen Häftling. Potter war immer noch klein und untersetzt, ähnelte immer noch einer Eule und hatte immer noch dieselben braunen traurigen Augen, und das einzige Zeichen für die inzwischen vergangene Zeit waren ein paar kleine Falten im Gesicht und sein schütter gewordenes Haar. Er schien erstaunt zu sein, als er den Captain sah, und dann leicht verwirrt, als er ihn erkannte. Man merkte es seinen Augen an.

»Ich bin Captain Fisher – erinnern Sie sich noch an mich, Mr. Potter?«

»Natürlich«, sagte Potter nervös. »Kommen Sie herein.«

»Danke. Als wir uns zuletzt gesehen haben, war ich noch Lieutenant, Mr. Potter.« Er setzte sich in der Nähe des Fensters auf einen Stuhl und sah sich beiläufig im Zimmer um. Auf der eisernen Bettstelle lag ein Koffer, dessen Deckel geschlossen war.

»Und was wollen Sie, Captain?«

»Mich mit Ihnen unterhalten. Es war eine ziemlich lange Zeit, was?«

»Ja, das war es.«

»Soviel ich erfahren habe, hatten Sie sich im Gefängnis ziemlich gut geführt – Klagen über Sie sind mir nicht bekannt geworden. Es hat sich gelohnt, was? Daß Sie vorzeitig entlassen wurden, meine ich.«

»Ja«, sagte Potter, ohne ihn anzusehen. Er ging zum Waschbecken und ließ kaltes Wasser über seine Hände laufen.

»Ich will nicht lange herumreden, Mr. Potter. Ich bin aus einem ganz bestimmten Grunde hier, und wahrscheinlich wissen Sie, worum es dabei geht. Da ist immer noch die Geschichte mit den zweihunderttausend Dollar, und weder die Polizei noch die Versicherung haben die Absicht, sie in Vergessenheit geraten zu lassen. Die Tatsache, daß Sie Ihre Strafe verbüßt haben, berechtigt Sie noch lange nicht, das Geld zu behalten – mögen Sie selbst auch darüber denken, was Sie wollen.«

Potter antwortete nicht. Er trocknete seine Hände mit einem fadenscheinigen Handtuch ab und starrte dabei aus dem Fenster. In der Ferne ließ ein Dampfer seine Sirene zweimal aufheulen.

»Es hat keinen Sinn, den Taubstummen zu spielen, Mr. Potter. Jeder hat doch genau gewußt, was Sie vorhatten. Sie glaubten, Sie könnten sich das Geld sozusagen durch die Haft verdienen, aber so einfach liegen die Dinge nun einmal nicht. Und ich wollte Ihnen nur ein für allemal klarmachen, daß ich es für meine ganz persönliche Aufgabe halte, darauf zu achten, daß Sie Ihren Plan nicht durchführen können.«

Fisher wartete, daß Potter irgend etwas sagen würde. Und schließlich drehte der auf Bewährung Entlassene sich tatsächlich um, und als er sprach, war es beinahe ein Flüstern.

»Sie irren sich, Captain.«

»Meinen Sie?«

»Sie irren sich vor allem in mir. Ich weiß, daß alle Leute so denken, aber trotzdem irren sie sich. Ich habe das Geld gestohlen, weil ich es haben wollte, dringend haben wollte. Ich habe immer davon geträumt, eine Weltreise zu machen, schon als kleiner Junge, und dann konnte ich einfach nicht widerstehen, das Geld zu nehmen, wo es doch so einfach war. Aber als ich es dann an mich genommen hatte, merkte ich, daß ich kein Verbrecher bin – daß ich alles andere als ein Verbrecher bin.«

Er kam herüber und setzte sich auf den Stuhl, der Fisher genau gegenüber stand.

»Ich konnte die Vorstellung nicht ertragen, ständig gejagt zu werden, immer in Angst leben zu müssen, jedem Schatten auszuweichen und mich dauernd heimlich umzusehen. Schön – zu Anfang hatte ich wahrscheinlich die wildesten Ideen, meine Strafe abzusitzen und, sobald ich entlassen wäre, mit dem Geld zu türmen. Aber das wäre doch genau auf dasselbe hinausgelaufen – immer auf der Flucht, immer unterwegs und nie in der Lage, das zu genießen, was man sich mit Geld verschaffen kann. Ich bin nun einmal nicht so gebaut, Captain.«

Fisher starrte ihn an.

»Ich dachte, Gefängnis wäre gar nicht so schlimm, und in gewisser Weise war es das auch nicht. Aber ich hatte Zeit, mir alles genau durch den Kopf gehen zu lassen, und daher weiß ich jetzt, was ich zu tun habe. Wenn Sie das Geld also zurückhaben wollen, Captain – ich bin bereit, es Ihnen zu geben.«

»Was sind Sie?«

»Mein einziger Wunsch ist es, in Ruhe gelassen zu werden, Captain. Ich möchte nichts anderes als in Frieden leben. Verstehen Sie?«

»Wo ist das Geld?«

Potter schluckte.

»Hier – in diesem Zimmer.«

Er stand auf, ging zu dem Koffer, der auf dem Bett lag, und klappte den Deckel hoch. Bis zum Rand war er mit Geld vollgestopft.

Der Angestellte strahlte, als der untersetzte, einer Eule ähnliche Mann das Reisebüro betrat und sagte: »Ich interessiere mich für eine Schiffsreise rund um die Welt.«

»Sehr wohl, Sir.«

»Aber die schönste – haben Sie verstanden? Was sie kostet, spielt dabei keine Rolle.«

»Ich verstehe genau«, sagte der Angestellte.

Dankbar setzte Milt Potter sich hin. Die letzten drei Tage waren anstrengend gewesen. Es war kein Kinderspiel, bei zwanzig Banken vorzusprechen und mit zwanzig verschiedenen Namen zwanzig Abhebeformulare zu unterschreiben. Aber das war jetzt erledigt, und er hatte sein Geld bekommen. Ein Vermögen war es zwar nicht, aber doch mehr, als er in den letzten zwölf Jahren – in den zwölf steuerfreien Jahren, in denen er auch keine Unkosten gehabt hatte – jemals hätte verdienen, geschweige denn sparen können: vierundachtzigtausend Dollar Zinsen und Zinseszinsen, die seine Kapitalanlage im Laufe von zwölf Jahren eingebracht hatten.

Kompliment an den Chef

Jules Roband saß einsam in seinem schäbigen Hotelzimmer an der Sechsundvierzigsten Straße und machte sich Gedanken über eine lange Vergangenheit und eine kurze Zukunft. Er saß auf dem schlecht gepolsterten Bett, den kleinen braunen Umschlag mit weißem Pulver in der Hand, und betrachtete in dem fleckigen Schrankspiegel einen Jules Roband, wie es ihn noch nie gegeben hatte. Verschwunden war der mächtige Balkon seines Bauches. Fort waren die vollen apfelroten Wangen und das Diamantenfunkeln seiner Augen. Vergangenheit war das hochherrschaftliche Gebaren, wie es einem berühmten Küchenchef aus Europa anstand.

Er öffnete den Umschlag und blickte hinein. Wie harmlos die tödliche Chemikalie aussah! Wie einige Prisen zerstampften Zuckers, weiter nichts. Es hatte ihn Wochen und etliche Dollar seines geschrumpften Vermögens gekostet, das Gift aufzutreiben – ein geschmackloses Pulver, das seine Aufgabe schnell erfüllen würde – es sollte Jules Roband aus dem Elend ins Paradies entführen.

Wie dieses Paradies aussah? Er wußte es genau und brauchte nicht weiter darüber nachzudenken. Wenn es existierte, war es eine riesige hellschimmernde Küche mit blitzenden Töpfen und Pfannen und einer Speisekammer, die niemals leer wurde. Wie früher würde er Herr sein über dieses Reich, eine spitze weiße Baumwollkrone auf dem Kopf, und er würde für seine engelhaften Gäste jene hervorragenden Gerichte zaubern, die ihm seinen irdischen Ruhm eingetragen hatten. Ein echtes Paradies für einen Küchenchef, ein Paradies, das vor allen Dingen keinen Platz für jenen Mann hatte, der für sein vorzeitiges Ende verantwortlich war – Anton Verimee.

Verimee! M. Roband kam die Galle hoch, wenn er nur an den Namen dachte. Verimee! Wie konnte überhaupt soviel egoistische Grausamkeit in einem Namen enthalten sein, in einem kleinen, lächelnden Mann! Dabei war es nur ein Jahr, ein einziges kurzes Jahr her, daß Anton Verimee in sein Leben getreten war.

Damals war er Küchenchef des Martineau-Restaurants in New York, Anton dagegen nur ein kriecherischer Assistent, der mit schmeichelnden Worten nicht sparte. M. Roband amüsierte sich über die Lobhudeleien. Er hatte Komplimente von ganz anderen Kennern kulinarischer Genüsse vorzuweisen, von lebenslangen Mitgliedern der Escoffier-Gesellschaft, von den verwöhnten Gästen des *Tour d'Argent* und dreier anderer bekannter französischer Restaurants. Was kümmerten ihn da die Sprüche eines unbekannten zweiten Kochs? Unwichtig!

Doch Anton Verimee setzte seine Belagerung fort, und nach sechs Monaten trug die offensichtliche Ergebenheit und seine Bewunderung für M. Robands Spezialität, *Salmis de Bécasse*, erste Früchte. M. Roband erbarmte sich des jungen Mannes und begann ihn behutsam in dieses oder jenes seiner geheiligten kulinarischen Geheimnisse einzuführen, die Schätze seines Lebens.

Jules Roband war in jeder Beziehung ein großer Mann gewesen. Er war hochgewachsen, sein Leibesumfang eindrucksvoll und sein Appetit nicht minder. Er respektierte das Essen auf dem Herd wie auch auf dem Tisch, und natürlich waren ihm seine eigenen kulinarischen Schöpfungen die liebsten.

Anton Verimee war von anderem Kaliber. Er war ein schmächtiger Mann mit spitzen Gesichtszügen, der eher wie ein Friseur als wie ein Küchenchef aussah. Für Anton war die Gastronomie ein Mittel zum Zweck, doch er war nicht ohne Talent. Eines Tages, so sagte ihm M. Roband, würde er einen ganz ordentlichen Küchenchef abgeben in einem großen Chromrestaurant, in dem die Produktion von Mahlzeiten wichtiger war als die Schaffung von Meisterwerken.

Sechs Monate gingen ins Land – dann begannen die Schwierigkeiten. Der Anfang, so überlegte M. Roband später, wurde mit einer *Poitrine de veau farcie* gemacht. Als das Gericht fünf Minuten nach dem Auftragen in die Küche zurückgeschickt wurde, reagierte der Küchenchef schockiert-ungläubig.

»Der Gast sagt, das Fleisch wäre schrecklich«, verkündete der Kellner. »Soll nach Pfeffer schmecken.«

»Pfeffer?« fragte M. Roband und machte sich mit einer Gabel an dem gefüllten Kalbsbraten zu schaffen. Er schob einen Bissen in den Mund und ließ ihn auf der Zunge herumrollen. Dann stöhnte er auf, nicht aus Mitgefühl für den Kellner, sondern vor Kummer über das Verbrechen, das hier an dem alten Rezept verübt wurde. »Pfui!« sagte er. »Der Mann hat recht. Wirf das Zeug in den Müll. Ich sorge für Ersatz.«

Der Zwischenfall war beunruhigend, stellte aber nur den Anfang dar. Zur Mittagszeit wurde ein *Omelet Bretonne* zurückgeschickt, und M. Roband war viel zu entsetzt, um seinem Zorn Ausdruck zu verleihen.

»Der Gast findet es zu salzig«, sagte der Kellner.

»Salzig? Salzig?« M. Roband blies die Backen auf, als wolle er einen Sturm entfesseln. Er schob sich eine Gabel voll auf die Zunge und spuckte den Bissen aus. »Unmöglich! Unglaublich! Ich habe schon zehntausend *Omelettes Bretonne* gemacht! Warum ist ausgerechnet dieses salzig?«

Zwei Tage später kam die *Sole à la Marguery* zurück – und dann wurden in einer geradezu alptraumhaften Parade sämtliche Schöpfungen M. Robands retourniert – sogar seine berühmte Spezialität *Salmis de Bécasse*! Immer wieder wurde geklagt, bis sich schließlich der Geschäftsführer persönlich einschaltete.

»Ich verstehe wirklich nicht viel vom Kochen«, sagte Mr. Jameson, der verbindliche Geschäftsmann. »Aber in letzter Zeit, M. Roband – nun, vielleicht sind Sie müde. Vielleicht brauchen Sie ein bißchen Erholung.«

»Vielleicht«, sagte M. Roband traurig.

»Natürlich müssen wir einen Ersatz finden ...«

»Das ist kein Problem«, seufzte M. Roband. »Anton ist durchaus qualifiziert. Er hat im vergangenen Jahr viel gelernt.«

»Das verdanke ich Ihnen, *mon vieux*«, sagte Anton salbungsvoll.

M. Roband war nur zwei Wochen fort, doch für ihn waren es dreihundert einsame Stunden. Er war froh, als die »Erholung« vorbei war.

»Willkommen«, sagte Mr. Jameson lächelnd. »Es wird Sie freuen zu hören, daß sich Anton während Ihrer Abwesenheit gut gemacht hat.«

»Das freut mich«, sagte M. Roband schlicht.

Doch schon am ersten Tag ließen drei wichtige Gäste des Martineau ihre Bestellungen zurückgehen. Ihre Beschwerden fielen deutlich aus, und Mr. Jameson brach eine geheiligte Regel und drang in M. Robands Reich ein.

»M. Roband ...«

»Ich weiß, ich weiß«, sagte der Küchenchef. »Ich verstehe überhaupt nichts mehr. Ich koste jedes Gericht. Anton tut es mir nach; ich verlasse mich nicht allein auf mein Urteil. Ist das nicht so, Anton?«

»Ja«, sagte der Assistent und blickte Mr. Jameson seltsam an. »Ich koste jedes Gericht, Mr. Jameson.«

»Und Sie finden ebenfalls alles in Ordnung?«

Anton zuckte die Achseln. »Dazu möchte ich lieber nichts sagen.«

M. Roband starrte ihn an. »Wozu möchten Sie lieber nichts sagen, *mon ami*?«

»Es stimmt mich unglücklich, M. Roband. Nach allem, was Sie für mich getan haben.«

Der Küchenchef blies die Wangen auf. »Was soll das heißen?«

Der Assistent wandte sich mit grimmigem Gesicht an den Geschäftsführer, als habe er einer Pflicht zu genügen, die ihm mißfiel.

»Die Gerichte sind nicht gut«, sagte er gepreßt. »Es beschämt mich, M. Roband dies sagen zu müssen. Schließlich war er einmal ein Genie. Aber heute ...«

»Anton!« M. Robands Augen wurden groß wie Untertassen.

»Es schmerzt mich, so etwas zu sagen, Jules. Aber Sie haben nicht mehr das richtige Gespür.«

»Das ist eine Lüge!« brüllte der Küchenchef. »Dieser Mann ist ein Lügner, ein Verräter! Ich habe mich nicht geirrt ...«

»Irgend jemand hat aber«, stellte Mr. Jameson leise fest. »Wir sprechen ein andermal darüber.«

»Nein!« M. Roband ergriff eine Kelle und knallte sie auf den Rand des Herds. »Wir sprechen sofort darüber! Wenn Sie mich hinauswerfen wollen, tun Sie's gleich! Es gibt hundert Restaurants, die mir sofort das Doppelte Ihres lächerlichen Lohns zahlen!«

»Ein andermal, M. Roband ...«

»Ich bestehe darauf! Möchten Sie, daß ich gehe?«

»Wenn Sie das wünschen, M. Roband ...«

»Na schön!« Er riß Mütze und Schürze herunter und warf sie auf den Boden. »Ich kündige! Ich mache Schluß! Ich überlasse Ihnen Anton Verimee, den lügnerischen *cochon*! Mögen sich Ihre Gäste vor Magengrimmen am Boden winden!«

Mr. Jameson machte mit zornrotem Gesicht kehrt und verließ die Küche, und M. Roband stampfte zum Garderobenschrank. Anton folgte ihm. Auf seinem kleinen spitzen Gesicht stand ein seltsames Lächeln.

»Zuviel Salz«, sagte er herablassend und hob den Finger. »Zuviel Pfeffer. Zuviel dies, zuviel das ...«

M. Roband fuhr herum, und die Erkenntnis des an ihm begangenen Verrats traf ihn wie ein Keulenschlag.

»Sie!« sagte er heiser. »*Sie* waren das, Anton! Sie haben alles hinzugetan, den Pfeffer, das Salz ...«

Anton verschränkte die Arme und lachte. »Sie behandeln mich wie ein Kind, wie einen Dummkopf. Aber jetzt erweist sich, wer in dieser Küche der Schlaue ist, nicht wahr, M. Roband?« Diese Worte führten dazu, daß der beleibte Küchenchef mit Gegenständen zu werfen begann. Er zielte schlecht, der Zorn raubte ihm das Urteilsvermögen, und es dauerte nicht lange, bis Mr. Jameson die Polizei rief.

M. Roband erfuhr sehr schnell, welche bitteren Früchte dieser Tag brachte. Die besseren Küchen der Stadt, das erfuhr er in mehreren Anstellungsgesprächen, waren ihm verschlossen. Die Geschichte seines Versagens in der Martineau-Küche, die schockierenden Einzelheiten seiner Verhaftung sprachen sich schnell herum. Als er sich über seine Lage längst klar geworden war, verbrachte er noch viele Monate ohne Anstellung, ehe er sich überwand, die Räume eines zweitrangigen Restaurants an der oberen Lexington Avenue zu betreten. Der dortige Geschäftsführer war bei weitem nicht so pingelig, und M. Robands Erfahrung beeindruckte ihn. So wurde er wieder Küchenchef.

Das Glück währte aber nicht lange. In M. Robands mächtigem Körper saß ein mächtiger Stolz, der seinen Sturz herbeiführte. Er mißachtete die Klagen der Geschäftsleitung über seine zu teuren Einkäufe und wurde nach einem Monat bereits wieder gekündigt. Die nächste Stelle war noch schlimmer. Hier beschwerten sich die Gäste. Nicht seine Fähigkeiten waren schuld daran, sondern der mangelhaft entwickelte Geschmack dieser Leute, und als er höflich aufgefordert wurde, »ein wenig einfacher« zu kochen, stürmte er auf die Straße, die weiße Mütze stolz auf dem Kopf.

Und so ging es abwärts, von Job zu Job, mit schwindendem Prestige, schrumpfendem Einkommen und sinkendem Selbstvertrauen. M. Roband, einst ein großer Star am kulinarischen Himmel, wurde zur sterbenden Sonne. Ein Fehlschlag loste den nächsten aus, und als ihn eine Schlägerei in der Küche eines Spaghettirestaurants am Broadway die letzte Stellung kostete, sah er das Ende kommen.

Den Namen des Gifts hatte er nach wochenlangem Suchen in der Städtischen Bibliothek gefunden. Das Pulver war geschmacklos – für M. Robands Plan von besonderer Bedeutung. Auf typisch bombastische Weise gedachte der Küchenchef aus dem Leben zu scheiden. Er wollte die unfreundliche Welt als Gourmet verlassen, den Geschmack eines hervorragenden Essens auf der Zunge.

Er schob sich von der Bettkante und kleidete sich so sorgfältig, wie es seine heruntergekommene Garderobe zuließ. Dann fuhr er mit dem Taxi zum Martineau-Restaurant in der Dreiundfünfzigsten Straße.

Das Lokal schien hervorragend zu gehen. Sämtliche Tische waren besetzt. Hinter der Barriere des Samtseils wartete eine lange Schlange. Er fing den Blick des Oberkellners ein und stellte zu seinem Kummer fest, daß ihn der ehrfurchtgebietende Herr nicht erkannte.

»Tut mir leid, Sir«, begann er, doch M. Roband unterbrach ihn, ehe er die abgestoßenen Manschettenaufschläge und den zerfransten Hemdkragen bemerken konnte, und drückte ihm hastig eine Fünfdollarnote in die gestikulierende Hand. Der Oberkellner lächelte und führte ihn zu einem kleinen Tisch im hinteren Teil des Lokals.

»Bitte, Sir?« fragte der Kellner in herablassendem Ton.

»Potage aux bouquets«, bestellte M. Roband. *»Homard à la Morlaise, Salmis de Bécasse, Salade*, kein Nachtisch.«

»Jawohl, Sir«, antwortete der Kellner; sein spöttischer Ausdruck war verflogen.

Als er allein war, sah sich M. Roband unter den Gästen des Martineau um. Die zufriedenen Gesichter und die eifrig bewegten Bestecke bezeugten die Anerkennung, die das Essen fand. M. Roband war nicht unzufrieden, meinte er doch, daß er, Jules Roband, dem Martineau die besten Rezepte geschenkt hatte, ja sogar den Küchenchef.

Als die Suppe aufgetragen wurde, tauchte er den Löffel in die aromatischen Tiefen und beseufzte ekstatisch den herrlichen Geschmack. Der Hummer war nicht minder köstlich; dennoch wartete er nach diesem Gang gespannt auf die Hauptspeise, auf seinen *Salmis de Bécasse*.

Das Fleisch wurde aufgetragen, umgeben von einem Ring dampfender Kartoffeln, einen köstlichen Duft nach Lorbeer und Thymian verbreitend. Er betrachtete den Teller, die Erinnerungen genießend, die der Anblick heraufbeschwor, und zögerte den Augenblick hinaus, da er die letzte Zutat beimengen würde. Dann griff er in die Tasche, um den kleinen braunen Umschlag hervorzuholen.

Er wußte nicht, was ihn daran hinderte, die Bewegung zu vollenden – vielleicht ein Auflachen an einem benachbarten Tisch, die schnelle Bewegung eines Tabletts in Kellnerhand oder auch nur das instinktive Zurückzucken des Unterbewußtseins vor dem Gedanken an Selbstmord. Jedenfalls hielt er inne und starrte auf den Teller, während ihm der Schweiß auf die bleiche Stirn trat.

Dann schob er den Stuhl zurück und wischte sich mit der Serviette das Gesicht. Der Selbstmord war ihm so einfach erschienen, doch jetzt, da er wieder einmal die wahren Gaumenfreuden genießen durfte, kam ihm das Leben plötzlich wieder etwas lebenswerter vor.

Er wartete einen Augenblick und trank einen Schluck aus dem Wasserglas. Dann hob er langsam das Kinn von der Brust, als gebe es einen überraschenden Sonnenaufgang zu beobachten. Er riß eine Ecke des Umschlags ab und bestäubte das Gericht mit dem dünnen weißen Puder, der sich in der Buttersauce sofort auflöste.

»Kellner!« sagte er heiser.

Der rotbefrackte Mann blickte starr vor sich hin.

»Kellner!«

»Jawohl, Sir?«

»Dieser *Salmis de Bécasse*. Scheußlich!«

»Wie bitte?«

»Die Waldschnepfe schmeckt fürchterlich.«

»Aber Sir, das Gericht ist berühmt! Die Spezialität unseres Küchenchefs ...«

»Egal. Das hier taugt jedenfalls nichts. Geben Sie mir die Rechnung, und bringen Sie den Mist fort.«

Der Kellner zuckte die Achseln, kritzelte etwas auf die Rechnung und nahm die Platte vom Tisch. »Wie Sie wollen«, sagte er steif und trug den *Salmis de Bécasse* in die Küche des Martineau.

M. Roband wartete noch etwa fünf Minuten lang und aß von seinem Salat. Als er schließlich aus den Tiefen der Küche den abrupten Schrei hörte, einen Schrei, von dem er wußte, daß er aus der überraschten und mißhandelten Kehle Anton Verimees kam, stand er auf, legte Geld auf die Rechnung und ging mit großen Schritten zur Tür. Er war zwar noch immer hungrig, doch sehr befriedigt.

Anweisung ignorieren

In einer langen stahlgrauen Kassette, die in den Tresoren der Merchants Industrial Bank ruhte, bewahrte Warren Maddox eine Anzahl von Papieren auf, die sein Vermögen und seine Klugheit dokumentierten. Da war zunächst sein Testament, welches die beträchtlichen Besitztümer zwischen seiner Frau Evelyn und seinem Bruder und Anwalt Emanuel aufteilte und strenge Anweisungen enthielt, wie die beiden ihr geschäftliches, gesellschaftliches und privates Leben nach seinem Tode zu gestalten hätten. Ferner befanden sich in dem Schließfach Versicherungspolicen, die seine Familie und seine Geschäftspartner der Maddox-Gerätefirma schützen sollten. Weiterhin erstklassige Wertpapiere, Urkunden über Eigentumsanteile, Hypotheken, Vermietungen, Regierungsanleihen und andere eindrucksvolle Dokumente, die erkennen ließen, daß sich Warren Maddox ein felsenfestes Fundament geschaffen hatte. Das interessanteste Dokument in der Sammlung war aber vermutlich ein Brief, der an seine Frau und an seinen Anwalt gerichtet war und ein Datum trug, das etwa sechs Jahre zurücklag.

Warren hatte keine Mühe, sich dieses Datums zu erinnern. Es fiel zusammen mit der Entführung Curtis F. Barnwrights, des ehemaligen Präsidenten des Wirtschaftsklubs. Warren war im gleichen Jahr als Mitglied aufgenommen worden, und als die Nachricht in die gepolsterte Stille des Lesezimmers platzte, fand seine Reaktion das erstaunte Interesse der anderen Mitglieder.

»Ich weiß genau, was *ich* tun würde«, sagte er grimmig. »Ich würde den Schweinehunden keinen Pfennig zahlen! Ich würde sie von Anfang an wissen lassen, daß sie bei mir mit so etwas nicht durchkommen!«

Er schlug mit der Faust auf die rotlederne Armlehne seines Sessels und setzte ein grimmiges Gesicht auf. Das war keine Kleinigkeit, denn Warren war von Natur aus rosig-rund und wirkte wie ein übergroßer Säugling. Sein Verstand aber hatte nichts Säuglinghaftes; in der Gerätefirma wurde er insgeheim Peitschenschwinger genannt. Seine Aktennotizen schlugen ein wie Blitze. Seine Anweisungen hinsichtlich Bürostunden, Pünktlichkeit und Arbeitsleistung hatten den gnadenlosen Ton eines Diktators. Und nicht einmal nach Büroschluß legte er die Peitsche aus der Hand; seine Frau und Hausangestellten spürten sie nicht weniger als die Firmenangehörigen. Nur in den stillen Mauern des Wirtschaftsklubs entspannte sich Warren, doch selbst hier wußten die anderen Mitglieder, daß sie es mit einem Mann von unbeugsamem Willen zu tun hatten. Und wenn sie es nicht wußten, klärte Warren sie schnell auf.

Im Sessel neben Maddox verzog Brauereipräsident Berolzheimer den humorvoll geschwungenen Mund. Er gehörte zu den unaufgeklärten Mitgliedern, die Warrens strenge Lebenseinstellung nicht teilten.

»Warren, das verstehe ich nicht«, sagte er gelassen. »Soll das heißen, Sie würden sich weigern, Lösegeld zu zahlen?«

»Und ob! Das ist ja heute das Problem bei den Leuten – keine Willenskraft! Wenn die gemeinen Verbrecher genau wüßten, daß sie von Barnwrights Frau keinen roten Heller bekommen, müßten sie ihn freilassen.«

»Sie könnten ihn natürlich auch umbringen«, meinte Berolzheimer.

Warren bedachte den Einwand. »Nein, das wäre nicht vernünftig. Kidnapping ist eine Sache, Mord eine andere. Sobald die Kerle wissen, daß es keinen Sinn hat, sind sie besser dran, wenn sie ihn unverletzt freilassen. Nur das ist eine gesunde Einstellung zum Geschäft.«

»Aber was ist, wenn es sich nicht um gute Geschäftsleute handelt? Nicht alle Verbrecher lesen das *Wall Street Journal.*« Berolzheimer hatte die Lacher auf seiner Seite, und Warrens Gesicht rötete sich.

»Dazu muß ich feststellen, daß gerade der alte Barnwright nicht als guter Geschäftsmann gehandelt hat. Hätte er eine Anweisung hinterlassen, niemals Lösegeld zu zahlen, wäre so etwas gar nicht erst passiert, garantiert.«

»Wirklich? Haben Sie es denn getan, Warren?« Dem Brauer schien das Gespräch Spaß zu machen, während Warren immer nervöser wurde.

»Nein, aber ich hole es so schnell wie möglich nach, bei Gott!« sagte er energisch. »Wenn diese Schurken *wissen*, daß wir nicht zahlen, lassen sie uns in Ruhe. Ist doch vernünftig, oder?«

»Mag schon sein. Ich will nur hoffen, Warren, daß Sie nicht mal auf Verbrecher stoßen, die vernunftwidrig handeln.«

Warren Maddox vergaß diese prophetischen Worte schnell wieder, doch erst nachdem er den Brief geschrieben hatte. Noch am gleichen Abend zog er sich in die Bibliothek seines eindrucksvollen Hauses zurück und bekritzelte ein halbes Dutzend teure Leinenbogen, ehe er das Dokument erstellt hatte, das seinen Geschäftssinn und sein literarisches Empfinden gleichermaßen zufriedenstellte:

An meine Frau Evelyn Maddox und meinen Rechtsanwalt Emanuel Maddox:

Sollte es je dazu kommen, daß ich entführt werde, ergeht hiermit die Anweisung, jedes Ersuchen um Lösegeld zu ignorieren, ob es nun von den Verbrechern oder von mir selbst ausgeht. Egal, welche Mitteilungen eintreffen, egal, wie dringend ich darum ersuche, diese Anweisung zu ignorieren – es darf auf keinen Fall gezahlt werden.

Gezeichnet, Warren G. Maddox

Nach dem Abendessen zeigte er den Brief seiner Frau, und sie sagte: »Aber Warren, das ist ja schrecklich! Wenn man dich nun *umbringt*? Das meinst du doch nicht ernst!«

»Unsinn! Wenn die Kerle wissen, daß ich nicht zahle, können sie gar nichts tun. Aber denk daran, Evelyn, laß dich nicht täuschen. Egal, wozu mich die Entführer zwingen – du ignorierst alles!«

»Glaubst du wirklich, daß so etwas passieren könnte?«

»Natürlich nicht. Aber für den Notfall – denk an meine Anweisungen! Das ist ein Befehl.«

Als sich die Nachricht von seinem mutigen Vorstoß bei Freunden und Klubkollegen herumsprach, stand Warren wie ein Held da. Der alte Barnwright, dessen nervöse und machtlose Frau das Lösegeld gezahlt hatte, das ihm die Freiheit zurückgab, ging in den Ruhestand und starb kurze Zeit später. Die Berichte über sein Leiden waren aber schneller wieder vergessen als Warren Maddox' Brief, der jetzt zwischen seinen Aktien und Rentenpapieren im Kellertresor der Merchants Industrial ruhte.

Natürlich hatte Warren wenig Grund zu der Besorgnis, daß seine Anweisungen jemals ausgeführt werden mußten. Das Risiko, daß sich ein weiterer Entführungsfall ereignen würde, war denkbar gering, auch wenn die reichen Mitglieder des Wirtschaftsklubs eine gewisse Verlokkung darstellten. Leider aber wurde diese Unwahrscheinlichkeit gerade in Warrens Fall zur Realität.

Als es geschah, fuhr er gerade im besten der drei Wagen der Maddox-Familie, einem schicken schwarzen Fleetwood mit breiten Schwanzflossen, vom Golfplatz nach Hause. Er stoppte gehorsam vor einer roten Ampel und achtete kaum auf den linkischen Mann im schimmernden blauen Anzug, der aus einem geparkten Plymouth stieg und über die Straße auf ihn zukam. Als der Mann auf der Beifahrerseite an das Fenster klopfte, drückte er auf den Knopf, der das Glas heruntersurren ließ. Er nahm an, der Mann wollte eine Auskunft, doch statt dessen griff er herein und entriegelte die Tür, ließ sich auf den Beifahrersitz fallen und zog eine furchteinflößende graue Automatic.

»Fahren Sie weiter, Mr. Maddox. Bitte hübsch langsam. Und keine Tricks!«

Warren stotterte etwas, und der Mann, ein stämmig gewachsener Bursche mit schlechtem Teint, lachte und ließ sich gemütlich in das weiche Polster sinken.

Als sie etwa eine halbe Meile zurückgelegt hatten, sagte der Mann: »Jetzt nach rechts auf den Boulevard, dann weiter, bis Sie ein Schild sehen, auf dem Macon Avenue steht. Dort sage ich, wie es weitergeht.«

»Was wollen Sie von mir?« fragte Warren mit schriller Stimme. »Ich habe nicht viel Geld bei mir ...«

»Bleiben Sie ruhig, Mr. Maddox. Ihre Brieftasche interessiert uns nicht – sondern Ihr hübsches gepolstertes Bankkonto.«

In diesem Augenblick wurde Warren klar, daß er sich in den Händen von Entführern befand. Die Erkenntnis ließ einen eisigen Schauder über seinen Körper laufen, von der breiten haarlosen Stirn bis hinab zum Zeh, der auf das Gaspedal drückte. Er begann so heftig zu zittern, daß der Wagen im Zickzack fuhr und der linkische Mann seine Fahrkünste auf eine Weise verwünschte, die sich Evelyn, seine Frau, nie herausgenommen hatte.

Sie bogen in die Macon Avenue ein, und der Mann dirigierte ihn durch eine Vielzahl von Nebenstraßen, von deren Existenz er bis jetzt nichts gewußt hatte. Als sie eine Stunde später ihr Ziel erreichten, war er mit den Nerven herunter, und das Blechkleid des Cadillac war mit rötlichen Lehmspritzern bedeckt. Der linkische Mann richtete die Waffe auf ihn und ließ ihn aussteigen. Dann gingen sie ein Stück hügelaufwärts zu einem Bauernhaus, das ein ödes, ungepflügtes Feld überschaute. Links vom Haus erhob sich eine Scheune mit halb eingestürztem Dach; Warren sah das Heck des Plymouth in der Scheuneneinfahrt.

Drinnen wartete ein zweiter Mann, in der Hand eine nicht minder bedrohliche Waffe. Er ähnelte noch mehr einem Gangster als der andere; er hatte die dicke Zunge, die knochenlose Nase und das Narbengewebe eines Ex-Boxers.

»Hier ist unser Baby«, sagte der linkische Mann leise lachend und schloß die Tür mit einem Fußtritt hinter sich. »Verwöhn ihn, Leo, damit er sich wie zu Hause fühlt. Ich fahre zunächst den Caddy in die Scheune.«

Leo steckte die Waffe ein. »Haben Sie schon Mittag

gegessen?« fragte er höflich. »Ich wollte uns gerade ein paar Eier braten.« Er rückte einen Holzstuhl zurecht, und Maddox setzte sich mit bleichem Gesicht. Der linkische Mann verschwand nach draußen, und gleich darauf war das leise Summen von Warrens Wagen zu hören, der in die Scheune gefahren wurde.

Als er von seinem Unternehmen zurückgekehrt war, sagte Warren: »Hören Sie mal gut zu, bitte. Sie machen einen schweren Fehler. Es bringt Ihnen nichts, mich hier festzuhalten; meine Familie wird kein Lösegeld bezahlen.«

»Warum nicht?« fragte Leo. »Sind Sie so unbeliebt?«

»Das ist es nicht«, sagte Warren verzweifelt. »Man wird kein Lösegeld bezahlen, weil ich eine entsprechende Anweisung hinterlassen habe. Vor langer Zeit schon. Es hat also gar keinen Sinn, überhaupt Geld zu fordern, verstehen Sie?«

Die beiden Männer blickten sich an, offenbar unberührt von Warrens Worten. »Hören Sie«, fuhr Warren fort. »Sie müssen doch über mich Bescheid wissen, Sie müssen gehört haben ...«

Der linkische Mann zuckte die Achseln. »Wir haben gar nichts gehört, Mr. Maddox. Wir haben Sie gewissermaßen durch Los ermittelt. Vor ein paar Wochen stand Ihr Bild in der Zeitung, wissen Sie noch? Irgendeine Stiftung. Wir haben uns ausgerechnet, wenn Sie für wohltätige Zwecke soviel Geld übrig haben, müßten auch ein paar Dollar für uns dabei herausspringen. Habe ich recht, Leo?«

»Und ob«, sagte sein Partner. »Was ist nun mit den Eiern, Mr. Maddox? Spiegel oder Rühr?«

»Aber Sie verstehen mich nicht! Ich habe meiner Frau und meinem Anwalt strengstens untersagt, Lösegeld zu zahlen – unter keinen Umständen! Sie verschwenden mit mir nur Ihre Zeit, begreifen Sie das denn nicht?«

»Aber wir haben Sie nun mal hier, Mr. Maddox. Machen Sie's uns also nicht unnötig schwer, ja? Leo ...«

»Ja?«

»Vielleicht solltest du den Brief sofort abschicken.«

»Was ist mit dem Essen?«

»Später. Ich glaube nicht, daß Mr. Maddox großen Hunger hat. Habe ich nicht recht, Mr. Maddox?«

»Nein«, sagte Warren und fuhr sich mit der feuchten Handfläche über die schweißnasse Stirn.

Es dauerte fast dreißig Stunden, ehe Warren Maddox den Inhalt des Briefes erfuhr, den die Entführer abgeschickt hatten. Warren schwankte in dieser Zeit zwischen Entrüstung, Angst und hilfloser Langeweile. Seine Bewacher gewährten ihm freien Zugang zu den drei Räumen des Bauernhauses: eine schmutzige Küche, ein kahles Wohnzimmer und ein enger Schlafraum mit zwei Pritschen. Ein Kofferradio unterrichtete sie über die Außenwelt, doch dauerte es bis fünf Uhr am nächsten Nachmittag, ehe das Verbrechen bekanntgegeben wurde.

»... die Entführer Warren Maddox', des Präsidenten der Maddox-Gerätefirma, fordern zehntausend Dollar für die Freilassung des Geschäftsmannes. Emanuel Maddox, der Bruder und Anwalt des Opfers, erklärte dazu, das Lösegeld werde unter keinen Umständen gezahlt. Dies gehe auf eine Anweisung seines Bruders zurück ...«

»Sehen Sie? Sehen Sie?« sagte Warren aufgeregt zu den beiden Entführern. »Sie zahlen nichts. Ich hab's Ihnen doch gleich gesagt! Sie verschwenden nur Ihre Zeit!«

»Leo«, sagte der linkische Mann leise. »Gib Mr. Maddox Papier und Füller. Mr. Maddox, Sie setzen sich jetzt hin und schreiben Ihrer Familie, sie soll die Anweisung vergessen und blechen. Los, schreiben Sie schon!«

»Aber das nützt doch nichts! Ich habe gleich darauf aufmerksam gemacht, daß man mich zwingen könnte, so etwas zu schreiben ...«

»Schreiben Sie den Brief trotzdem, Mr. Maddox!«

Maddox schrieb den Brief, der die Entführer zufriedenstellte. Es handelte sich um eine geschäftsmäßig-nüchterne Nachricht an Evelyn, worin er zum Ausdruck brachte, er habe sich mit der ursprünglichen Anweisung geirrt und bäte sie, das Geld wie verlangt zu zahlen. Leo, der Ex-Sträfling, gab den Brief in der Stadt auf.

Am folgenden Nachmittag kam die Antwort durch das Radio.

»... erhielt die Maddox-Familie eine neue Lösegeldforderung, vom Opfer der Entführung wohl unter Zwang geschrieben. Mrs. Evelyn Maddox, die Frau des bekannten Geschäftsmannes, sagte: ›Mein Mann rechnete damit, daß man ihn zwingen würde, einen solchen Brief zu schreiben, und hat mich angewiesen, alle Geldforderungen zu ignorieren ...‹«

Der linkische Mann fluchte und schaltete das Radio aus. »Na schön«, sagte er gepreßt. »Wenn Sie das Spielchen so haben wollen, ändern wir die Regeln. Leo, hol mir ein Küchenmesser.«

»Aber klar«, sagte der Ex-Sträfling. Er ging in die Küche und kehrte mit einem Schneidemesser zurück, einer langen gekrümmten Klinge mit braunem Griff und funkelnder Spitze.

»Was haben Sie vor?« fragte Warren und verlor auch noch das letzte Quantum Farbe aus dem Gesicht.

»Wir werden beweisen, daß wir es ernst meinen. Wir legen dem nächsten Brief einen Ihrer Finger bei, damit Ihre Leute endlich erkennen, daß wir nicht mehr lange fackeln.«

»Aber das können Sie doch nicht tun! Es ist nicht fair!«

»Welche Hand soll es sein, Mr. Maddox?«

Warren versteckte die molligen Hände hinter dem Rükken. »Nicht! Sie können das doch nicht tun!«

»Hören Sie, Mr. Maddox, mir gefällt diese Masche auch nicht besser als Ihnen. Aber die Kiste ist ziemlich verfahren, da haben wir kaum eine andere Wahl. Also ran ans Werk, Kumpel. Rechts oder links?«

»Nein!« kreischte Warren, als Leo sein Handgelenk packte. »Ich zahle das Geld doch, ja, ich versprech's Ihnen!«

»Ja? Wie denn?«

»Ich schreibe meiner Frau noch einmal! Diesmal überzeuge ich sie. Ich bringe sie dazu, die Anweisung außer acht zu lassen!«

»Sie glauben, das können Sie?«

»Natürlich kann ich das! Ich kenne doch meine Frau. Geben Sie mir Papier und Füllfederhalter!«

»Leo!« sagte der linkische Mann.

Mit unsicherer Hand und begleitet von zahlreichen Tintenflecken, schrieb Warren:

Liebe Evelyn,

dieser Brief wird nicht unter Zwang geschrieben. Man bedroht mich mit Verstümmelung. Du mußt alle früheren Anweisungen ignorieren und die zehntausend Dollar wie gefordert schicken. Dies ist ein Befehl.

Warren

Doch vierundzwanzig Stunden später warteten die Männer noch immer vergeblich auf das Lösegeld.

»Ich habe jetzt genug!« sagte der linkische Mann zornig und trat so heftig gegen einen Holzstuhl, daß das Bein abbrach. »Wir haben mit Ihnen viel Zeit verschwendet, Kumpel, und kommen keinen Zentimeter vom Fleck!«

»Aber ich hab's Ihnen doch gleich gesagt!« jammerte Maddox. »Man wird mir nicht glauben ...«

»Dann müssen wir's eben auf meine Art versuchen. Ein kleiner chirurgischer Eingriff wird sie überzeugen. Los, Leo, wo hast du das Messer gelassen?«

»Nein! Nein!« kreischte Warren, und Schweiß erschien in seinem dünnen blonden Bartflaum auf Wangen und Kinn. »Lassen Sie mich noch einmal schreiben, bitte. Ich *weiß*, daß ich Evelyn überzeugen kann! Ich *weiß* es! Bitte!«

»Beim letztenmal sah es aber anders aus.«

»Sie müssen es mich versuchen lassen! Sie müssen!«

Der linkische Mann seufzte.

»Leo«, sagte er müde.

Angespannt hockte Warren über dem Küchentisch und versuchte die Füllfeder in seine Gewalt zu bekommen. Das Ergebnis war kaum lesbar, doch der dahinterstehende Wille war klar.

Evelyn –

Du mußt mir glauben. Mir ist gleichgültig, was ich Dir vor sechs Jahren gesagt habe. Die Männer werden mir die Finger abschneiden und sie Dir nacheinander schicken. Wenn Du das Geld nicht sofort schickst, erleide ich fürch-

terliche Folterqualen. Du mußt meine Anweisungen ignorieren und sofort das Lösegeld schicken. Warren

Vierundzwanzig nervenaufreibende Stunden vergingen.

Doch das Geld wurde nicht gezahlt.

»Das war's dann«, sagte der linkische Mann. »Dieser Kerl hat uns richtig hineingeritten! Ich glaube nicht, daß man die Sore rausrückt, selbst wenn wir seine Arme und Beine schicken.«

Leo blickte traurig drein. »Was machen wir?«

»Machen? Gibt nur eine Möglichkeit. Wir murksen ihn ab und vergraben ihn in der Scheune. Dauert bestimmt Jahre, bevor er dort gefunden wird, dann sind wir schon eine Million Meilen weg von hier ...«

»Das können Sie doch nicht tun!« kreischte ein dünner, bleicher, heruntergekommener Warren Maddox. Er umklammerte den blauen Ärmel des Entführers und flehte ihn an: »Sie können mich doch nicht umbringen! Ich schicke Ihnen das Geld, ich schwör's! Ich schicke Ihnen *zwanzig*tausend Dollar, dreißig, was Sie wollen!«

»Was für hübsche Versprechungen!«

»Nein, ich meine es ernst! Wenn Sie mich freilassen, gebe ich Ihnen viel Geld. Ich schwör's! Sie können mir vertrauen! Bitte lassen Sie mich frei!«

Leo schnalzte mitfühlend mit der Zunge. »Ein hartes Los, wie? Nicht mal die eigene Familie will ihm aus der Patsche helfen ...«

»Nein!« ächzte Warren Maddox haltlos. »Lassen Sie mich am Leben. Ich will es noch einmal versuchen. Lassen Sie mich noch einen Brief schreiben.«

Der linkische Mann warf widerwillig die Arme hoch.

»Na schön, na schön. Noch ein letztesmal. Aber dann ist Schluß. Wenn dieser Brief nichts bringt ...«

»Tut er bestimmt!« schwor Warren. »Tut er bestimmt!«

Er nahm den Füllfederhalter und schrieb:

Evelyn –

wenn Du mich überhaupt noch liebst, mußt Du mir glauben. Die Männer sind verzweifelt. Sie bringen mich um, wenn das Geld nicht gezahlt wird. Du mußt mir glauben! Sie werden mich foltern und töten, wenn Du nicht zahlst. Mir ist gleichgültig, was ich Dir früher gesagt habe. Du mußt das Geld schicken, oder ich bin ein toter Mann. Um Gottes willen, Evelyn, schick das Geld!

Warren

Am Nachmittag des sechsten Tages, den Warren Maddox in Gefangenschaft verbrachte, kam Ex-Sträfling Leo ins Haus gelaufen, in der Hand schwenkte er eine Einkaufstüte aus Papier.

»Ich hab's! Ich hab's!« brüllte er heiser.

Der linkische Mann stieß einen heiseren Freudenschrei aus, und die beiden schütteten den Inhalt der Tüte auf den Küchentisch. Zwischen Konservendosen und Gemüse lag ein fest verschnürtes braunes Paket. Sie rissen es auf und lachten beim Anblick der sauberen Banknoten mit den vielen Nullen.

»Hat funktioniert wie nichts«, meldete Leo eifrig. »Ich treibe mich auf dem Parkplatz des Supermarkts herum, da kommt der große Oldsmobile vorbei, mit etwa neunzig Sachen. Das Paket wird vom Rücksitz rausgeworfen, so wie wir's verlangt haben. Ich tue das Ding in die Einkaufstüte und gehe zum Wagen.«

»Bist du sicher, daß man dir nicht gefolgt ist?«

»Nein. Die haben uns ernst genommen, die haben wirklich geglaubt, wir murksen Maddox ab, wenn sie uns beschatten.«

Das Objekt ihres Gesprächs stand abgemagert und mit umflortem Blick in der Schlafzimmertür und traute seinen Augen kaum.

»Es ist da?« fragte Warren schwach. »Das Geld ist da?«

»Richtig, Kumpel. Deine Frau hat endlich geblecht.«

»Gott sei Dank!« flüsterte Warren.

Der linkische Mann musterte ihn abschätzend. »Das Problem ist nur – ich frage mich, ob es nicht trotzdem das Beste wäre, ihn ...«

»Ach, laß mal«, sagte Leo. »Wir haben's ihm *versprochen*. Außerdem habe ich keine Lust auf eine Mordanklage. Laß den Burschen ziehen.«

»Er kann uns doch identifizieren, oder?«

»Na und?« fragte der Ex-Sträfling. »Wir nehmen seinen Caddy mit und lassen ihn zu Fuß nach Hause gehen. Wenn der an der Schnellstraße ist, sind wir längst über die Grenze.«

»Na schön«, sagte der linkische Mann mürrisch. »Dann wollen wir mal ...«

Evelyn Maddox umfaßte den Arm des Arztes, der das Schlafzimmer im Obergeschoß des Maddox-Hauses verließ.

»Wie geht es ihm, Doktor? Wird er wieder gesund?«

»Sie brauchen sich keine Sorgen zu machen, Mrs. Maddox. Ein bißchen Erschöpfung, ein kleiner Schock, nichts weiter. Stimmt es übrigens, daß man die Entführer gefaßt hat?«

»So kann man sagen.« Sie erschauderte. »Sie wurden

von der Polizei verfolgt, und ihr Wagen überschlug sich. Leider sind beide ...«

Der Arzt schüttelte den Kopf. »Schreckliche Dinge passieren heute. Aber wegen Ihres Mannes können Sie wirklich ganz unbesorgt sein, es geht ihm bestens. Übrigens hat er nach Ihnen gefragt.«

»Kann ich zu ihm?« fragte Evelyn.

»Natürlich.«

Langsam öffnete Evelyn die Tür. Die Jalousien waren herabgelassen. Im Zwielicht wirkte Warren Maddox' runder Kopf wie der eines Kindes.

»Warren?« fragte sie leise.

Seine Lider zuckten hoch, und seine Lippen preßten sich zusammen.

»Ach, du?«

»Ja. Ist etwas?«

»Und ob!« Er richtete sich auf und fuchtelte ihr mit einem dicklichen Finger unter der Nase herum. »Habe ich dir nicht gesagt, du sollst *niemals* Lösegeld zahlen? Na? Antworte!«

»Aber Warren ...«

»Keine Entschuldigungen. Ich habe dir gesagt, du sollst den Schweinehunden keinen roten Heller zahlen, egal was für Briefe ich schicke, egal, was ich schreibe. Das ist das Problem mit dir, Evelyn. Überhaupt mit allen Leuten heutzutage. Es gibt keine Willenskraft mehr. Kein bißchen Willenskraft!«

Vermißtmeldung

Seine Duplexwohnung in der Park Avenue enthielt Einrichtungsgegenstände im Wert von über einer halben Million Dollar; sein Haus in Southampton umfaßte vierundzwanzig Zimmer; doch am liebsten hielt sich Bradley Coates den Sommer über am Moon Lake in den Adirondacks auf, wo seine bescheidene Acht-Zimmer-Hütte halb verborgen zwischen Kiefern auf einer Berghöhe saß. Freunde nahmen an, die Natur locke ihn immer wieder dorthin, andere mutmaßten, es sei die gefühlsmäßige Erinnerung an die Vergangenheit. Immerhin hatte Coates hier dreimal die Flitterwochen verbracht und zweimal in der Hütte auf die Scheidung gewartet.

Coates war nicht beliebt. Die Reichen mochten ihn nicht, weil er sie ablehnte. Die Armen mochten ihn nicht, weil er sie vernachlässigte. Er ignorierte die Verpflichtungen und Segnungen seines Standes, Geld für wohltätige Zwecke hatte er nur, wenn die steuerlichen Vorteile klar auf der Hand lagen; er gab keine Parties und ging auch nicht zu den Parties anderer Leute. Er lenkte seine Gießereifirmen mit der starken Hand des bulligen Vorarbeiters. Gegenüber Männern gab er sich kurzangebunden, Frauen behandelte er grausam. Seine beiden ersten Frauen hatten nichts dagegen gehabt; sie hatten ihn verlassen und konnten nun von großzügigen Abfindungen leben. Seine dritte Frau, Martha, war weniger verständnisvoll und weniger geduldig gewesen. Vor sechs Monaten hatte sie ihn verlassen und alle seine Bemühungen, sie wiederzufinden, vereitelt. Er verabscheute Gesellschaft jeder Art und war isoliert, wo immer er sich befand; seine Berghütte sorgte für ein Höchstmaß an Abgeschiedenheit. Dies war der wirkliche Grund für seine Hinwendung zum Moon Lake; die Freunde irrten. Eigentlich konnte man in diesem Zusammenhang nur in der Einzahl sprechen. Er hatte nur einen Freund: Stuart Pell, seinen geschäftsführenden Vizepräsidenten.

»Hol uns mal ein paar Drinks und komm auf die Veranda«, sagte Coates eines Abends zu ihm. »Ich habe mir die Produktionsziffern angesehen, die du mir geschickt hast. Die gefallen mir ganz und gar nicht.«

Pell, ein hagerer Mann mit krausem grauem Haar, griff in seine Westentasche und zog eine altmodische Taschenuhr hervor. »Es ist elf Uhr«, sagte er. »Ich bin nicht hier, um über die Produktion zu sprechen, sondern über dich.«

»Komm raus!« knurrte Coates. »Schnapp frische Luft. Der Kummer mit dir ist, daß du nie frische Luft kriegst.« Er spannte die mächtige Brust.

Sie standen unter dem weiten Vordach der Hütte. Der Mond schimmerte rund und unwirklich über dem kleinen See. Coates ließ sich in einen Rohrsessel fallen, schaltete das Radio neben sich ein und übertönte den Chor der Grillen mit Musik. Coates haßte Grillen. »Na schön«, sagte er. »Weshalb über mich?«

»Du machst dir zu viele Feinde«, sagte Pell nüchtern. »Dein Verhalten bei der Direktoriumssitzung letzte Woche war unmöglich. Und dann der Reporter, den du rausgeworfen hast ...«

»Verdientermaßen«, sagte Coates.

»Er hat nur seine Arbeit getan, Brad. Ein Mann wie du – das bedeutet eben Schlagzeilen.«

»Für die Wirtschaftspresse lasse ich das gelten. Er aber hat sich persönlich geäußert. Mein Liebesleben geht niemanden etwas an.«

Pell seufzte. Er zündete sich eine Zigarre an, rauchte eine Weile ruhig vor sich hin und ließ die Walzerklänge des örtlichen Radiosenders über sich ergehen. Er wollte schon den Mund öffnen, um weiterzusprechen, als ihm eine fremde Stimme aus dem Lautsprecher zuvorkam. »Schalte doch das verdammte Ding ab!« sagte Pell irritiert.

Coates rührte sich nicht; er saß völlig entspannt da.

»Wir unterbrechen unsere Walzersendung für eine Nachricht der Adirondacks-Polizei«, verkündete der Sprecher. »Anwohner und Campingurlauber in der Gegend des Moon Lake werden gebeten, nach der sechsjährigen Marilyn Dworkin Ausschau zu halten, die heute nachmittag um vier Uhr vom Campingplatz ihrer Eltern verschwunden ist. Das Kind schwimmt gern, und man befürchtet ...«

»Um Himmels willen, Brad, was ist nun wichtiger?« Pells Gesicht schimmerte bleich im Mondlicht. »Ich bin hundert Meilen gefahren, um mit dir zu sprechen, und du schenkst mir nicht mal fünf Minuten!«

»Halt den Mund, ja?« Coates machte sich die Mühe, das Radio näher heranzuziehen. »Ich möchte das hören ...«

»... Forstpersonal«, sagte der Sprecher. »Die Eltern, Mr. und Mrs. Charles Dworkin aus New York City, konnten keine Angaben über den Verbleib des Kindes machen. Ein Rettungshubschrauber wurde in Marsch gesetzt, mußte aber die Suche bei Einbruch der Dunkelheit einstellen. Warten Sie bitte weitere Durchsagen dieses Senders ab ...«

»Na schön«, sagte Pell mürrisch. »Wenn du so darüber denkst, bitte sehr.«

»Wie bitte? Was?« fragte Coates und drehte sich zu ihm um. »Was brummst du da vor dich hin?«

Pell bemerkte die Veränderung in Coates' Augen, und seine Neugier überwog den Zorn. »Was ist nur los mit dir? Kennst du diese Dworkins oder was?«

»Nein, habe nie von ihnen gehört.« Coates stand auf. Er blickte über die Kiefernwipfel des Tals in die intensive Schwärze der Wälder hinab, die den See rahmten. »Das Mädchen könnte umkommen da draußen. Sechs Jahre alt ...«

»Soll das heißen, du machst dir *Gedanken* um sie?« Pell verzog erstaunt das Gesicht. Coates trat an das Verandageländer und schien zwischen die Bäume zu starren. Pell lachte leise. »Ist sie das etwa? Deine schwache Stelle? Ein kleines Mädchen, das sich verlaufen hat?«

»Halt den Mund!«

»Ich habe mich immer gefragt, wo deine Schwäche liegt.« Pell kicherte. »Frauen waren es nicht. Nicht so wie du Martha behandelt hast. Vielleicht hätte Martha ein Kind haben sollen. Vielleicht hätte sie das gebraucht – und du auch.«

Coates sagte: »Machen wir Schluß für heute, Stuart.«

»Was?«

»Ich bin müde. Wenn du reden willst, können wir das auch beim Frühstück tun. Wir stehen hier früh auf, gegen halb acht. Geh zu Bett, Stuart.«

Pell kniff die Lippen zusammen. »Na schön, Brad. Aber ich muß um zwölf abfahren. Denk daran. Und ich gedenke mein Sprüchlein vorher loszuwerden.«

»Gute Nacht«, sagte Coates barsch.

Pell ging als erster ins Haus. Coates blieb noch eine

halbe Stunde auf der Veranda stehen, starrte in die Dunkelheit hinaus und dachte nach – worüber?

Auf diese Frage bekam Pell am nächsten Morgen Antwort. Er betrat das Eßzimmer und fand Coates am Tisch sitzen. Interessiert studierte der Geschäftsmann die ersten Seiten der Lokalzeitung und reagierte gar nicht auf Pells Erscheinen.

»Dann ist es das Kind«, murmelte er. »Liest du den Artikel über das Kind, Brad?«

Coates warf ihm einen kurzen Blick zu, und sein rotes Gesicht hatte etwas von dem gesunden Teint eingebüßt. »Man hat sie noch immer nicht gefunden. Sechzehn Stunden und keine Spur. Man glaubt, daß sie in den Wäldern nicht mehr lange überleben kann. Vielleicht will man den See absuchen. Kann auch sein, daß ein Jäger sie erwischt hat; du kennst ja diese Idioten mit ihren Gewehren, schießen auf alles, was sich bewegt ...«

»Das kann man wohl sagen!« meinte Pell und setzte sich. »Du nimmst die Sache ja ganz schön ernst. Kennst du die Dworkins auch bestimmt nicht?«

»Nein.«

Pell dachte über die Antwort nach. »Dann schlägt in deiner Brust also doch ein Herz, oder? Ich wünschte bei Gott, du würdest das einmal den anderen Menschen zeigen.«

Coates faltete die Zeitung zusammen, trank einen Schluck Kaffee und stand auf. Er begann seine Krawatte zu binden, die ihm um den Hals hing. »Ich muß los«, sagte er. »Ich weiß, du wirst deswegen Theater machen, Stuart, aber wir können uns heute früh nicht unterhalten. Ich habe vor einer Viertelstunde die Polizei angerufen und angekündigt, daß ich runterkomme. Wenn du bleiben und mir helfen willst, die Sache durchzustehen, schön. Wenn nicht, kannst du in die Fabrik zurückfahren.«

»Wobei soll ich dir helfen? Was hast du vor?«

»Ich werde das Kind finden! Ich habe mit einem gewissen Captain Lamneck gesprochen, und er sagt, es sei eine Sache der Zeit und des Geldes. Nun, von beidem habe ich genug.«

»Sprichst du im Ernst? Du willst eigenes Geld aufwenden, um ...«

»Wofür hältst du mich!« brüllte ihn Coates an. »Ich habe, was das Kind da unten braucht. Ich stelle hundert Männer ein – fünfhundert, wenn ich muß ...«

Pell war verblüfft. »Schon gut, schon gut. Großartig. Ich beklage mich ja gar nicht. Brad, ich halte das für eine tolle Idee. Das muß ich dir lassen, du bist mir immer zehn Schritte voraus.«

»Was soll das heißen?«

»Na, gerade das brauchen wir doch, begreifst du? Wir müssen einen Menschen aus dir machen, weil du in diesem Land keine Geschäfte machen kannst, wenn du dich einsiedlerisch abkapselst. Du meinst, dein persönlicher Ruf habe keinen Einfluß auf die Firma. Da muß ich dir sagen ...«

»Ich denke im Augenblick nicht an die Firma.«

»Das weiß ich doch«, sagte Pell beruhigend. »Ich sehe selbst, daß du es ernst meinst. Aber die Sache hat zwei Seiten. Wenn du das Kind findest, profitieren alle davon. Schön, ich bleibe hier. Du kannst dich auf mich verlassen.«

»Na dann«, sagte Coates. »Zieh dich an.«

Captain Lamneck war ein stämmiger weißhaariger Mann mit dem Körperbau und Gang eines Holzfällers. Sein sonnenverbranntes Gesicht zeigte Respekt, als Bradley Coates nun vor ihm saß; für den finster aussehenden Mann, der den Industriellen begleitete, hatte er kaum einen Blick.

»Natürlich tun wir alles, was wir können«, sagte er. »Und wir wissen Ihr Interesse zu schätzen, Mr. Coates. Ich habe Mr. und Mrs. Dworkin davon berichtet, und sie haben mich gebeten, ihre ...«

»Vergessen Sie das«, unterbrach ihn Coates. »Als erstes möchte ich, daß Sie eine Belohnung für den Mann oder die Frau aussetzen, die das Kind findet – wie heißt die Kleine doch gleich?«

»Marilyn.«

»Marilyn. Die Belohnung beträgt fünf – nein, besser zehntausend Dollar. Zahlbar sofort in bar, sobald das arme Kind gefunden ist.«

Der Captain pfiff leise durch die Zähne. »Das ist viel Geld, Mr. Coates.«

»Viel Geld bringt die Leute in Bewegung. Ich möchte, daß das Angebot regelmäßig, am besten stündlich, von jedem Radiosender der Gegend durchgegeben wird. Notfalls kaufe ich die Sendezeit, wenn die Stationen nicht mitmachen.«

»Deswegen brauchen Sie sich keine Gedanken zu machen, Sir.«

»Dasselbe gilt für das Fernsehen. Wenn die Kanäle die Zeit nicht zur Verfügung stellen, kaufe ich mich ein. Mr. Pell ist bevollmächtigt, in meinem Namen entsprechende Verträge abzuschließen. Ich habe mich bereits telegraphisch mit drei privaten Hubschrauberdiensten in

Verbindung gesetzt und von zwei Firmen Antwort erhalten. Beide werden insgesamt fünf Helikopter für die Suche abstellen. Von der dritten Firma erwarte ich noch heute Nachricht.«

»Unser eigener Rettungsdienst ist ...«

»Was Sie bereits tun, interessiert mich nicht, Captain. Es gibt hier tausend Quadratmeilen Wald.«

»Ja, natürlich.«

»Die Hubschrauberpiloten werden für ihre Arbeit entlohnt, ob sie nun Erfolg haben oder nicht, doch die Belohnung gilt auch für sie. Ich würde es außerdem begrüßen, wenn Sie einen Aufruf ergehen lassen oder persönlich jeden Fremdenführer, Trapper, Campingurlauber oder Angler ansprechen, von dem Sie wissen, daß er die Gegend kennt.«

Der Captain lächelte. »Sie haben wirklich an alles gedacht, Mr. Coates.«

»Bitte beachten Sie: Nichts darf unversucht bleiben, nur weil es um die Kosten geht. Ich bezahle alles. Was Ihre Beamten und das Forstpersonal angeht, informieren Sie die Leute bitte, daß die Belohnung natürlich auch für sie gilt.«

»Das ist nicht erforderlich, Mr. Coates, unsere Männer sind ...«

»Bitte machen Sie keine ethischen Einwendungen, Captain; ich gedenke dafür zu sorgen, daß sie belohnt werden.«

Das Lächeln des Captains wurde zu einem Grinsen. »Mr. Coates, Sie schaffen es noch, daß ich selbst in den Wald hinaus will.« Das Grinsen verschwand. »Aber das Kind ist jetzt zweiundzwanzig Stunden verschwunden«, sagte er. »Eine lange Zeit für eine Sechsjährige. Ich fürchte ...«

»Wir wollen doch nicht mutlos werden, Captain.«

»Nicht mutlos, Mr. Coates, ich bin nur realistisch. Ich hätte heute früh schon den See mit Netzen abgefischt, aber die Dworkins waren so bekümmert, daß ich es nicht über das Herz gebracht habe. Solange noch ein Funken Hoffnung besteht ...«

»Es besteht noch Hoffnung«, sagte Coates tonlos. »Tun Sie nichts Pessimistisches, Captain. Wir werden das kleine Mädchen finden.«

Um sechs Uhr am gleichen Abend gab es keinen Einheimischen oder Campingurlauber am Moon Lake, der das Schicksal des Kindes nicht kannte, der nichts von Bradley Coates' Belohnung wußte. In sämtlichen Radio- und Fernsehprogrammen wurden die Ankündigungen durchgegeben, doch das Gerücht verbreitete sich auf geheimnisvollen und komplizierten Wegen auch außerhalb des Sendegebiets der lokalen Stationen. Suchgruppen trafen aus Orten ein, die so weit entfernt waren wie Saranac, Plattsburg, Fort Douglas und einige sogar aus Burlington in Vermont. Eine ganze Schwadron Universitätsstudenten flog in einer privaten einmotorigen Maschine aus Quebec ein und brach bei der Landung prompt eine Flügelspitze ab, was eine neue Krise auslöste. Forstbeamte schätzten, daß etwa zweitausend Bürger durch die dichten Waldgebiete des Moon Lake zogen, was die hiesigen Jäger in Schwierigkeiten brachte und die Behörden veranlaßte, eine vorübergehende Schonzeit zu verkünden. Die ersten Hubschrauber trafen zwei Stunden vor der Dunkelheit ein und verbrachten die verbleibende Zeit mit einer sinnlosen hektischen Suche über den Wipfeln. Der zweite Schub Maschinen kam nicht, und die dritte Firma hatte gar keine Helikopter frei. Der plötzliche Ansturm, von den Wirten und Geschäftsleuten der Gegend zuerst erfreut begrüßt, nahm schnell überhand. Die Mehrzahl mußte in den Wäldern übernachten. Die meisten hatten keine Zelte mitgebracht und verfügten in den seltensten Fällen über ausreichende Vorräte. Campingutensilien waren im Nu ausverkauft, und Zelte wurden zu den gefragtesten Gütern und erzielten auf dem Schwarzmarkt schließlich Preise bis zu hundert Dollar das Stück. Die professionellen Suchgruppen standen auf diese Weise im Wettbewerb mit Amateuren, wobei es zu so vielen Zwischenfällen kam – Diebstähle, Faustkämpfe und Verhaftungen –, daß sich Captain Lamnecks Freude über die Hilfe des Millionärs schnell verflüchtigte und er sich wünschte, nie von Marilyn Dworkin und dem Moon Lake gehört zu haben.

Um acht Uhr am nächsten Morgen war das Mädchen noch immer nicht gefunden worden.

Stuart Pell erwachte sehr spät. Als er aus seinem Zimmer in den Wohnraum ging, sah er seinen Chef grübelnd auf der Veranda sitzen, den Blick auf die sonnenbestrahlten Kiefernwipfel im Tal gerichtet.

»Nichts Neues?« fragte er leise.

»Nichts.«

Pell setzte sich. »Das tut mir leid, Brad. Das Kind wird nun seit gut fünfunddreißig Stunden vermißt. Ich glaube nicht, daß es noch Hoffnung gibt.«

»Es muß«, flüsterte Coates. »Es muß noch Hoffnung geben. Ich weiß, daß das Kind da irgendwo am Leben ist; ich spüre es. Es ist unter einem Baum eingeschlafen, zitternd, hungrig ...«

»Sie ist irgendwo dort unten, da hast du recht. Vielleicht aber auch im See.«

»Hast du etwas gehört?« Flammende Augen richteten

sich auf Pell. »Sag mir die Wahrheit! Weiß man, daß sie tot ist?«

»Nein. Es erscheint nur logisch.«

»Aber man würde die Leiche finden, nicht wahr?«

»Wenn sie im Wald ist, vielleicht. Wenn nicht, muß man im Wasser nachsehen.« Er starrte nachdenklich auf den silbrigen Rand des Moon Lake, bis er plötzlich ein Schluchzen hörte. Er wandte sich um. »Mein Gott, Brad, ich verstehe dich nicht! Ich kenne dich nun seit Jahren – ohne dich wirklich zu kennen ...« Sanft berührte er Coates an der Schulter. Verlegen räusperte er sich und stand auf.

In diesem Augenblick läutete im Wohnzimmer das Telefon. Coates ging hinüber und meldete sich. Das Gespräch war nur kurz. Als er zurückkehrte, leuchtete sein Gesicht vor Freude.

»Man hat sie gefunden!« rief er. »Gott sei Dank, Stuart, man hat die Kleine gefunden!«

Am Nachmittag traf Captain Lamneck ein, um die Einzelheiten mitzuteilen. Er akzeptierte eine von Coates' besten Zigarren, roch anerkennend daran und steckte sie in die Tasche.

»Es ist wie ein Wunder«, sagte er. »Das Mädchen ist am Nachmittag losmarschiert und wollte ein kleines Picknick veranstalten und anschließend im See schwimmen. Sie tat ein paar Brote und einen Apfel in eine Papiertüte und marschierte allein in den Wald. Dann kehrte sie um, fand aber den Heimweg nicht mehr. Sie wanderte immer weiter, und dadurch wurde es noch schlimmer. Als es dunkel wurde, kroch sie zwischen einige schützende Felsen und weinte sich die Augen aus. Dann schlief sie ein. Als sie am Morgen aufwachte, hatte sie Angst, das Versteck zu verlassen, und blieb dort. Sobald sie hungrig wurde, aß sie ihre Sachen. Zum Glück regnete es in der ersten Nacht, und sie konnte das Wasser trinken, das von den Felsen herabtropfte. Ich weiß nicht, wie sie es geschafft hat, aber sie hat es überlebt.« Zuerst hatte er gelächelt, doch jetzt wurde er ernst. »Das Leben ist seltsam«, meinte der Captain. »Die eine rettet man, ein anderer geht verloren ...«

»Was soll das heißen?« fragte Pell.

Der Captain schüttelte bekümmert den Kopf. »Ich hätte wissen müssen, daß die Sache nicht so glatt ablaufen würde. Der Wald voller Menschen, da mußte es früher oder später Ärger geben.«

»Was ist denn passiert?« fragte Coates. »Hat sich jemand verletzt?«

»Nein, es ist jemand ertrunken«, sagte der Captain. »Zwei Jungen, die an der Suche teilnehmen wollten, langweilten sich und fuhren mit einem Boot auf den Moon Lake hinaus. In der Mitte bekam das Ding ein Leck. Einer der beiden hat es ans Ufer geschafft, der andere nicht. Wir müssen den See nach ihm absuchen.«

Coates erstarrte. Die Freude, die seit der Errettung des Kindes sein Gesicht erhellt hatte, verflog. »Das können Sie doch nicht tun«, sagte er gepreßt. »Das geht nicht!«

»Wie bitte?«

»Sie können den See nicht absuchen. Jetzt nicht mehr. Nicht nach allem ...«

»Ich verstehe nicht ...« Lamnock wandte sich an Pell.

»Was soll's?« fragte Coates. »Da ist nun ein Junge ertrunken. Wozu ihn hochholen? Der See ist ein Grab, nicht wahr? Warum läßt man ihn nicht in Ruhe?«

Seine Stimme hatte sich verändert. Sie klang plötzlich

spröde; ein jammervolles Krächzen. Pell sah ihn besorgt an.

»Lassen Sie die Hände vom See!« brüllte Coates. »Hören Sie, Captain! Lassen Sie den Jungen in Ruhe!«

»Es ist nun mal meine Pflicht«, sagte Lamneck unsicher. »Ehrlich, wir müssen tun, was richtig ist. Was bedeutet es Ihnen? Sie kennen den Jungen ja nicht mal!«

»Sie dürfen den See nicht abfischen!« kreischte Coates und verkrallte sich in die Jackettaufschläge des Captain. »Bitte tun Sie es nicht ...«

Die beiden sahen ihn in die Knie sinken, nicht mehr flehend, sondern in Kapitulation. Und zwei Tage später erkannten sie, was Bradley Coates während des Irrmarsches der kleinen Marilyn Dworkin durchgemacht hatte und warum er nicht wollte, daß der Seegrund abgesucht wurde. In den Netzen des Polizeiboots verfing sich die angeschwollene Leiche von Martha Coates, seiner Frau. Das Wasser des Moon Lake hatte die Schußwunden nicht auslöschen können.

Wer war's?

Lieutenant Mike Vegas verspürte den unwiderstehlichen Drang, sich mit den Fingern durch das Haar zu fahren und seine Krawatte geradezurücken, ehe er an die Tür mit dem Schild PRIVAT klopfte. Er war Polizeibeamter, und Polizisten wurden nicht fürs Gutaussehen bezahlt – trotzdem kam er sich mit seinem zerknitterten Anzug und dem kratzigen Kinn im Büro des Fernsehstars einigermaßen fehl am Platze vor.

Wally Adams begrüßte ihn persönlich an der Tür. Mike kniff beim Anblick des bekannten Gesichts die Augen zusammen und stammelte seinen Namen. Adams sah genauso aus wie der Adams, den er vom Fernsehschirm kannte – eine Tatsache, die ihm bemerkenswert vorkam.

»Vielen Dank, daß Sie gekommen sind, Lieutenant«, sagte der andere. »Ich belästige die Polizei nur ungern, aber die Sache ist vielleicht wichtig. Ich weiß es nur noch nicht. Treten Sie ein.«

»Vielen Dank«, sagte Mike leise und setzte sich auf einen mit Leder gepolsterten Stuhl neben dem Tisch. »Sie sagten etwas von einem Brief ... äh ... Mr. Adams. Worum geht es? Werden Sie bedroht?«

»Nein, nichts dergleichen. Genau genommen kann ich Ihnen nicht einmal garantieren, daß der Brief nicht das Werk eines Verrückten ist. Nur habe ich so ein Gefühl, als ob mehr dahintersteckt.«

»Könnte ich den Brief mal sehen?«

Adams griff in die Brusttasche seiner Tweedjacke und

zog einen zusammengefalteten Bogen heraus. »Sie kennen unsere Donnerstag-Show, Lieutenant? Falls nicht, ergibt der Text für Sie vielleicht keinen Sinn.«

»Ich habe die Sendung gesehen«, stellte Mike fest. *»Wer war's?«*

»Dann wissen Sie ja, worum es geht. Wir laden Leute zu uns ein, die in letzter Zeit Schlagzeilen gemacht haben – allerdings maskiert. Unser Rateteam muß herausfinden, wer der Mann oder die Frau ist und was der oder die Betreffende getan hat, um bekannt zu werden. Dazu werden einige Hinweise gegeben.

Manchmal suchen wir die Kandidaten aus, doch es gibt Fälle, da man uns anschreibt. Das hat auch dieser Mann getan. Aber lesen Sie den Brief doch selbst.«

Mike überflog den Text. Die Handschrift war klein und präzise, voller verkrampfter Schleifchen und kompliziert geschwungener Anfangsbuchstaben.

Lieber Mr. Adams,

Ihre Fernsehsendung sehe ich seit einiger Zeit regelmäßig. Dabei ist mir der Gedanke gekommen, daß ich vielleicht als Kandidat für Sie geeignet bin. Aus Gründen, die auf der Hand liegen, möchte ich mich selbst nicht zu ausführlich beschreiben, doch bin ich vierzig Jahre alt und arbeite als technischer Zeichner für einen Konzern in Long Island City. Ich wohne in Manhattan, bin verheiratet und kinderlos. Meine Frau ist seit Jahren ein begeisterter Fan von Ihnen.

Ich glaube, ich habe etwas Berichtenswertes getan, etwas, das sich für Ihr Rateteam als interessante Nuß erweisen könnte.

Ich bin ein Mörder.

Ein Mann in Ihrer Position erhält sicher viele tausend Briefe von Leuten, die man Verrückte nennen muß. Ich würde jedenfalls verstehen, wenn Sie mich in dieselbe Kategorie einordneten – und kann Ihnen nur in allem Ernst versichern, daß ich geistig auf der Höhe bin und meine Behauptung der Wahrheit entspricht. Ich bin verantwortlich für einen Mord aus Vorbedacht und erkläre mich bereit, diese Tatsache in Ihrer Sendung zu enthüllen. Natürlich werde ich Sie vor dem Auftritt über mein Verbrechen mit Details und Beweisen unterrichten und bin auch bereit, mich den Behörden auszuliefern.

Mir ist klar, daß mein Angebot ins Sensationelle zielt und aus diesem Grund Ihren Finanziers oder Produzenten nicht zusagen mag. Doch spielt hier zugleich ein Aspekt der Bürgerpflicht mit hinein, denn ich habe die Absicht, mein Verbrechen der Polizei nur in der eben beschriebenen Weise zur Kenntnis zu geben. Sie haben nun Gelegenheit, der Gerechtigkeit zum Sieg zu verhelfen; ich möchte doch annehmen, daß dieser Gesichtspunkt Sie reizt.

Wenn Sie interessiert sind, können Sie mich über das Postamt des dritten Bezirks erreichen, unter dem Pseudonym John Rice. Versuche, mir durch die Post eine Falle zu stellen, sind völlig zwecklos; ich würde die hier geäußerten Tatsachen einfach abstreiten.

Mit den besten Wünschen für Ihren weiteren Erfolg, und in der Hoffnung, bald von Ihnen zu hören, verbleibe ich,

»John Rice«

Lieutenant Vegas spürte Wally Adams' kritischen Blick. Er setzte einen geziemend neutralen Ausdruck auf.

»Ein hübsches Angebot«, stellte er fest. »Was meinen Ihre Produzenten dazu, Mr. Adams?«

Der Moderator lächelte traurig. »Ich möchte Ihnen nichts vormachen, Lieutenant. Mr. Rice nennt seine Idee ›sensationell‹, und das ist durchaus zutreffend. Natürlich gehen wir mit einer gewissen Vorsicht an die Sache heran, aber Sie müssen zugeben – die Publicity ist uns sicher.«

Mike knurrte etwas vor sich hin. »Kein Zweifel.«

»Es gibt bestimmt keine Zeitung im Lande, die sich die Story entgehen ließe. *Wer war's?* würde überall Schlagzeilen machen. Zugleich befürchten wir, daß die Sache nach hinten losgehen könnte; deshalb haben wir beschlossen, die Polizei um Rat zu fragen.«

»Und das war genau das Richtige.« Mike stand auf und ging auf dem weichen Teppich hin und her. Nachdem das Problem nun aus dem Sack war, entkrampfte er sich etwas. »Wir können uns keinen Fehler leisten. Dieser Rice spricht womöglich in vollem Ernst. Vielleicht hat er wirklich jemanden umgebracht, vielleicht ist dies wirklich der einzige Weg, an ihn heranzukommen.«

»Sie meinen, ich soll ihn in die Sendung lassen?«

»Ich würde sagen, es ist die einzige Möglichkeit, aber ich habe in dieser Angelegenheit nicht das Sagen, Mr. Adams. Ich muß mich mit der Staatsanwaltschaft in Verbindung setzen und das weitere Vorgehen abstimmen.«

Adams zuckte die Achseln. »Jedenfalls seid ihr vom Gesetz am Zug, Lieutenant. Sie können davon ausgehen, daß wir euch auf jede mögliche Weise unterstützen werden.«

»Das wissen wir zu schätzen, Mr. Adams. Ich möchte den Brief gern mitnehmen. Wir lassen ihn im Labor untersuchen; vielleicht führt uns die Analyse ja weiter.

Dann spreche ich mit der Staatsanwaltschaft. Mal sehen, wie man dort vorgehen will.«

»Einverstanden«, sagte Wally Adams. Er stand auf und streckte dem Besucher die Hand hin.

Es dauerte fast eine Woche, bis Mike Vegas seinen Besuch wiederholen konnte. Diesmal war Adams nicht allein; kaum war er eingetreten, wurde er einem ganzen Zimmer voll berühmter Gesichter vorgestellt. Er wußte gar nicht, was er sagen sollte.

»Diesen Burschen haben Sie ja wohl schon mal gesehen«, meinte Adams und legte die Hand auf die Schulter Jake Jenkins', eines berühmten Komikers. Jenkins zog ein mürrisches Gesicht, klappte den Jackenkragen hoch und mimte gekonnt den gejagten Verbrecher. »Und das hier ist Bennett Ives, unser Schlauberger. Sally Burack und Lila Conway – die vier bilden unser Rateteam.«

Mike nickte den Anwesenden zu und versuchte sich gelassen zu geben, während er gleichzeitig den Impuls unterdrückte, um Autogramme zu bitten. Man begrüßte ihn fröhlich und ließ ihn nach kurzer Zeit mit Adams allein, nicht ohne diesen mit allerlei witzigen Bemerkungen zu bedenken. Als sie fort waren, lachte der Fernsehstar und warf sich auf eine Ledercouch.

»Wir bereiten schon die morgige Sendung vor«, sagte er. »Ich habe den Leuten von unserem Briefschreiber natürlich noch nichts gesagt, für den Fall, daß er wirklich auftritt. Wie steht die Sache, Lieutenant? Was hat die Staatsanwaltschaft gesagt?«

Mike räusperte sich. »Nun, die Behörde ist bis zu einem gewissen Grade bereit mitzumachen, und zwar mit folgender Maßgabe. Man möchte, daß Sie Rice antworten und Ihr Interesse bekunden. Sie sollen ihn zu einem Gespräch in Ihr Büro einladen. Natürlich unter Wahrung seines Geheimnisses. Allerdings wird das nicht ganz stimmen – aber schließlich geht es hier um etwas Wichtigeres als die Wahrheit.«

»Verstanden«, sagte Adams. »Leider wird er die Falle wittern. Ich habe den Eindruck, daß sich der Mann nicht so leicht täuschen läßt.«

»Das habe ich auch gesagt.« Über Mikes gutmütiges Gesicht huschte ein düsterer Ausdruck, doch zuletzt gewann seine Loyalität die Oberhand. »Aber das ist nun mal die Entscheidung, Mr. Adams, die Leute haben in den meisten Fällen recht. Wenn er so sehr daran interessiert ist, in Ihrer Sendung aufzutreten, erklärt er sich vielleicht auch mit dem Einführungsgespräch einverstanden. Diese Chance werden wir dazu benutzen, den Mann komplett zu durchleuchten.«

Adams' Gesicht ließ erkennen, daß ihn die Antwort enttäuschte.

»Na schön, Lieutenant. Wenn Sie meinen, daß wir so vorgehen sollen, werden wir das tun. Heute sitzen Sie mal am Drücker der Show.«

»Vielen Dank, Mr. Adams. Der Brief hat übrigens nicht viel ergeben. Außer Ihren und meinen keine Fingerabdrücke; unser Freund ist sehr vorsichtig. Der einzige, der uns etwas sagen konnte, war der Polizeipsychiater. Er hält Rice für einen psychotischen Mann mit starkem Geständnisdrang. Hängt mit Schuldgefühlen zusammen. Er meint, Rice wollte Ihre Sendung für das größte öffentliche Geständnis aller Zeiten benutzen. Sie haben doch ein ziemlich großes Publikum, nicht wahr?«

»Angeblich fast vierzig Millionen.«

Mike pfiff leise durch die Zähne. »Der muß wirklich verrückt sein. Das Problem ist nur – unser Psychiater meint auch, daß der Mann ernstzunehmen ist. Er kann durchaus ein Mörder sein.«

»Was für ein Gag!« sagte Wally Adams leise, und seine Augen funkelten.

Vier Tage später erhielt Adams Antwort, und Mike Vegas stellte befriedigt fest, daß seine Ansicht richtig gewesen war. John Rice war tatsächlich zu schlau, um der Polizei ins Netz zu gehen.

Lieber Mr. Adams,

ich muß gestehen, daß mich Ihre Antwort enttäuscht. Ich gedenke mich weder Ihnen noch sonst jemandem zu erkennen zu geben, solange die in meinem ersten Brief genannten Bedingungen nicht erfüllt sind. Obwohl der Polizei das bloße Wissen um meine Identität nichts nützt, habe ich keine Lust, zum Ziel einer Ermittlung zu werden. Aus diesem Grund muß ich mit allem Respekt meinen Standpunkt wiederholen. Ich stelle Ihnen alle nötigen Tatsachen und Beweise hinsichtlich meiner Tat zur Verfügung und lege ein umfassendes Geständnis ab – doch nur, wenn ich in Ihrer Fernsehsendung auftreten darf. Für Gespräche vor der Ausstrahlung stehe ich nicht zur Verfügung. Außerdem werde ich erst kurz vor dem Sendetermin im Studio eintreffen. Wenn diese Bedingungen akzeptiert werden, können Sie mit meiner vollen Unterstützung rechnen. Andernfalls werde ich mein Geheimnis hüten, solange es die Umstände erlauben. Wenn Ihnen die Bedingungen zusagen, nennen Sie mir bitte Ort und Zeit meines Auftritts.

Ihr »John Rice«

Mike Vegas seufzte und klopfte sich mit dem zusammengefalteten Briefbogen gegen das Kinn.

»Was meinen Ihre Produzenten? Wären Sie bereit, auf das Spiel einzugehen?«

»Wenn die Polizei einverstanden ist, haben wir nichts dagegen«, sagte Adams. »Wir helfen Ihnen gern.«

»Die Sache muß so gemacht werden«, stellte Mike grimmig fest. »Ich rufe heute nachmittag den Staatsanwalt an, doch es sieht so aus, als ließe uns John Rice keine Wahl.« Er hob fragend den Kopf. »Was meinen Sie, Mr. Adams? Ein Mörder in Ihrer Sendung, unmittelbar neben Ihnen – vielleicht ein gefährlicher Irrer? So mancher würde sich davon nervös machen lassen.«

»Wer ist hier nervös?« Adams grinste und drückte seine Zigarette auf der Schreibunterlage aus.

Im Regieraum beobachtete Lieutenant Mike Vegas ein halbes Dutzend Wally Adams auf einem halben Dutzend Fernsehmonitoren; der Moderator war damit beschäftigt, sich auf die Sendung einzustimmen. Das Publikum ging schon ganz gut mit und lachte dankbar über Adams' Witzchen, doch Mike hatte keine Mühe, die sechs todernsten Gesichter in der Menge auszumachen. Es handelte sich um Zivilbeamte, die an strategisch wichtigen Punkten in der Nähe der Ausgänge saßen, für den Fall, daß der angekündigte Gast des Abends Schwierigkeiten machte. Hinter den Kulissen waren noch zwei Beamte postiert und warteten gespannt auf die Ankunft von John Rice.

Die Gefahren des Abends schienen Adams nichts auszumachen. Sein Lächeln war so breit wie immer, als er hinter dem *Wer war's?*-Tisch Platz nahm, der dem Rateteam gegenüberstand.

Dann wurden die Angehörigen der Ratemannschaft vorgestellt und nahmen unter Applaus ihre Plätze ein. Bennett Ives, hinter seiner Hornbrille freundlich blinzelnd, rückte Sally Burack den Stuhl zurecht, während Jake Jenkins den ernsten Komiker spielte und Lila Conways Platz abstäubte. Der Inspizient, der mit Mikrofondraht behängt war, winkte die Beteiligten auf ihre Plätze, sah sich ein letztesmal auf der Szene um – und dann begann die Sendung.

Ein großer Mann mit einer schwarzen Maske vor dem Gesicht trat auf eine Kreidemarke am Bühnenvorhang. Er blickte den Regisseur an und erstarrte, als aus dem Nichts die Stimme des Ansagers ertönte.

»In der letzten Woche beging dieser Mann in Chicago eine Heldentat, die im ganzen Land Schlagzeilen machte. Kennen Sie ihn? *Wer war's?*«

Die Einleitungsmusik erklang, und der Ansager sprach weiter, während die Titel über den Schirm glitten. Er pries das Produkt der Firma, die die Sendung finanzierte, eine Toilettenseife, und versprach den Zuschauern schließlich »Amerikas spannendste Rateshow . . . unter Leitung von Wally Adams!«

Von begeistertem Applaus begrüßt, trat Adams von der Seite auf und setzte sich hinter das Doppelmikrofon an seinen Platz. »Vielen Dank und guten Abend, meine Damen und Herren. Ich begrüße Sie zu einer neuen Ausgabe von *Wer war's?*, dem Spiel, das Ihnen Persönlichkeiten aus den Nachrichten vorstellt.« Er machte nacheinander die Mitglieder des Rateteams bekannt und ließ dann den ersten maskierten Gast auftreten.

Es handelte sich um eine nicht mehr ganz junge Frau mit weißem Haar und Großmutterstimme. Als Wally

Adams den Zuschauern im Studio die Schlagzeilen zeigte, die sich auf die Kandidatin bezogen, setzte lautes Gelächter ein. Sie hatte letzte Woche in Louisiana einen Schweinegrunz-Wettbewerb gewonnen. Jake Jenkins war als erster an der Reihe, doch ehe Mike die erste Frage mitbekam, trat ein Kriminalbeamter in den Regieraum.

»Was gibt's?« fragte Mike. »Ist unser Freund gekommen?«

»Ja. Hat eine eigene Maske mitgebracht. Er will mit niemandem reden. Im Augenblick ist der Regisseur bei ihm und gibt ihm die nötigen Anweisungen. Er soll als Vorletzter auftreten.«

»Und er hat kein Wort gesagt?«

»Wollte nur wissen, ob die Polizei hier sei, was der Regisseur bejaht hat. Aber das ist schon alles.«

»Wir wollen ihn lieber nicht nervös machen«, entschied Mike. »Am besten halten wir uns an die Regeln, die er aufgestellt hat. Ich komme erst hinter die Bühne, wenn er dran ist.«

»In Ordnung«, sagte der Beamte.

Mike wandte sich wieder dem Geschehen zu und hörte Sally Burack fragen: »Mal sehen. Es geht also um etwas, das Sie kürzlich gemacht haben. Und andere Leute waren darin verwickelt. War einer von denen mit Ihnen verwandt?«

»Nein«, antwortete die maskierte Frau, und ihre Stimme ließ erkennen, daß sie lächelte.

»Waren diese Leute Männer?«

»Ja, die meisten waren Männer.«

Ein Summer ertönte und beendete Sally Buracks Fragezeit. Bennett Ives runzelte die Stirn und fragte: »Geht es um etwas, auf das *Sie* stolz sind, Madam?«

»O ja!«

»Handelt es sich um eine Art Leistung oder einen Preis oder etwas Ähnliches?«

»Ja!«

»Haben Sie einen Preis gewonnen, zum Beispiel bei einem Kochwettbewerb?«

»Einen Kochwettbewerb würde ich es nicht nennen«, erwiderte die alte Frau vorsichtig. Das Publikum kicherte, der Summer ertönte, und Lila Conway setzte die Befragung fort. Beim nächsten Durchgang fand das Rateteam die Antwort, was Wally Adams die Möglichkeit gab, eine Werbepause einzulegen. Die nächsten Kandidaten waren drei Rennfahrer, die einzigen Überlebenden eines Rennens, das mit sieben Wagen begonnen hatte. Diesem Geheimnis kam Lila Conway bereits in der ersten Runde auf die Spur. Anschließend wurde eine maskierte Hollywood-Berühmtheit auf die Bühne gebracht, die sich bei einer schwierigen Filmszene das Bein gebrochen hatte. Es dauerte nicht lange, auch diesen Kandidaten zu demaskieren.

Mike erstarrte, als Wally Adams an das Mikrofon zurückkehrte, um den nächsten Gast anzukündigen.

»Bevor wir die Sendung fortsetzen«, sagte er, »möchte ich das Rateteam und unser Fernsehpublikum fairerweise warnen. Viele Gäste in *Wer war's?* haben interessante Dinge getan, von denen einige, so hoffen wir, auch amüsant sind. Unser nächster Besucher aber fällt aus dem Rahmen, sein Geheimnis kann unter keinen Umständen als amüsant bezeichnet werden, wie immer man es auch auslegen will. Ich selbst kenne den Namen des Mannes nicht, ebensowenig die Produzenten oder Förderer dieses Programms. Aber wir wissen, daß es sich um den seltsamsten und dramatischsten Kandidaten handelt, den wir Ihnen jemals vorstellen konnten.«

Er blickte zur Seite und nickte. »Gut. Kommen Sie heraus, Mr. X.«

Mike hielt den Atem an. Der Mann, der auf die Bühne trat, war untersetzt und hatte rostfarbenes Haar, das über die schwarze Gesichtsmaske ragte. Er trug einen gepflegten farblosen Anzug, dazu ein gestärktes Hemd mit einer stramm geknoteten Krawatte. Er schien sich hervorragend in der Gewalt zu haben.

»Rateteam«, sagte Wally Adams. »Bei diesem Kandidaten müssen wir auf die üblichen *Wer war's?*-Hinweise verzichten und werden unserem Studio- und Fernsehpublikum auch nicht das Ereignis offenbaren, um das es geht. Die Befragung beginnt bei Jake Jenkins.«

Jenkins starrte den Mann mit zusammengekniffenen Augen an. »Das alles hört sich ziemlich sensationell an. Sind Sie bestimmt auch nicht der Finanzier dieser Sendung?«

Das Publikum begann zu kichern; Wally Adams' düstere Einleitung hatte verhindert, daß ein offenes Lachen daraus wurde.

»Nein«, sagte Mr. X mit ruhiger Stimme. »Ich bin nicht der Finanzier.«

»Haben Sie Verbindung in die Politik oder Kunst?«

»Nein.«

»Haben Sie etwas Einmaliges vollbracht?«

»Auf diese Weise schon.« Die Lippen des Mannes, die unter der Maske nicht ganz sichtbar waren, krümmten sich nach oben. »Allerdings haben andere schon Ähnliches getan.«

»Haben Sie vielleicht einen Rekord aufgestellt?«

»Nein.«

Der Summer ertönte, und Adams sagte: »Tut mir leid, Jake. Sally Burack macht weiter.«

»Hat Ihr Beruf damit zu tun?« fragte sie. »Hilft es uns weiter, wenn wir herausfinden, was Sie beruflich tun?«

»Ich glaube nicht.«

»Hat jemand *anders* damit zu tun?«

Mr. X zögerte und neigte sich dann zur Seite, um Wally Adams etwas ins Ohr zu flüstern.

»Äh, in das fragliche Ereignis ist tatsächlich jemand anders verwickelt«, sagte Adams. »Mr. X ist aber nicht der Meinung, daß es Ihnen nützt, die Identität dieser Person zu kennen.«

»Dann geht es also um etwas, das Sie mit jemandem getan oder jemandem angetan haben?«

Im Regieraum hielt Lieutenant Mike Vegas den Atem an.

»Äh ... ja«, sagte Mr. X leichthin. »Das könnte man sagen.«

»Und es hilft uns nicht weiter, wenn wir wüßten, wer das ist?«

Der Summer ertönte. »Bennett Ives«, sagte Adams.

»Mr. X«, sagte Bennett Ives und rückte seine Brille zurecht. »Ist die fragliche Person durch Ihre Tat *glücklicher* geworden?«

»Glücklicher? Es gibt bestimmt Leute, die das behaupten würden.«

»Ich glaube, das verneinen wir lieber«, schaltete sich Wally Adams ein, der in diesem Augenblick auch nicht gerade glücklich aussah. »Ich möchte doch bezweifeln, daß die Person sich darüber gefreut hat.«

»Dann haben Sie wohl nicht gerade etwas Nettes getan?«

Mr. X lachte trocken.

»Haben Sie die Person bei der fraglichen Tat irgendwie *berührt?*«

»Nein.«

»Dann haben Sie also nichts Handgreifliches getan.«

»Oh, handgreiflich war es schon.«

»Wenn Ihre Tat handgreiflich war und Sie die Person nicht richtig *berührten*, wurde die Sache dann irgendwie – aus der Ferne gesteuert?«

Der Summer meldete sich. Lila Conway übernahm die letzte Frage, und Mr. X antwortete.

»Ja, ich glaube, das kann man bejahen.«

»Hat Ihre Tat körperliche Schmerzen ausgelöst?«

»Das bezweifle ich sehr.«

Adams schaltete sich ein. »Einen Augenblick, das – könnte irreführend sein. Wir können nicht mit absoluter Sicherheit behaupten, die Tat sei schmerzlos gewesen. Ich würde sogar meinen, daß der Schmerz ein ziemlich wichtiger Aspekt ist.«

Lila Conway schien nicht mehr weiter zu wissen. Sie schob sich einen Bleistift ins Haar und sagte: »Handelt es sich womöglich um einen grausamen Scherz, den Sie sich geleistet haben, Mr. X?«

»Gewissermaßen ...«

»Nein«, sagte Adams hastig. »Es war keinesfalls ein Scherz.« Sogar auf dem Monitor vermochte Mike Vegas zu erkennen, daß der Moderator heftig schwitzte. Er stand sichtlich unter Streß, wovon die gelassene, selbstgefällige Art des Kandidaten neben ihm besonders abstach.

»Würde es uns weiterhelfen zu wissen, *wann* Sie die Tat begingen, Mr. X?«

»Vielleicht. Sie fand heute abend statt.«

Bei diesen Worten fuhr Mike zusammen.

»Soll das heißen, Sie haben es vor der Sendung getan?«

Der Summer ertönte, und Jake Jenkins fragte: »*Haben* Sie's vor der Sendung getan, Mr. X?«

»Nein, während der Sendung. Erst vor wenigen Minuten.«

Mike schlug einem der Studiotechniker auf den Rücken. »Ich gehe runter ins Studio«, sagte er. Unterwegs hörte er die Befragung weitergehen.

»Soll das heißen, wir alle waren *Zeugen*, wie Sie Ihre Tat begingen?«

»Eigentlich nicht.«

»Hat irgend jemand Sie dabei beobachtet?«

»Niemand.«

»Außer natürlich der betroffenen Person.«

»Nein. Nicht einmal sie.«

»Sie?« fragte Sally Burack. »Dann handelt es sich um eine Frau ...?«

»Sie sind nicht dran, Sally«, sagte Adams in nervöser Hast.

»*War* es eine Frau?« hakte Jake Jenkins nach.

»Ja, es war eine Frau. Es ist nicht wichtig für die Hauptsache – aber es war eine Frau.«

»Ist diese Frau mit Ihnen verwandt? Etwa Ihre Frau?«

»Ja. Sie war meine Frau.«

Wally Adams schien kurz davor, die Beherrschung zu verlieren. Er blickte auf die Studiouhr. »Ich fürchte, die Zeitgrenze ist erreicht. Wenn Mr. X also seine Maske abnehmen und uns sein Geheimnis verraten würde ...«

»Gern«, sagte der Mann und nahm die Maske ab. Sein Gesicht hatte nichts Ungewöhnliches. Es war ein sanftes, durchschnittliches Gesicht mit funkelnden Augen, deren Intensität aber durch die breiten Lider gemildert wurde. »Ich heiße Harold Flaxer«, sagte er stolz, »und habe vor etwa zehn Minuten meine Frau Beebe Flaxer ermordet.«

Das schockierte Aufseufzen des Publikums hätte aus einem einzigen Hals stammen können. Das Rateteam riß Mund und Augen auf, und Wally Adams beugte sich hastig zum Mikrofon.

»Mr. Flaxer war von Anfang an einverstanden, sich der Polizei zu stellen und ein umfassendes Geständnis abzulegen. Die Anregung dazu kam allein von ihm, und wir haben in dieser Angelegenheit sofort mit der Polizei zusammengearbeitet. Es sind Vertreter der Polizei im Publikum, Beamte halten sich bereit, Mr. Flaxer zu verhaften ...«

»Einen Moment«, sagte Flaxer und lächelte milde. »Ich bin noch nicht fertig. Sicher wollen Sie alle wissen, warum ich Beebe umgebracht habe und – was noch wichtiger ist –, wie. Der Grund ist einfach erklärt. Meine Frau ist intellektuell nie besonders anregend gewesen. In den ersten Jahren unserer Ehe war das nicht weiter wichtig; sie machte den Mangel durch einen gewissen jugendlichen Charme wett. Doch in dem Maße, wie die Zeit ihr die Reize raubte, nahm sie ihr auch den Verstand. Und dann kam das Fernsehen, das liebe Fernsehen – und damit fand meine Beebe ihren Lebenszweck; sie saß vor dem winzigen Bildschirm, die Augen so groß und leer wie Untertassen, und verlagerte ihr Leben in die Schattenwelt der Kathodenröhre ...«

Wally Adams blickte in die Kulissen und schob einen Finger in den Hemdkragen.

»Natürlich wußte ich, daß sie sich diese Sendung ansehen würde. Sie sieht sich jedes Ihrer Programme an,

Mr. Adams, von Anfang an. Sie ist – man muß wohl sagen: war – ein begeisterter Fan von Ihnen. Sie pflegte loszulaufen und an Ihren Sendungen persönlich teilzunehmen, bis ich ihr das verbot; dann war sie damit zufrieden, Sie auf dem Bildschirm zu sehen. Es tut mir doch irgendwie leid, Sie eines so loyalen Fans beraubt zu haben.«

Der Lärm im Publikum übertönte fast seine nächsten Worte.

»Ich wußte also, daß sie heute abend zusehen würde. Da habe ich einfach unter ihrem Lieblingssessel eine starke Bombe angebracht und den Zünder so eingestellt, daß er vor etwa zehn Minuten hochgehen mußte. Ich bin sicher, daß die Bombe funktioniert hat; ich war im Krieg Fachmann für Sprengstoff. Einen Trost aber hat das Ganze.« Er blinzelte ins Publikum. »Beebe ist glücklich gestorben, Mr. Adams, während einer Sendung ihres Lieblingsshowmasters.«

Er schob den Stuhl zurück und stand auf.

»Jetzt bin ich bereit«, sagte er.

Mike Vegas nahm den Straftäter hinter der Bühne mit offenen Armen und zornigen Worten in Empfang.

»Als Sie den Brief schrieben, waren Sie noch gar kein Mörder! Sie haben bis heute abend gewartet ...«

»Wie dem auch sei«, sagte Flaxer herablassend. »Jetzt bin ich jedenfalls ein Mörder. Und darauf kommt es an.«

Ein Beamter schaltete sich ein. »Sollen die anderen nach hinten kommen, Mike?«

»Nein, ich begleite unseren Juxfreund persönlich.« Er durchsuchte Flaxer nach Waffen und fand nichts. »Na schön, jetzt sagen Sie uns mal Ihre Anschrift, Kumpel. Wo wohnen Sie?«

»In der Vierunddreißigsten Straße«, erwiderte der Mann und nannte die Hausnummer.

»Das ist der dritte Bezirk. Behalten Sie ihn im Auge«, sagte Mike zu dem Polizisten. »Ich lasse seine Geschichte überprüfen.«

Er eilte zum Telefon und wählte eine Nummer.

»Hallo, diensthabender Sergeant? Hier spricht Lieutenant Vegas von der Mordkommission. Ich möchte feststellen, ob es in Ihrer Gegend eine Explosion gegeben hat, etwa in der Vierunddreißigsten ...«

»Und ob, Lieutenant. Ein beachtlicher Knall in der Vierunddreißigsten, am östlichen Ende. Wir sind zwar noch nicht bis in die Wohnung vorgedrungen – doch draußen hat's keine Opfer gegeben.«

»Suchen Sie die Wohnung ab«, sagte Mike gepreßt. »Es muß eine Frau darin sein.« Er knallte den Hörer auf die Gabel und rief seinem Kollegen zu: »He, Phil! Ich hab's mir anders überlegt. Bringen Sie ihn aufs Revier. Ich möchte mich in der Wohnung umsehen.«

»In Ordnung, Lieutenant.«

Musik hallte auf, gefolgt von Applaus. Die Sendung im Studio war zu Ende. Wally Adams erschien hinter den Kulissen. Seine Krawatte war gelockert. »Lieutenant Vegas? Warten Sie noch einen Augenblick ...«

»Ich muß los, Mr. Adams. Ich will mich bei ihm zu Hause umsehen. Es hat tatsächlich eine Explosion stattgefunden.«

»Darf ich Sie begleiten?«

Mike zögerte. »Warum nicht? Immerhin stecken Sie mit in der Sache drin.«

»Hier entlang«, sagte Adams, ergriff Mikes Ellenbogen und führte ihn zu einem Ausgang.

Sie traten in eine schmale Gasse hinaus, die allerdings nicht leer war. Fünf Frauen warteten hier, von sechzehn bis Anfang sechzig, und das laute Jubelgeschrei, das sie bei Wallys Erscheinen anstimmten, ließ erkennen, was sie im Schilde führten. Adams versuchte sich an ihnen vorbeizuschieben, doch eine Frau war besonders aufdringlich – eine kleine, dunkeläugige Frau, die ihm das Autogrammbuch direkt unter die Nase hielt. Adams zuckte die Achseln und ergriff ihren Stift. Die Frau beugte sich vor.

»Ich bin ja so ein Fan von Ihnen, Mr. Adams! Können Sie mir nicht was Persönliches ins Buch schreiben? Etwa: ›Für Beebe, mit lieben Grüßen‹?«

»Wie bitte?« fragte Mike Vegas. »Miss *wer*?«

Die Frau starrte ihn erschrocken an. »Beebe. Beebe Flaxer. Nicht Miss – Mrs.«

Adams und der Lieutenant sahen sich an.

»Wie lange sind Sie schon hier?« fragte Mike.

»Seit Beginn der Sendung. Ich habe keine Karte mehr bekommen. Mein Mann ist heute ausgegangen, da wollte ich es mal versuchen, aber ohne Karte hat man mich nicht hineingelassen.«

Adams begann zu lachen. Eigentlich machte er den Eindruck, als wollte er gar nicht lachen – aber er lachte trotzdem immer weiter.

»Ich begreife nicht, was daran so komisch ist«, sagte Beebe. »Mir gefällt Ihre Sendung wirklich, Mr. Adams, Ihr *Wer war's?*, meine ich.«

»Liebe Frau«, sagte Adams und legte ihr einen Arm um die Schulter. »Sie irren sich. Heute war's nicht *Wer war's?*, sondern *Das ist Ihr Leben.*«

Henry Slesar im Diogenes Verlag

Coole Geschichten für clevere Leser
Aus dem Amerikanischen von Thomas Schlück. detebe 21046

Fiese Geschichten für fixe Leser
Deutsch von Thomas Schlück. detebe 21125

Schlimme Geschichten für schlaue Leser
Deutsch von Thomas Schlück. detebe 21036

Das graue distinguierte Leichentuch
Roman. Deutsch von Paul Baudisch und Thomas Bodmer. detebe 20139

Vorhang auf, wir spielen Mord!
Roman. Deutsch von Thomas Schlück
detebe 20216

Erlesene Verbrechen und makellose Morde
Geschichten. Deutsch von Günter Eichel
Vorwort von Alfred Hitchcock. Zeichnungen von Tomi Ungerer. detebe 20225

Ein Bündel Geschichten für lüsterne Leser
Deutsch von Günter Eichel. Vorwort von Alfred Hitchcock. Zeichnungen von Tomi Ungerer. detebe 20275

Hinter der Tür
Roman. Deutsch von Thomas Schlück
detebe 20540

Aktion Löwenbrücke
Roman. Deutsch von Günter Eichel
detebe 20656

Ruby Martinson
Geschichten vom größten erfolglosen Verbrecher der Welt. Deutsch von Helmut Degner
detebe 20657

Böse Geschichten für brave Leser
Deutsch von Christa Hotz und Thomas Schlück. detebe 21248

Die siebte Maske
Roman. Deutsch von Gerhard und Alexandra Baumrucker. detebe 21518

Frisch gewagt ist halb gemordet
Geschichten. Deutsch von Barbara und Jobst-Christian Rojahn. detebe 21577

Das Morden ist des Mörders Lust
Sechzehn Kriminalgeschichten. Deutsch von Barbara Rojahn-Deyk und Jobst-Christian Rojahn. detebe 21602

Meistererzählungen
Deutsch von Thomas Schlück. detebe 21621

Amerikanische Literatur im Diogenes Verlag

● **Woody Allen**
Manhattan. Vollständiges Drehbuch mit 20 Szenenfotos. Deutsch von Hellmuth Karasek und Armgard Seegers. detebe 20821
Der Stadtneurotiker. Vollständiges Drehbuch mit 19 Szenenfotos. Deutsch von Eckhard Henscheid und Sieglinde Rahm detebe 20822
Interiors. Vollständiges Drehbuch mit 16 Szenenfotos. Deutsch von Hellmuth Karasek und Armgard Seegers. detebe 20823
Stardust Memories. Vollständiges Drehbuch mit 32 Szenenfotos. Deutsch von Hellmuth Karasek und Armgard Seegers. detebe 20824
Zelig. Vollständiges Drehbuch mit 16 Szenenfotos. Deutsch von Armgard Seegers detebe 21154
Was Sie schon immer über Sex wissen wollten, aber nie zu fragen wagten. Vollständiges Drehbuch mit 10 Szenenfotos. Deutsch von Walle Bengs. detebe 21346
Hannah und ihre Schwestern. Vollständiges Drehbuch mit 22 Fotos. Deutsch von Walle Bengs. detebe 21470
Weitere Werke in Vorbereitung

● **Louis Armstrong**
Mein Leben in New Orleans. Autobiographie. Deutsch von Hans Georg Brenner detebe 20359

● **John Bellairs**
Das Haus, das tickte. Roman. Deutsch von Alexander Schmitz. Mit Zeichnungen von Edward Gorey. detebe 20368

● **Ambrose Bierce**
Die Spottdrossel. Erzählungen und Fabeln. Auswahl und Vorwort von Mary Hottinger. Deutsch von Joachim Uhlmann, Günter Eichel und Maria von Schweinitz. Zeichnungen von Tomi Ungerer. detebe 20234

● **Robert Bloch**
Nacht im Kopf. Roman. Deutsch von Monika Elwenspoek. detebe 21414

● **Ray Bradbury**
Der Tod ist ein einsames Geschäft. Roman Deutsch von Jürgen Bauer. Leinen
Die Mars-Chroniken. Roman in Erzählungen. Deutsch von Thomas Schlück detebe 20863
Der illustrierte Mann. Erzählungen. Deutsch von Peter Naujack. detebe 20365
Fahrenheit 451. Roman. Deutsch von Fritz Güttinger. detebe 20862
Die goldenen Äpfel der Sonne. Erzählungen. Deutsch von Margarete Bormann detebe 20864
Medizin für Melancholie. Erzählungen Deutsch von Margarete Bormann detebe 20865
Das Böse kommt auf leisen Sohlen. Roman. Deutsch von Norbert Wölfl. detebe 20866
Löwenzahnwein. Roman. Deutsch von Alexander Schmitz. detebe 21045
Das Kind von morgen. Erzählungen. Deutsch von Hans-Joachim Hartstein. detebe 21205
Die Mechanismen der Freude. Erzählungen Deutsch von Peter Naujack. detebe 21242
Familientreffen. Erzählungen. Deutsch von Jürgen Bauer. detebe 21415

● **Harold Brodkey**
Erste Liebe und andere Sorgen. Erzählungen. Deutsch von Elizabeth Gilbert. detebe 20774

● **Fredric Brown**
Flitterwochen in der Hölle. Science-Fiction-Geschichten. Deutsch von B. A. Egger. Mit Illustrationen von Peter Neugebauer detebe 20600

● **W. R. Burnett**
Little Caesar. Roman. Deutsch von Georg Kahn-Ackermann. detebe 21061
High Sierra. Roman. Deutsch von Armgard Seegers und Hellmuth Karasek. detebe 21208
Asphalt-Dschungel. Roman. Deutsch von Walle Bengs. detebe 21417

● **Erskine Caldwell**
Wo die Mädchen anders waren. Ausgewählte Geschichten. Deutsch von Ingo M. Artl, Elisabeth Schnack und Joachim Marten detebe 21186

● **Truman Capote**
»Ich bin schwul. Ich bin süchtig. Ich bin ein Genie.« Ein intimes Gespräch mit Lawrence Grobel. Deutsch von Thomas Lindquist. Mit einem Vorwort von James A. Michener. Mit 15 Fotos. Broschur

David Carkeet

Minus mal Minus. Roman. Deutsch von Dorothee Asendorf. detebe 21478

Raymond Chandler

Der große Schlaf. Roman. Deutsch von Gunar Ortlepp. detebe 20132
Die kleine Schwester. Roman. Deutsch von Walter E. Richartz. detebe 20206
Das hohe Fenster. Roman. Deutsch von Urs Widmer. detebe 20208
Der lange Abschied. Roman. Deutsch von Hans Wollschläger. detebe 20207
Die simple Kunst des Mordes. Essays, Briefe, eine Geschichte und ein Romanfragment. Herausgegeben von Dorothy Gardiner und Kathrine Sorley Walker. Deutsch von Hans Wollschläger. detebe 20209
Die Tote im See. Roman. Deutsch von Hellmuth Karasek. detebe 20311
Lebwohl, mein Liebling. Roman. Deutsch von Wulf Teichmann. detebe 20312
Playback. Roman. Deutsch von Wulf Teichmann. detebe 20313
Mord im Regen. Frühe Stories. Vorwort von Prof. Philip Durham. Deutsch von Hans Wollschläger. detebe 20314
Erpresser schießen nicht. Gesammelte Detektivstories I. Mit einem Vorwort des Autors. Deutsch von Hans Wollschläger
detebe 20751
Der König in Gelb. Gesammelte Detektivstories II. Deutsch von Hans Wollschläger
detebe 20752
Gefahr ist mein Geschäft. Gesammelte Detektivstories III. Deutsch von Hans Wollschläger. detebe 20753
Englischer Sommer. Geschichten, Parodien, Essays. Mit einem Vorwort von Patricia Highsmith, Zeichnungen von Edward Gorey und einer Erinnerung an den Drehbuchautor Chandler von John Houseman. Deutsch von Wulf Teichmann, Hans Wollschläger u.a. Mit einer kompletten Chandler-Bibliographie und -Filmographie. detebe 20754

Als Ergänzungsband liegt vor:

Frank MacShane
Raymond Chandler. Eine Biographie
Deutsch von Christa Hotz, Alfred Probst und Wulf Teichmann. detebe 20960

Stephen Crane

Das blaue Hotel. Erzählungen. Herausgegeben, übersetzt und mit einem Nachwort von Walter E. Richartz. detebe 20789
Die rote Tapferkeitsmedaille. Roman
Deutsch von Eduard Klein und Klaus Marschke. Mit einem Nachwort von Stanley J. Kunitz und Howard Haycraft
detebe 21299

Henry F. Ellenberger

Die Entdeckung des Unbewußten. Geschichte und Entwicklung der dynamischen Psychiatrie von den Anfängen bis zu Janet, Freud, Adler und Jung. Mit 45 Abbildungen. Deutsch von Gudrun Theuser-Stampa
detebe 21343

Ralph Waldo Emerson

Natur. Essay. Deutsch von Harald Kiczka
Diogenes Evergreens
Essays. Herausgegeben und übersetzt von Harald Kiczka. Mit zahlreichen Anmerkungen und einem ausführlichen Index
detebe 21071

William Faulkner

Brandstifter. Gesammelte Erzählungen I
Deutsch von Elisabeth Schnack
detebe 20040
Eine Rose für Emily. Gesammelte Erzählungen II. Deutsch von Elisabeth Schnack
detebe 20041
Rotes Laub. Gesammelte Erzählungen III.
Deutsch von Elisabeth Schnack
detebe 20042
Sieg im Gebirge. Gesammelte Erzählungen IV.
Deutsch von Elisabeth Schnack
detebe 20043
Schwarze Musik. Gesammelte Erzählungen V.
Deutsch von Elisabeth Schnack
detebe 20044
Die Unbesiegten. Roman. Deutsch von Erich Franzen. detebe 20075
Sartoris. Roman. Deutsch von Hermann Stresau. detebe 20076
Als ich im Sterben lag. Roman. Deutsch von Albert Hess und Peter Schünemann
detebe 20077
Schall und Wahn. Roman. Revidierte Übersetzung von Elisabeth Kaiser und Helmut M. Braem. detebe 20096
Absalom, Absalom! Roman. Deutsch von Hermann Stresau. detebe 20148
Go down, Moses. Chronik einer Familie. Roman. Deutsch von Hermann Stresau und Elisabeth Schnack. detebe 20149
Der große Wald. Vier Jagdgeschichten
Deutsch von Elisabeth Schnack
detebe 20150

Griff in den Staub. Roman. Deutsch von Harry Kahn. detebe 20151
Der Springer greift an. Kriminalgeschichten. Deutsch von Elisabeth Schnack detebe 20152
Soldatenlohn. Roman. Revidierte Übersetzung von Susanna Rademacher. detebe 20511
Moskitos. Roman. Revidierte Übersetzung von Richard K. Flesch. detebe 20512
Wendemarke. Roman. Revidierte Übersetzung von Georg Goyert. detebe 20513
Die Freistatt. Roman. Deutsch von Hans Wollschläger. Vorwort von André Malraux detebe 20802
Licht im August. Roman. Deutsch von Franz Fein. detebe 20803
Wilde Palmen und Der Strom. Doppelroman. Deutsch von Helmut M. Braem und Elisabeth Kaiser. detebe 20988
Die Spitzbuben. Roman. Deutsch von Elisabeth Schnack. detebe 20989
Eine Legende. Roman. Deutsch von Kurt Heinrich Hansen. detebe 20990
Requiem für eine Nonne. Roman in Szenen. Deutsch von Robert Schnorr. detebe 20991
Das Dorf. Roman. Erster Teil der *Snopes-Trilogie.* Deutsch von Helmut M. Braem und Elisabeth Kaiser. detebe 20992
Die Stadt. Roman. Zweiter Teil der *Snopes-Trilogie.* Deutsch von Elisabeth Schnack detebe 20993
Das Haus. Roman. Dritter Teil der *Snopes-Trilogie.* Deutsch von Elisabeth Schnack detebe 20994
New Orleans. Skizzen und Erzählungen. Deutsch von Arno Schmidt. detebe 20995
Briefe. Nach der von Joseph Blotner edierten amerikanischen Erstausgabe von 1977, herausgegeben und übersetzt von Elisabeth Schnack und Fritz Senn. detebe 20958

Als Ergänzungsband liegt vor:
Über William Faulkner. Essays, Rezensionen, ein Interview, Zeichnungen, Chronik und Bibliographie. Herausgegeben von Gerd Haffmans. detebe 20098

● F. Scott Fitzgerald

Der große Gatsby. Roman. Revidierte Übersetzung von Walter Schürenberg detebe 20183
Der letzte Taikun. Roman. Deutsch von Walter Schürenberg. detebe 20395
Pat Hobby's Hollywood-Stories. Übersetzt und mit Anmerkungen versehen von Harry Rowohlt. detebe 20510
Der Rest von Glück. Erzählungen 1920 detebe 20744
Ein Diamant – so groß wie das Ritz. Erzählungen 1922 – 1926. detebe 20745
Der gefangene Schatten. Erzählungen 1926 bis 1928. detebe 20746
Die letzte Schöne des Südens. Erzählungen 1928–1930. detebe 20747
Wiedersehen mit Babylon. Erzählungen 1930 bis 1940. detebe 20748
Alle Erzählungen in der Übersetzung von Walter Schürenberg, Walter E. Richartz u.a.
Zärtlich ist die Nacht. Roman. Neu übersetzt von Walter E. Richartz und Hanna Neves. Vorwort von Malcolm Cowley. detebe 21119
Das Liebesschiff. Erzählungen. Deutsch von Alexander Schmitz. detebe 21187
Der ungedeckte Scheck. Erzählungen Deutsch von Alexander Schmitz detebe 21305
Meistererzählungen. Ausgewählt und mit einem Nachwort von Elisabeth Schnack. Deutsch von Walter Schürenberg, Anna von Cramer-Klett, Elga Abramowitz und Walter E. Richartz. detebe 21583

● Dashiell Hammett

Der Malteser Falke. Roman. Deutsch von Peter Naujack. detebe 20131
Rote Ernte. Roman. Deutsch von Gunar Ortlepp. detebe 20292
Der Fluch des Hauses Dain. Roman. Deutsch von Wulf Teichmann. detebe 20293
Der gläserne Schlüssel. Roman. Deutsch von Hans Wollschläger. detebe 20294
Der dünne Mann. Roman. Deutsch von Tom Knoth. detebe 20295
Fliegenpapier. Detektivstories I. Deutsch von Harry Rowohlt, Helmut Kossodo, Helmut Degner, Peter Naujack und Elizabeth Gilbert. Vorwort von Lillian Hellman detebe 20911
Fracht für China. Detektivstories II. Deutsch von Elizabeth Gilbert, Antje Friedrichs und Walter E. Richartz. detebe 20912
Das große Umlegen. Detektivstories III. Deutsch von Walter E. Richartz, Hellmuth Karasek und Wulf Teichmann. detebe 20913
Das Haus in der Turk Street. Detektivstories IV. Deutsch von Wulf Teichmann detebe 20914
Das Dingsbums Küken. Detektivstories V. Deutsch von Wulf Teichmann. Nachwort von Steven Marcus. detebe 20915

Als Ergänzungsband liegt vor:

Diane Johnson
Dashiell Hammett. Eine Biographie. Aus dem Amerikanischen von Nikolaus Stingl. Mit zahlreichen Abbildungen. Leinen

● O. Henry

Die klügere Jungfrau. Erzählungen. Mit einem Essay von Cesare Pavese. detebe 20871
Das Herz des Westens. Erzählungen
detebe 20872
Der edle Gauner. Erzählungen
detebe 20873
Wege des Schicksals. Erzählungen
detebe 20874
Streng geschäftlich. Erzählungen
detebe 20875
Rollende Steine. Erzählungen. detebe 20876
Alle Erzählungen deutsch von Annemarie und Heinrich Böll, Hans Wollschläger u.a.

● Patricia Highsmith

Suspense oder Wie man einen Thriller schreibt
Deutsch von Anne Uhde. Broschur
Elsie's Lebenslust. Roman. Deutsch von Otto Bayer. Leinen
Der Stümper. Roman. Deutsch von Barbara Bortfeldt. detebe 20136
Zwei Fremde im Zug. Roman. Deutsch von Anne Uhde. detebe 20173
Der Geschichtenerzähler. Roman. Deutsch von Anne Uhde. detebe 20174
Der süße Wahn. Roman. Deutsch von Christian Spiel. detebe 20175
Die zwei Gesichter des Januars. Roman. Deutsch von Anne Uhde. detebe 20176
Der Schrei der Eule. Roman. Deutsch von Gisela Stege. detebe 20341
Tiefe Wasser. Roman. Deutsch von Eva Gärtner und Anne Uhde. detebe 20342
Die gläserne Zelle. Roman. Deutsch von Gisela Stege und Anne Uhde. detebe 20343
Das Zittern des Fälschers. Roman. Deutsch von Anne Uhde. detebe 20344
Lösegeld für einen Hund. Roman. Deutsch von Anne Uhde. detebe 20345
Der talentierte Mr. Ripley. Deutsch von Barbara Bortfeldt. detebe 20481
Ripley Under Ground. Deutsch von Anne Uhde. detebe 20482
Ripley's Game. Roman. Deutsch von Anne Uhde. detebe 20346
Der Schneckenforscher. Gesammelte Geschichten. Vorwort von Graham Greene. Deutsch von Anne Uhde. detebe 20347
Ein Spiel für die Lebenden. Deutsch von Anne Uhde. detebe 20348
Kleine Geschichten für Weiberfeinde
Deutsch von Walter E. Richartz. Zeichnungen von Roland Topor. detebe 20349
Kleine Mordgeschichten für Tierfreunde
Deutsch von Anne Uhde. detebe 20483
Venedig kann sehr kalt sein. Roman. Deutsch von Anne Uhde. detebe 20484
Ediths Tagebuch. Roman. Deutsch von Anne Uhde. detebe 20485
Der Junge, der Ripley folgte. Roman
Deutsch von Anne Uhde. detebe 20649
Leise, leise im Wind. Zwölf Geschichten. Deutsch von Anne Uhde. detebe 21012
Keiner von uns. Erzählungen. Deutsch von Anne Uhde. detebe 21179
Leute, die an die Tür klopfen. Roman
Deutsch von Anne Uhde. detebe 21349
Nixen auf dem Golfplatz. Erzählungen
Deutsch von Anne Uhde. detebe 21517

Als Ergänzungsband liegt vor:
Über Patricia Highsmith. Essays und Zeugnisse von Graham Greene bis Peter Handke. Mit Bibliographie, Filmographie und zahlreichen Fotos. Herausgegeben von Fritz Senn und Franz Cavigelli. detebe 20818

● Carol Hill

Amanda. The Eleven Million Mile High Dancer. Roman. Deutsch von Manfred Ohl und Hans Sartorius. Leinen

● Edward D. Hoch

Frankensteins Fabrik. Roman. Deutsch von Monika Elwenspoek. detebe 21561

● John Irving

Eine Mittelgewichts-Ehe. Roman. Deutsch von Nikolaus Stingl. Leinen
Das Hotel New Hampshire. Roman. Deutsch von Hans Hermann. detebe 21194
Laßt die Bären los! Roman. Deutsch von Michael Walter. detebe 21323

● Ring Lardner

Geschichten aus dem Jazz-Zeitalter. Auswahl, Nachwort und Übersetzung von Fritz Güttinger. detebe 20153

● Jack London

Südsee-Abenteuer. Erzählungen. Deutsch von Christine Hoeppener. detebe 21508
Der Seewolf. Roman. Deutsch von Christine Hoeppener. detebe 21509
John Barleycorn oder Der Alkohol. Deutsch von Günter Löffler. detebe 21510
Der Ruf der Wildnis. Deutsch von Günter Löffler. detebe 21511
Weißzahn, der Wolfshund. Deutsch von Günter Löffler. detebe 21512

● Anita Loos

Blondinen bevorzugt. Das lehrreiche Tagebuch einer Dame von Beruf. Roman. Deutsch von Lisette Mullère. detebe 21471

Gentlemen heiraten Brünette. Das lehrreiche Tagebuch einer Dame von Beruf. Deutsch von Marie-Therese Morel. Mit einem Nachwort von Ursula von Kardorff. detebe 21472

● Alison Lurie

Affären. Eine transatlantische Liebesgeschichte. Deutsch von Otto Bayer. Leinen
Liebe und Freundschaft. Roman. Deutsch von Otto Bayer. Leinen

● Carson McCullers

Wunderkind. Erzählungen I. Deutsch von Elisabeth Schnack. detebe 20140
Madame Zilensky und der König von Finnland. Erzählungen II. Deutsch von Elisabeth Schnack. detebe 20141
Die Ballade vom traurigen Café. Novelle. Deutsch von Elisabeth Schnack. Diogenes Evergreens. Auch als detebe 20142
Das Herz ist ein einsamer Jäger. Roman. Deutsch von Susanna Rademacher detebe 20143
Spiegelbild im goldnen Auge. Roman. Deutsch von Richard Moering. detebe 20144
Frankie. Roman. Deutsch von Richard Moering. detebe 20145
Uhr ohne Zeiger. Roman. Deutsch von Elisabeth Schnack. detebe 20146

Als Ergänzungsband liegt vor:
Über Carson McCullers. Essays von und über Carson McCullers; Chronik und Bibliographie. Deutsch von Elisabeth Schnack und Elizabeth Gilbert. Herausgegeben von Gerd Haffmans. detebe 20147

● Ross Macdonald

Dornröschen war ein schönes Kind. Roman. Deutsch von Wulf Teichmann. detebe 20227
Unter Wasser stirbt man nicht. Roman Deutsch von Hubert Deymann detebe 20322
Ein Grinsen aus Elfenbein. Roman. Deutsch von Charlotte Hamberger. detebe 20323
Die Küste der Barbaren. Roman. Deutsch von Marianne Lipcowitz. detebe 20324
Der Fall Galton. Roman. Deutsch von Egon Lothar Wensk. detebe 20325
Gänsehaut. Roman. Deutsch von Gretel Friedmann. detebe 20326
Der blaue Hammer. Roman. Deutsch von Peter Naujack. detebe 20541
Durchgebrannt. Roman. Deutsch von Helmut Degner. detebe 20868
Geld kostet zuviel. Roman. Deutsch von Günter Eichel. detebe 20869
Die Kehrseite des Dollars. Roman. Deutsch von Günter Eichel. detebe 20877
Der Untergrundmann. Roman. Deutsch von Hubert Deymann. detebe 20878
Der Drahtzieher. Sämtliche Detektivstories um Lew Archer I. Mit einem Vorwort des Autors. Deutsch von Hubert Deymann und Peter Naujack. detebe 21018
Einer lügt immer. Sämtliche Detektivstories um Lew Archer II. Deutsch von Hubert Deymann und Peter Naujack. detebe 21019
Sanftes Unheil. Roman. detebe 21178
Blue City. Roman. Deutsch von Christina Sieg-Welti und Christa Hotz. detebe 21317
Der Mörder im Spiegel. Roman. Deutsch von Dietlind Bindheim. detebe 21303

● A.E.W. Mason

Die vier Federn. Roman. Deutsch von Thomas Schlück. detebe 21176

● Herman Melville

Moby-Dick. Roman. Deutsch von Thesi Mutzenbecher und Ernst Schnabel detebe 20835
Billy Budd. Erzählung. Deutsch von Richard Moering. detebe 20787

● Margaret Millar

Banshee, die Todesfee. Roman. Deutsch von Renate Orth-Guttmann. Leinen
Liebe Mutter, es geht mir gut… Roman Deutsch von Elizabeth Gilbert detebe 20226
Die Feindin. Roman. Deutsch von Elizabeth Gilbert. detebe 20276
Fragt morgen nach mir. Roman. Deutsch von Anne Uhde. detebe 20542
Ein Fremder liegt in meinem Grab. Roman. Deutsch von Elizabeth Gilbert. detebe 20646
Die Süßholzraspler. Roman. Deutsch von Georg Kahn-Ackermann und Susanne Feigl detebe 20926
Von hier an wird's gefährlich. Roman Deutsch von Fritz Güttinger. detebe 20927
Der Mord von Miranda. Roman. Deutsch von Hans Hermann. detebe 21028
Das eiserne Tor. Roman. Deutsch von Karin Reese und Michel Bodmer. detebe 21063
Fast wie ein Engel. Roman. Deutsch von Luise Däbritz. detebe 21190
Die lauschenden Wände. Roman. Deutsch von Karin Polz. detebe 21421
Nymphen gehören ins Meer! Roman Deutsch von Otto Bayer. detebe 21516

● Flannery O'Connor

Die Lahmen werden die Ersten sein. Erzählungen. Deutsch von Rolf und Hedda Soellner detebe 21331

Ein guter Mensch ist schwer zu finden. Erzählungen. Deutsch von Elisabeth Schnack und Cornelia Walter. detebe 21332
Die Gewalt tun. Roman. Deutsch von Cornelia Walter. detebe 21562

● Edgar Allan Poe

Die schwarze Katze und andere Verbrechergeschichten. detebe 21183
Die Maske des roten Todes und andere phantastische Fahrten. detebe 21184
Der Teufel im Glockenstuhl und andere Scherz- und Spottgeschichten. detebe 21185
Der Untergang des Hauses Usher und andere Geschichten von Schönheit, Liebe und Wiederkunft. detebe 21184

Alle vier Bände herausgegeben von Theodor Etzel. Deutsch von Gisela Etzel, Wolf Durian u.a.
Die denkwürdigen Erlebnisse des Arthur Gordon Pym. Roman. Deutsch von Gisela Etzel. Mit einem Nachwort von Jörg Drews detebe 21267

● Patrick Quentin

Bächleins Rauschen tönt so bang ... Geschichten. Deutsch von Günter Eichel detebe 20195
Familienschande. Roman. Deutsch von Helmut Degner. detebe 20917

● Jack Ritchie

Der Mitternachtswürger. Geschichten Deutsch von Alfred Probst. detebe 21293
Für alle ungezogenen Leute. Detektiv-Geschichten. Deutsch von Dorothee Asendorf detebe 21384

● Everett M. Rogers & Judith K. Larsen

Silicon Valley Fieber. An der Schwelle zur High-Tech-Zivilisation. Deutsch von H. Boysen. detebe 21463

● Henry Slesar

Das graue distinguierte Leichentuch. Roman. Deutsch von Paul Baudisch und Thomas Bodmer. detebe 20139
Vorhang auf, wir spielen Mord! Roman. Deutsch von Thomas Schlück detebe 20216
Erlesene Verbrechen und makellose Morde. Geschichten. Deutsch von Günter Eichel und Peter Naujack. Vorwort von Alfred Hitchcock. Zeichnungen von Tomi Ungerer detebe 20225
Ein Bündel Geschichten für lüsterne Leser. Deutsch von Günter Eichel. Einleitung von Alfred Hitchcock. Zeichnungen von Tomi Ungerer. detebe 20275
Hinter der Tür. Roman. Deutsch von Thomas Schlück. detebe 20540
Aktion Löwenbrücke. Roman. Deutsch von Günter Eichel. detebe 20656
Ruby Martinson. Geschichten vom größten erfolglosen Verbrecher der Welt. Deutsch von Helmut Degner. detebe 20657
Schlimme Geschichten für schlaue Leser Deutsch von Thomas Schlück. detebe 21036
Coole Geschichten für clevere Leser. Deutsch von Thomas Schlück. detebe 21046
Fiese Geschichten für fixe Leser. Deutsch von Thomas Schlück. detebe 21125
Böse Geschichten für brave Leser. Deutsch von Christa Hotz und Thomas Schlück detebe 21248
Die siebte Maske. Roman. Deutsch von Gerhard und Alexandra Baumrucker. detebe 21518
Frisch gewagt ist halb gemordet. Geschichten. Deutsch von Barbara und Jobst-Christian Rojahn. detebe 21577

● Elinor Goulding Smith

Die perfekte Hausfrau. Deutsch von Elisabeth Schnack. Mit Zeichnungen von Loriot. detebe 21082

● Henry David Thoreau

Walden oder Leben in den Wäldern. Deutsch von Emma Emmerich und Tatjana Fischer. Mit Anmerkungen, Chronik und Register und mit einem Vorwort von W. E. Richartz detebe 20019
Über die Pflicht zum Ungehorsam gegen den Staat und andere Essays. Auswahl, Übersetzung und Nachwort von W.E. Richartz detebe 20063

● Mark Twain

Gesammelte Werke in 5 Bänden. Herausgegeben, mit Anmerkungen und einem Nachwort von Klaus-Jürgen Popp. detebe 21338
Tom Sawyers Abenteuer. Roman. Deutsch von Lore Krüger. Mit einem Nachwort von Jack D. Zipes. detebe 21369
Huckleberry Finns Abenteuer. Roman Deutsch von Lore Krüger. Mit einem Essay von T.S. Eliot. detebe 21370
Kannibalismus auf der Eisenbahn und andere Erzählungen. Deutsch von Günther Klotz detebe 21488
Der gestohlene weiße Elefant und andere Erzählungen. Deutsch von Günther Klotz detebe 21489
Die Eine-Million-Pfund-Note und andere Erzählungen. Deutsch von Ana Maria Brock und Otto Wilck. detebe 21490

Der Prinz und der Bettelknabe. Eine Erzählung für junge Menschen jeden Alters. Herausgegeben und mit Anmerkungen von Klaus-Jürgen Popp. Deutsch von Lore Krüger. detebe 21507

● Lewis Wallace

Ben Hur. Eine Erzählung aus der Zeit Christi Deutsch und mit einem Nachwort von Hugo Reichenbach. detebe 21291

● Nathanael West

Schreiben Sie Miss Lonelyhearts. Roman. Mit einer Einführung von Alan Ross. Deutsch von Fritz Güttinger. detebe 20058

Tag der Heuschrecke. Ein Hollywood-Roman. Deutsch von Fritz Güttinger detebe 20059

Eine glatte Million oder Die Demontage des Mister Lemuel Pitkin. Roman. Übersetzung, Anmerkung und Nachwort von Dieter E. Zimmer. detebe 20249

● Walt Whitman

Grashalme. Nachdichtung von Hans Reisiger. Mit einem Essay von Gustav Landauer detebe 21351

● Das Diogenes Lesebuch amerikanischer Erzähler

Geschichten von Washington Irving bis Harold Brodkey. Mit einleitenden Essays von Edgar A. Poe und Ring Lardner, Zeittafel, bio-bibliographischen Notizen und Literaturhinweisen. Herausgegeben von Gerd Haffmans. detebe 20271